青藜

刘渝庆 著

中国民族文化出版社
北 京

图书在版编目（CIP）数据

青藜 / 刘渝庆著. — 北京：中国民族文化出版社有限公司，2021.7

（海陵红粟文学丛书）

ISBN 978-7-5122-1482-8

Ⅰ.①青… Ⅱ.①刘… Ⅲ.①散文集—中国—当代 Ⅳ.①I267

中国版本图书馆CIP数据核字（2021）第128235号

青藜

作　　者：刘渝庆

责任编辑：李路艳

责任校对：李文学

出 版 者：中国民族文化出版社　地址：北京东城区和平里北街14号
　　　　　邮编：100013　联系电话：010-84250639　64211754（传真）

印　　装：三河市金元印装有限公司

开　　本：710mm×1000mm　1/16

印　　张：13.25

字　　数：200千

版　　次：2021年8月第1版第1次印刷

标准书号：ISBN 978-7-5122-1482-8

定　　价：49.80元

版权所有　侵权必究

海陵红粟文学丛书编辑委员会

主　任：刘　燕　王健军

顾　问：子　川　刘仁前　庞余亮

主　编：薛　梅

副主编：徐同华　王玉蓉

编　辑：毛一帆　孙　磊

前　言

红粟作为海陵的人文符号，流传已逾千年。

海陵人文荟萃，"儒风之盛，凤冠淮南"，历史上一直是文化昌盛之地，有着深厚的传统文化底蕴，素有"汉唐古郡、淮海名区"之称。香粳炊熟泰州红，随着岁月的流逝，海陵地域和空间面貌发生了沧桑之变，却遮掩不住海陵文化的神韵飞扬，这为文学创作提供了丰富的精神滋养和灵感源泉。平原鹰飞过，街民走过，花丛也作姹紫嫣红开遍，从这里走出的小说家、散文家、诗人、评论家，无不用自己的笔讴歌家乡的美丽，书写人生的梦想，彰显海陵与时俱进、开拓向前的文化力量。海陵之仓，储积靡穷的不只是红粟，海陵人还以文学的方式，记录多姿多彩的形态与品性，标记一代又一代海陵人的辛勤探索与不断创新。因为执着，故而海陵历经沧桑而风采依然。

文学的生命力或许就在于这样繁衍不绝、生生不息地传承与开拓。2015年海陵区文联成立十周年之际，海陵区曾集萃本土十二位作家，推出一辑十二卷的海陵文学丛书。著名作家、江苏省作家协会原主席范小青为之作序，她指出这套书"不仅是一个'区'的文学，更是地级市泰州乃至江苏省文学的一个缩影。为此，我们有更多的期待"。如今五年已过，而这份期待还在，海陵文学也在这份期待中奔腾不息地流淌和前进，大潮犹涌，后浪已来，那份律动依旧，我们也能从中感受到文字的力量和写作的意义。"海陵红粟文学丛书"的推出就是对此的检验，一辑十册，分别是：

《碧清的河》　　　　　沙　黑

《青藜》　　　　　　　刘渝庆

《日涉居笔记》　　　　李晓东

《草木底色》　　　　　王太生

《雪窗煨芋》　　　　　陈爱兰

《本色·爱》　　　　　董小潭
《船歌》　　　　　　　于俊萍
《泰州先生》　　　　　徐同华
《纸面留鸿》　　　　　李敬白
《长住美与深情里》　　姜伟婧

　　如同一粒又一粒的红粟，唯有汇集，才有流衍的可能。十本书中有朝花夕拾的拾趣，人间至味的煨炖，深秋韵味的老巷，青藜说菁的今古，寻本土丹青翰墨真味，或半雅半俗生活，或山高水长追思。生活总是爱的表达，愿在这桃红花黄的故乡，因为文字，截留住生命里的美与深情。

　　我们处在一个伟大的时代，既然"生逢其时"，必然"躬逢其盛"。文化特别是文学的繁荣，渊源于悠久的历史，植根于今天的实践。历史赋予我们这一代人的一项任务，就是要充分挖掘海陵文化的丰富宝藏，古为今用，推陈出新，更好地为社会经济发展服务。我们将常态化推出文学系列丛书，以继续流衍的姿态，不断丰富、延伸、充实海陵古城当下的文化内涵。

海陵红粟文学丛书编委会
2020 年 6 月于海陵

目 录

第一辑　诗窗煮文

秦始皇赶山填海（海陵民间传说）/002

古海陵说"鲜"/003

三国名将吕岱 /005

储罐妙联巧对（海陵民间传说）/008

泰州诗歌概说 /011

漫话《海陵竹枝词》/014

海陵古代女诗人说略 /016

古海陵的绿色身影 /020

泰州中秋习俗 /022

水城慢生活 /026

画廊十里凤城河 /029

冒沙井记 /034

祖国襟前 /039

老不点儿 /042

青藜 /044

花间人物 /047

网购春天 /049

走近屈原 /051

岩风叶笛

——诗散文续《樱梦花笺》《心天散羽》/053

第二辑　赋廊裁句

海陵凤城河赋 /064

海陵赋 /065

海陵马庄法华寺赋 /067

江苏润泰赋 /068

海陵毛氏宗祠赋 /069

江苏中裕科技赋 /070

海陵毛园赋 /071

张沐吴氏赋 /072

罗塘赋 /073

海陵随宜园赋 /074

第三辑　青藜说菁

拈花一涧芳菲

——诗歌审美小札 /076

踏莎在诗的远垄

——读《戴峻翔诗选》（代序）/080

跨越世纪的通南高沙土

——读戴永久散文集《我的百岁父亲》/082

流淌的山林清韵

——李涌河诗词《秋拾集》读札 /085

雪泥上的生命印记

——李俊杰散文集《飞鸿踏雪》序言 /087

民族意识与乡土情结

——赵辉长篇小说《利剑》序言 /092

篆心浣石寸方间

——海陵杨浣石治印赏鉴 /094

玄秘唐烟柳骨

——海陵宫氏春雨草堂《玄秘塔碑》帖谈片 /096

沁逸诗芬的土地

——徐卫华《陌上芬芳》读札（代序）/098

第四辑　驿路写意

苏豫皖文旅缀写 /102

洛陕纪游 /111

胶东阅海 /123

皖赣湘映象 /126

多彩贵州折屏 /134

大美西北游 /153

东北三省游记 /160

鄂中游 /169

画里浙西 /184

俄罗斯两京游记 /192

第一辑　诗窗煮文

漱玉弄珠，抖绮散彩，海陵古代女性诗人，曾经的书香清阁红装，一任纷繁的青花诗歌意象，飘曳在渐行渐远的历史烟霭中。

秦始皇赶山填海

（海陵民间传说）

江南多山，江北却少山。现今泰州境内，除靖江有一处不算很高的孤山外，就没有真正的山了。若问泰州为什么没有山，这可要从秦始皇赶山填海说起。

秦始皇统一全国后，曾经到南方巡游。相传秦始皇有一根神奇的鞭子，可以用来驱赶大山。南巡途中，秦始皇来到沿海的泰州一带。他挥动长鞭，将泰州的山纷纷赶进大海。秦始皇赶山填海，开疆拓土，惹得东海龙王十分恐慌。情势紧急，龙王只好施美人计，将心爱的三女儿嫁给秦始皇。成婚这天，秦始皇满心欢喜，喝得大醉，枕着鞭子睡得呼呼的。龙女趁秦始皇昏睡，悄悄用一根鞭子换了秦始皇的鞭子。那根鞭子是事先准备好的，外表与秦始皇的鞭子一模一样，没有二式。龙女得手后抽身离去，很快返回东海龙宫。秦始皇一觉醒来，不见龙女，要多气恼有多气恼。当下他连连挥动长鞭，想把江南的山统统赶下海去。可是，任凭秦始皇怎么挥鞭，一向管用的鞭子忽然不灵了，气得秦始皇胡子直翘。这样，江南一带至今山连山，而江北的泰州却一马平川。

20世纪70年代唐山大地震后，泰州也发生过地震，一度人心惶惶。可是，这么多年过去了，泰州没有发生地震。上了年纪的人说泰州是块福地，泰州，泰州，自古就是太平之州。虽说山被秦始皇赶跑了，但地下还有山根，山根很扎实，泰州的地就震不起来。

1987年11月1日，泰州第四人民医院病房

陈余高讲述

古海陵说"鲜"

走在青岛、连云港等海滨城市的大街上，会闻到店铺里逸出的海鲜味儿。其实，泰州古称海陵，是高出海边的一块宝地，也有过"海陵天下鲜"的美誉。

古代海陵辖地东至海边，沿海滩涂盛产蛤蜊。蛤蜊为软体动物，生活在近海泥沙中，常随潮流而迁移，体外有对称的双壳，颜色美丽，肉可吃，是海味珍品。乾隆皇帝下江南时，曾品尝江海一带的蛤蜊，钦定为"天下第一鲜"。

蛤蜊有好多种类，海陵产的蛤蜊见于诗书史料的，一称车螯，一称月蛤。车螯别称文蛤、花蛤、彩蛤，"文"通"纹"，因其壳有五彩斑斓的花纹，璀璨悦目。车螯体态较大，其壳可以盛物，也可以制作成工艺品。月蛤，壳较薄，色白如玉，故以月名之，特别惹人喜爱。蛤蜊大的体径在10厘米以上，小的体径只有1厘米左右，与指甲差不多大。蛤蜊肉有多种吃法。取小的剖出肉，洗净泥沙，用盐腌一下，佐以糖、蒜、酒等配料，可以生吃；大的剖出肉，洗净，可用锅爆炒，可与猪肉、鸡肉烩红一起烧，也可单独烧汤，其汁水呈乳白色，味道既浓且鲜，是产妇催乳的佳品。海味中鲜过蛤蜊肉汁的，着实不多。

晋人谢灵运曾遍食东海车螯，认定长江口以北海滨所产的最佳，谓为"北海车螯"（谢灵运《答弟书》）。北海系苏北沿海，南朝时被视为北部海疆。谢灵运发现的车螯最佳产区，正是古代海陵郡沿海。宋代著名诗人梅尧臣写过一首题为《泰州王学士寄车螯蛤蜊》的诗："车螯与月蛤，寄自海陵郡。谓我抱余醒，江都多美酝。老来饮不满，一醉已关分。甘鲜虽所嗜，易饫亦莫问。娇女巧收壳，燕（胭）脂合眉晕。贫食无金玉，狼藉生恚忿。妻孥喜食之，婢妾困扫抺。行当至京华，耳目饱尘坌。此味爽口难，书为厌者训。"此诗见于梅氏《宛陵集》卷四十六，诗味不算很浓，但食用蛤蜊的家宴景况如在眼前，喜食甘鲜并且巧收余壳，尽道蛤蜊的多种利好使用。

唯其味道鲜美之至，海产食材珍稀，遂致内销价格不菲。陈师道《后山谈丛》载："仁宗每私宴，十合分献熟食。是岁秋初，蛤蜊初至都，或以为献，仁宗问曰：'安得已有此耶？其价几何？'曰：'每枚千钱，一献凡二十八枚。'上不乐，曰：'我常戒尔辈勿为侈靡，今一下箸费二十八千，吾不堪也。'遂不食。"仁宗皇帝都不堪蛤蜊价格之高，恐怕京都的美食家也难有这份尝鲜的口福，更不要说是京都乃至天下的寻常百姓家了。

斗转星移，沧海桑田。泰州人已不易尝到这种海鲜，只能举箸常向卤水鹅、电烤鸡了。这等饱啖海鲜的口福，留给了启东、海门一带的江海捕蛤人。不过，随着商贸物流业发展，现今泰州大型超市的水产品柜台，蛤蜊类活体海鲜常年有售。海滩捕捉蛤蜊很有趣，有的用铁刨挖沙，更多的则光着脚在泥沙上踩，那叫踏海。蛤蜊很机警伶俐，无人时一起在海滩上晒太阳，看上去林林总总一大片，一旦有了动静，很快钻进泥沙，一个个藏而不见。可是踏海人踏呀踏呀，脚下的蛤蜊不由得钻出浅沙，乖乖就擒。踏海的动作潇洒优美，以长天阔海为背景，踏海者背着手，且踏且歌，节奏感强，如同做韵律操，有人戏称为"海滩迪斯科"或"海边桑巴舞"。江海一带产的蛤蜊量多质高，约占全国产量的70%，因此，黄海滩涂踏沙取蛤成为一幅独特的风情画面。

享有"天下第一鲜"美誉的古海陵，留给泰州人鲜美的历史回味。

1995 年 8 月 2 日

三国名将吕岱

三国时期，东吴大将吕岱，多次立下战功，深受孙权器重，从县丞累官为大司马，成为东吴最高军事长官。

吕岱（161—256年），字定公，海陵郡人。为避北方战乱，吕岱离开海陵，去了江南。孙策遇刺身亡后，孙权继位，执掌东吴大权。吕岱入孙权幕府，在吴郡（今苏州市姑苏区）出任县丞。一次，孙权亲自审查各县仓储及犯案囚系情况，令丞均来拜见。吕岱处法应问让孙权很满意，于是被征召到府署为录事。不久，吕岱到浙江余姚任县令，招募上千名勇健精兵，建立一支颇具规模的地方武装。由此，吕岱开始不平凡的军旅生涯。会稽、东冶等五县发生暴动，孙权让吕岱任督军校尉，与将军蒋钦等一起发兵征讨，很快活捉了谋反的吕合、秦狼等人，一举平定叛乱。吕岱被拜为昭信中郎将，从此正式担任武职，成为东吴主要将领。

担任军职后，吕岱效忠孙权，征东讨西，为稳定东吴和发展社会生产力起到积极的推动作用。建安二十年（215），吕岱年过五十岁，督率孙茂等十员将领，攻取长沙、零陵、桂阳三郡。安成、攸、永新、茶陵四县官吏集中到阴山城，联合抗拒吕岱。吕岱发起围攻，迫使四县官吏出城请降。三郡最终克定，孙权留吕岱镇守长沙。不久，安成县长吴砀及中郎将袁龙等联络刘备的大将关羽，并再次举兵反叛。吴砀据守攸县，袁龙占领醴陵。孙权派遣横江将军鲁肃攻打攸县，吴砀侥幸突围逃走。吕岱攻打醴陵，活捉并斩杀了袁龙，遂被提升为庐陵太守。

延康元年（220），吕岱代替步骘出任交州刺史。高凉钱博乞求归降，吕岱承袭旧制，任命钱博为高凉西部都尉。其时，桂阳、浈阳的王金聚众在南海边上起事造反，孙权诏令吕岱讨伐。吕岱活捉王金押送到都城，斩杀或俘获共一万多人。孙权擢拔吕岱为安南将军，并派节使传封其为都乡侯。

吕岱一生最重大的功绩，当是平定交趾之乱，安定南疆。秦汉以后，广州、交州地处边远，一直被地方军阀势力割据。汉初，南粤王赵佗掌管该地区。汉元帝时，南方七郡统称为交趾，其长官称为交趾刺史。三国时的交趾太守士燮，偏在万里，震服百蛮，威尊无上，雄盖南州，俨然是个土皇帝。不过，他表面上还听命于孙权，每年向东吴进贡。士燮死后，孙权封士燮的儿子士徽为安远将军，兼任九真太守，以校尉陈时代替士燮出任交趾太守。但士徽自封为交趾太守，不再听从孙权的号令。吕岱上表给孙权，将南海三郡设置为交州，以将军戴良为刺史；将海东四郡另置为广州，吕岱自任为刺史。士徽拒不接受命令，发动宗族部队在海南岛海口一带抗拒戴良。吕岱上疏致孙权，申请讨伐士徽。孙权准奏，吕岱发兵三千人连夜渡海南征。有人劝告吕岱道："士徽凭借累世积下的恩威，被交趾一方所依附，不可轻视。"吕岱回答说："现今士徽怀谋反之心，但想不到我军突然到来。我们如果悄悄进军，轻装疾进，攻其不备，就一定能击败叛军。我军若滞留耽搁时间，让其觉察并有所准备，叛军就会固守，南方七郡的许多部族就会像云一样合拢，像响声一样回应，即使有智能之士，又有谁能谋图他们？"于是吕岱立即挥师南行，过合浦后，与戴良一同进军。士徽得知吕岱领兵前来，非常震惊，一时不知所措，就率领兄弟六人脱衣袒露上身，向吕岱请罪。吕岱宣诏历数士徽等人的罪过，将其全部斩首。平乱之后，孙权封吕岱为镇南将军。

黄龙三年（231），南方安定太平，孙权召吕岱屯守长沙。吕岱受命于孙权，先后多次平乱。其时，吕岱年已七十，但雄风犹在，神勇不减当年，依旧日夕躬亲王事。名将陆逊去世，孙权任命吕岱为上大将军，吕岱时年八十六岁。

孙权病笃，会稽王孙亮即位，拜吕岱为大司马，这是东吴的最高军职。

太平元年（256），吕岱在武昌任上逝世。三国时期，战乱频仍，人均寿命不到30岁，吕岱却活到鲐背之年，且老当益壮，实在罕见。

吕岱终其一生，除武功卓著外，人品和文治也被世人称道。

吕岱忠于职守，奉公忘私。他远在边境，一心报国，多年不向家中致送饷金，妻子和子孙穷乏困顿。孙权得知后，叹息不已，并责备群臣道："吕岱出征，远在万里之外，为国事勤苦操劳，家中生活如此困顿，我却不能及早知道，你们身为股肱耳目之臣，责任心哪里去了？"于是孙权加倍赏赐钱米布绢给吕岱家里，常年保有固定的数额。由此可见吕岱的清正廉洁和孙权对吕岱的厚爱有加。

吕岱知交从谏，闻过则喜。他的好友徐原（字德渊，吴郡人氏）为人慷慨有才志，二人彼此亲近友好。吕岱赏识徐原，后来将他推荐给朝廷，官至侍御史。徐原性格忠直豪壮，喜欢快语直言，对吕岱的缺点或错误总能以诤言相劝谏，甚至公开提出批评意见。有人将有关情况转告吕岱，他非但不责怪，反而赞叹说："这正是我看重徐德渊的原因。"徐原去世，吕岱哭得特别哀伤，说："徐原是我的益友，他不幸去世，我还能从哪里听到对我过错的批评呢？"人们谈到这事，都交口称赞吕岱。

吕岱节俭戒奢，淡泊守志。临终前，吕岱留下遗嘱，丧事简办，素棺出殡，寿衣及葬送仪式务必节俭。其子吕凯秉承父志，一切照老父遗愿办理。吕岱身居高位而廉洁奉公，崇尚简朴低调，实在值得后世称道。

泰州古称海陵、吴陵，吕岱从此地走向东吴政坛，是见载史籍的第一位泰州名人。《三国志·吴书》载有《吕岱传》，尽道其详。距今1800多年前，古海陵出过这么一位显赫的高寿名将，泰州人应该永远铭记他。

2002年8月4日

储䥽妙联巧对

（海陵民间传说）

明代，泰州出了一位才子，叫储䥽。相传，储䥽的父亲经商，在海上遇到大风浪，翻船后被荒岛上的母猩猩救起，储䥽就是母猩猩所生。后来，储䥽在泰州东门建造望海楼，又称望母楼。这个故事可能不太真实，却给储䥽的身世和才智蒙上了神秘的色彩。

储䥽从小聪明过人，才思敏捷。泰州民间流传着储䥽对对子的不少故事。

有个姓高的富商，采办了几船彩石经过泰州。富商读过一些书，自恃有点才气，便在岸边出了个上联："船轻石重轻装重。"富商还说："如果有人对得出，我就送两船彩石给他。"在场的人挠耳摸腮，就是对不上。有人说："快去找小储䥽！"储䥽还是一个小毛孩子，当时正在街上一家布店门口玩。有人将对对子的事告诉他，只见他灵机一动，仰着小脸，指着布店里的布说："这不难，对'尺短布长短量长'不就行了。"富商有诺在先，只好留下两船彩石，人们按照储䥽的提议，用富商的名义建了南门高桥。

储䥽与几个淘气的孩子在关帝庙玩。关王老爷（一说是庙里的老和尚）嫌烦，赶几个小家伙到别的地方去。储䥽说："我出一个对子，你对得上来我们就走。"关王老爷又好气又好笑："小鬼豆儿，对就对吧。"储䥽出句道："三塔寺前三座塔。"关王老爷抢答道："五台山上五重台。"储䥽说："别忙，我的上联还有三个字——'塔塔塔'。你对吧。"关王老爷脱口对道："台台台。"储䥽说："你有五重台，怎么只对三个'台'字？"关王老爷对不下去，只好认输。关王对这件事耿耿于怀，说储䥽"才华盖两京，马棍横四腿"。后来，储䥽到应天府（今南京）应乡试，名列第一，为解元；赴北京会试又名列第一，为会元；殿试时却被内阁故意抑至二甲进士第一，未能考中状元。

储䥽小时候曾给一位学士当书童。一天文朋诗友在花园里出了个句子，让学士应对。句子是:"七鸭浮水,数数数,三双一只。"学士一连几天都对不出,闷闷不乐。储巏得知后说:"不难,'尺蛇出洞,量量量,九寸十分',不就对上了吗?"学士又惊又喜,称赞储巏将来必定有出息。

外地有个学士来泰州,指着南山寺前的一座古塔说:"七层四面八方,古塔隐隐。"他让几个农夫对答下联,农夫们连连摇手。学士随后拜访储巏,对储巏说:"储学士说过,泰州人文荟萃,普通老百姓都能吟诗作对,刚才那几位农夫为什么只摇手,不会对对呢?"储巏笑道:"他们摇手,其实已经对了你出的句子。"学士不信,问道:"真的?""怎么有假?"储巏摇一摇手说,"你看,'五指三长二短,孤掌摇摇',不正是对了你的上联!"学士连呼:"妙哉!妙哉!"

泰州有一个贪官,常用驴、骡将搜刮的财宝送回老家。一天,贪官正在装载起运金银元宝和名花异卉,恰巧被储巏遇见。一头小毛驴闻到花香,竟将一盆牡丹吞进嘴里,气得贪官连声喊打。储巏脱口说出一联:"驴吃牡丹,这畜生满口富贵;骡驮元宝,那杂种浑身金银。"贪官开始以为储巏帮他骂孽畜,转念一想,觉得话中带刺,分明在骂自己。"你怎么明骂畜生,暗骂本官?""哪里?哪里?牡丹花又叫富贵花,元宝花又叫金银花。驴吃了牡丹,自然满口富贵;骡子驮了元宝,当然浑身金银。在下怎么敢骂大人呢?"贪官不便发作,只好作罢。

储巏遇到一位扬州举人。这位举人久闻储巏才名,有心试一试他的才气。扬州举人用扬州话读出上联:"大大大,二大大,二大大哪有大大大大?"扬州人将伯父称为大大,大大大就是大伯父。上联这句十五个字,扬州话里全是仄声,一仄到底。储巏想了一想,用泰州话对道:"乖乖乖,呆乖乖,呆乖乖还比乖乖乖乖。"泰州人将孩子喊作乖乖,乖乖乖指聪明听话讨喜的孩子。下联这句十五个字,泰州话里全是平声,一平到底。其中,"比"按泰州方言读作"bēi"(同"碑"),是阴平声调。扬州举人听了,对储巏十分信服。

储巏与友人晤谈,即兴吟过一首小诗。"diǎ diǎ 一小舟,piā piā 水上游。吱嘎一声响,嘀嗒到扬州。"这首诗巧用象声词和夸张的表现手法,虽然不能尽用文字表达，但用泰州方言读来，别有韵味。其中写声音的四个词语，信手拈来，两两对偶，妙不可言。

2002年8月8日

泰州诗歌概说

泰州有 2100 多年历史传承，其间留下大量的城市歌咏作品。

"汉唐古郡"的泰州见诸文字的城市歌咏，大致可以追溯到晋代或更早。晋代诗人和辞赋家左思在著名的《吴都赋》中写道："窥东山之府，则瑰宝溢目；覵海陵之仓，则红粟流衍。"作者盛赞海陵仓和红粟，虽属辞赋而非传统格式的诗体，却给读者留下历史和诗的回味。

至唐代，咏唱泰州的诗家渐多。骆宾王的《夕次旧吴》一诗写"地古烟尘暗，年深馆宇稀"的旧吴（泰州）景色，抒发了"山川四望是，人事一朝非"的慨叹。王维《送从弟惟祥宰海陵序》中写泰州："浮于淮泗，浩然天波，海潮喷于乾坤，江城入于泱漭。"这段文字虽非诗句，但颇具诗的意蕴，诗人描绘滨江临海的泰州，意境阔大，语极雄浑。白居易在《烹葵》一诗中有"红粒香复软，绿英滑且肥"的句子。这里的"红粒"即海陵红粟，诗句写出了红粟米饭的色泽、香味和质地，对当时的主粮红粟作了很高的评价。李商隐的《西溪》、喻凫的《游北山寺》、徐铉的《泰州道中却寄东京故人》等，均是旅次泰州的行吟之作。

"文昌北宋"的泰州，诗词亦昌盛于宋代。宋时，泰州以盐税大邑名播天下，城市经济发达，人文荟萃。写诗咏唱泰州的诗人，既有泰州籍人士，也有不少外地人士，他们或过境，或寄寓，或游宦，或虽未到过泰州而与泰州结有文字之缘，留下多首咏唱泰州的诗词作品。这些人有范仲淹、晏殊、梅尧臣、欧阳修、王安石、秦观、苏轼、苏辙、贺铸、陆游、文天祥等。宰相吕夷简曾任泰州西溪（今属东台）盐监，他在官署手植牡丹并写诗，范仲淹有《西溪见牡丹》的同题诗，晏殊有《浣溪沙·牡丹》的词作应和。州治所在官衙附近有积翠亭、芙蓉阁、望京楼、文会堂、清风阁、浮香亭等古雅建筑，曾致尧、王安石等人多有吟咏唱答。范仲淹有《书海陵滕从事文会堂》

一诗，这里的滕从事就是嘱托范仲淹写《岳阳楼记》的滕子京。《岳阳楼记》流传千古，其实范滕二人也曾以文字交往于泰州文会堂。南宋时，爱国诗人陆游写过《泰州报恩光孝禅寺最吉祥殿碑》，还写过多首泰州题材的诗。《对食戏作二首·其一》中有"香粳炊熟泰州红"的诗句，可见当时泰州出产的红米食用之广。爱国诗人文天祥逃难于泰州道中，写过多首沉郁悲壮的旅怀诗篇。

明代，泰州籍诗人首推大名鼎鼎的才子储巏。储巏官至南京吏部左侍郎，泰州民间流传着他出生和妙对对子的许多故事。他的《柴墟文集》中有多首故里题材的诗。"共迎春去出东城，报道春从海角生。青盖日消浮酒晕，彩鞭风细袅吟声。物华漫说灯期好，岁月先占谷雨晴。十载宦游常记忆，故乡风俗少年情。"（《迎春日赴郡斋宴集》）按泰州旧时习俗，立春前一日，知州率部属至东城外迎春桥迎春，并宴集士绅僚属。储巏在这首诗中记述泰州东门迎春盛况，抒发情结乡里的少年情怀。其他泰州籍诗人如张承仁、凌儒、李春芳、刘万春等，对泰州风物和景观也多有歌吟。在泰州做官的外籍诗人有谢源、金廷瑞等，他们雅集兴会，或分韵，或联句，多有吟咏泰州的风雅之章。王守仁、汤显祖等名家也有寄赠或旅历泰州的诗作。

至清，泰州诗人辈出，蔚为大观。泰州籍诗人中的佼佼者有邓汉仪、吴嘉纪和郑燮。邓汉仪，字孝威，入清后不愿入仕，放归，多游历吟咏。《五月泰山岳祠闻杜鹃》《海陵重建望海楼》等诗是他的故里吟章代表作。他的"千古艰难唯一死，伤心岂独息夫人"的诗句，曾被曹雪芹引用于《红楼梦》；其所辑《天下名家诗观》多明朝遗老之作，曾遭清廷毁禁。吴嘉纪，号野人，入清后不进仕途，穷饿以终，著有《陋轩诗》。他的《海潮叹》等诗取材于泰州沿海盐场，以纪实手法记载灶丁百姓的苦难。他守望在社会的底层，关心民生疾苦，取现实主义诗风，朴实冷峻，为诗坛所重，被誉为"布衣诗人"。郑燮，号板桥，工诗书画，其诗不为当时风气所囿，自成一格，著有《板桥集》。他的《渔家》等诗取材于泰州里下河水乡，以通俗形象的语言，描绘渔民清贫简朴的日常生活，宛如一幅幅渔家生活画。此外，朱淑熹、黄云、陆廷抡、陈忠靖、张幼学、陆舜、宫雍、宫鸿历、杨瑚琏、黄九河、缪肇甲、缪沅、俞梅、沈龙翔、田云鹤、程盛修、周虹、仲鹤庆、团维墉、团维坚、康发祥、朱宝善、赵瑜、王广业等，都是志有所载、有诗遗世的泰州籍诗人。

乾隆五十七年（1792），泰州籍诗人宫国苞（霜桥）领衔发起成立了芸香诗社。嘉庆后，由叶兆兰、邹熊继续主持社事，选编诗友作品，辑成《芸香诗钞》十二卷。芸香社诗友豪聚雅集，咏唱泰州的篇章甚多。康熙中邓汉仪的《天下名家诗观》、嘉庆中邹熊（字耳山）的《海陵诗会》、道光中夏荃（号退庵）的《海陵诗征》，都辑录了泰州籍及过往诸家的诗作。过往诗家中歌咏泰州留有诗作的有冒襄、周亮工、龚鼎孳、侯方域、陈维崧、费密、孔尚任、高凤翰、赵翼、蒋春霖等人。

民国期间，韩国钧曾两度出任江苏省省长。韩国钧（1857—1942），字紫石，晚号止叟，人称韩紫老，泰州海安镇（旧属海陵）人，清代举人。韩国钧在世时，辑有《海陵丛刻》诗钞。

现当代泰州，诗坛活跃。知名泰州籍诗人有刘延陵、刘镇、郭瑞年、池澄、马国征、周培礼、庞余亮等。今泰州市诗词协会下辖靖江、泰兴、兴化、姜堰市诗词协会，即马洲诗社（靖江）、昭阳诗社（兴化）、罗塘诗社（姜堰）、溱湖诗社（姜堰）、苏陈诗社（姜堰）和红粟诗社（海陵区），创办《泰州诗词》刊物。市区部分旧体诗词爱好者鳞次诗沼，同气相求，复建芸香诗社，印行《芸香丛刊》，宫剑、周道溥、张贻柏等为中坚人物。新诗界在县级泰州市诗协的基础上，由王加珍、刘渝庆、吴向洋等发起，正式成立泰州市诗人协会并独立建制，创办《泰州诗歌报》，出版《白马诗丛》《21世纪初泰州新诗十七家》诗选、《泰州新诗行》诗合集、《扬子江诗丛》《泰州诗人文丛》等，并创刊了《泰州新诗》杂志。诗意泰州，流家麇集，极一时之盛。

2004年7月27日初稿

漫话《海陵竹枝词》

  竹枝词本是古代西南地区的民间歌谣，后经文人仿作和创作，成为一种接近民歌的七言绝句。竹枝词叙写地方风物、社会人情，景观、史迹、民俗、风情等均可入题。从语言看，竹枝词有着民歌"开朗流畅，含思宛转"的特色，词语通俗，音调轻快，大体运用流利而近乎口语的文言，忌用冷字僻典，忌造艰深晦涩的语句，却不回避方言俚语，确乎"俗不伤雅，雅俗共赏"。唐人刘禹锡的竹枝词，就深受后世诗家称道。

  《海陵竹枝词》是诗家咏泰州的珍存，是泰州历史和文化的重要传承。今存《海陵竹枝词》，凡六卷，分别由清人金长福（字雪舫）、康发祥（字瑞伯，伯山）、赵瑜（字渔亭）、储树人（字碧山）、朱馀庭（号竹仙）、王广业（字子勤）六人撰写。六人中见于史载可以详考的有三人。其中，康发祥是满籍泰州诗人，清道光年间贡生，著有《伯山诗话》《伯山诗抄》《伯山文抄》等；赵瑜是清道咸同间泰州诗人，贡生，其文思敏捷，诗意清新，所作多触及现实生活，著有《晋砖室诗存》《渔亭诗文集》等；王广业是道光年间进士，曾重刻《余园诗》《恕堂集》及《芸香诗钞》，著有《乡贤世德录》等。

  一部六卷的《海陵竹枝词》，是一项壮观而不朽的诗歌系列工程。它是泰州历史文化的记录和见证，读者从中可以重睹古泰州的历史风貌和诗意遗存。"穿城不足三里远，绕郭居然一水通。"（赵瑜）古代的水城海陵城市格局可见一斑。"闻道此邦财力富，南门田与北门盐。"（金长福）古海陵的富庶应不是虚传。"南门田，北门盐，东门鬼，西门水"的民谚也留有注释。"红粟海陵传万古，盐仓东去太平仓。"（金长福）海陵红粟及盐税文化史记其盛，于兹得到印证。"海陵城里多银杏，每到深秋鸭脚黄。"（康发祥）叶似鸭掌，遂以"鸭脚"俗称银杏树，妙极，海陵银杏之多可见。"天滋一水明如镜，绕过东门雉堞来。""歌舞巷中歌舞盛，繁华应号小扬州。"（金长福）"南山寺里木鱼幽，一线江潮入泮流。""打渔湾里几人家，茅屋苍烟暮影斜。"（王广业）古地名于今犹在，旧时风物令人怀想。"大凝（林）桥下向西行，华屋山丘百感生。谁是豪门谁旧族，上头鸥吻辨分明。"（赵瑜）可见，今五一路一带，古时是官宦富豪之家聚居之地。可惜旧时建筑今已不存。"拣匀淘净炒微黄，小磨麻油独擅长。同在一城分水土，南门不及北门香。"（储树人）原注说麻油以泰邑为佳，可见"泰州三麻"之一的麻油，自古享誉。"二月二日天渐长，家家遣轿带姑娘。"（储树人）"阿母园中亲剪韭，五丝豆腐炒车螯。"（朱馀庭）俗云："二月二，带女儿，不带女儿穷鬼儿。"旧时海陵风俗由此可见一斑。

　　一部《海陵竹枝词》，全方位地再现了古邑风貌，其流风遗韵，诗意化了博大而古老的泰州。《海陵竹枝词》的历史认知和诗歌审美，引起后世诗家的兴趣，文人多有仿续。原县级泰州市政协文史委先后编印过两集《新泰州竹枝词》。已故泰州籍著名作家，省文联原党组书记李进（笔名夏阳）题词曰："海陵曾有竹枝词，风土民情叙旧时。今日讴歌新事物，笔歌墨舞写新诗。"

　　《海陵竹枝词》旧以手抄传世，除馆有珍藏外，民间少有抄本可见。邑人谭兆雄先生家藏一部，宣纸装订，工笔小楷，当为善本。太平盛世，凤哕鸾鸣，文化昌盛，有关部门，如文化局或政协文史委，应考虑刊印出版《海陵竹枝词》，以飨读者，并供学人作研究之用。

2011年2月10日

海陵古代女诗人说略

中国古代著名女诗人不少，卓文君、蔡文姬、谢道韫、上官婉儿、薛涛、鱼玄机、唐琬、朱淑真、李清照、管道升等，都在史上留有才名，李清照为佼佼者。

泰州古称海陵，州建南唐，文昌北宋。宋以后，海陵人文荟萃，涌现出众多历史文化人物。女性诗人，则是海陵古代文化的一道风景。至清一代，海陵女性诗歌创作益兴，多人留有传世作品。女性文学成为海陵方域文化的一块瑰宝。

清代海陵女性诗歌是家族文化的重要组成部分。清时海陵，出现不少文化世家。这些家族，读书致仕，家境殷实，女眷毋庸为生计家务所困，且可于闺阁芳斋受教，接触诗学和琴棋书画。耳濡目染，潜移默化，她们多工于诗律，步入诗歌写作的佳境奥区。可考的清代海陵世族大家有仲氏、宫氏、俞氏等。

海陵仲氏代表人物有清代戏曲家仲振奎。他著有《红楼梦传奇》，率先将《红楼梦》故事搬上戏曲舞台，被誉为"红楼编剧第一人"。他曾于嘉庆十二年（1807）编辑刻印《仲氏女史遗草》，悉收仲门诸女诗词作品。《仲氏女史遗草》成为海陵家族文化不可多得的诗歌珍遗。

仲氏女性诗人，首推仲振奎的姑母仲莲庆。仲莲庆，字碧香，适洪仁远为妻，有《碧香女史遗草》刻本传世。因是长辈，仲振奎编辑《仲氏女史遗草》，推《碧香女史遗草》为领衔之作。仲莲庆遗诗多首，其《夏夜》诗曰："长宵月影清莜竹，近署更声远报筹。墙短过萤飞闪闪，阁深归燕语啾啾。"此诗是回文诗，顺读倒读皆成佳篇，仲莲庆的诗作功力可见一斑。

仲振奎夫人赵笺霞，字书云，扬州人。赵亦工诗词，积箧颇丰，著有《辟尘轩诗钞》，辑入《仲氏女史遗草》。赵诗题材多样，咏景感时，寄句怀人，应答步和，无不专擅。"半卷香尘半卷烟，落花庭院送秋千。掠窗燕子轻狂甚，才过墙头又槛前。""裁红剪绿助春工，吹绽群芳一色同。只有杨花太轻薄，乱翻香雪舞晴空。"此《春风》二首，写真生活，意象灵动，声韵流转，造语活脱。赵氏相夫教女，书香盈室，诗教持家，一代母仪，堪称女儿的人生教科书。

仲贻銮，仲振奎、赵笺霞之女，适宫淮甫为妻，天妒红颜，芳龄不继，二十多岁辞世，仲贻銮著有《仲贻銮遗诗》。其咏春吟花组诗，清新雅致，读之怡人。"过春社后软东风，来往营巢入绛枞。却怕香泥经雨浣，隔帘衔碎海棠红。"（《新燕》）如此清雅诗句，读之令人齿颊留香。

仲鹤庆，乾隆年间进士，其女儿是一对诗歌姐妹花。长女仲振宜，字绮泉，号芗云，著有《绮泉女史遗草》。次女仲振宣，字瑶泉，号芝云，著有《瑶泉女史遗草》。两姐妹遗诗多多，短吟长歌，咏物抒怀，无所不能。且看仲振宣的《待春》："冰花朝尚结，芳梦鸟先知。""扫雪开三径，看梅折一枝。"此五律颔颈两句，对仗精工，笔力自显。她们均为仲振奎之妹，仲振奎编集，合璧连珠，将她们的诗辑为《留云阁合稿》。

仲振履，嘉庆年间进士，仲振奎弟，亦为著作家。其长女仲贻簪，字紫华；次女仲贻笄，字玉华；另有一女，名号不详，世称仲孺人。此三女，是仲门又一代诗歌姐妹花。她们幼承家学，均能吟咏感赋。"花阴鹤梦间，日暖晴丝袅。小立摘含桃，惊起双飞鸟。"（《偶成》）仲孺人的这首小诗，静景动写，动静结合，颇可清赏。

与仲氏密切相关的女诗人还有洪湘兰等。洪湘兰，又名芗兰，真州（今仪征）人，进士洪锡章之女，仲振奎弟、贡生仲振猷之妻，著有《绮云闱遗草》，收刻《仲氏女史遗草》合集。

海陵俞氏，代表人物是名重一时的俞锦泉。俞锦泉，名灏，号水文，以廪贡生膺岁荐，曾候选内阁中书。他在海陵下坝施家湾建渔壮园，俗称"俞家花园"。俞氏工诗律，著有《流香阁诗词》，亦精声乐，家蓄女昆班百余人，有"红牙女部压扬州，金谷当年纪胜游"之誉。其祖父俞焊是顺治年间举人，曾任广西太平府推官。子俞梅，康熙年间进士，授翰林院编修，曾分校《康熙字典》等书。孙俞焘著有《落落吟》《知庄集》等。重孙俞垍、俞圻齐名，均有著述。

俞锦泉的重孙女俞廷元，字素兰，工诗善咏。《送两弟北上》："阿姊闺中数去程，翩翩兄弟又长征。燕台此去三千里，珍重闻鸡破晓行。"此为她送蘅皋、让林二弟北诣幽燕之作，征程心系，手足情牵，殷殷姊意，溢于言表。《哭夫》："一闭桐棺倏五年，相依形影穗帷前。纷纷血泪啼枯后，只是春深怕杜鹃。"此为她守灵悼亡之作，伉俪情深，诗淑才媛，直让人想起东坡的《江城子·乙卯正月二十日夜记梦》词："十年生死两茫茫……"两者居丧时长不一，情心殆同。

宫氏家族是清代海陵名门望族、科第世家，有"两朝三翰林，五世七进士"美誉。宫伟镠，字紫阳，广东兵备道副使宫继兰之子，明崇祯年间进士，授翰林院检讨。明亡后不仕，隐居著书，在海陵小西湖（今泰山公园内）遗址建春雨草堂。其女儿宫婉兰，清时才女，工诗词书画，著有《梅花楼集》。宫婉兰善画墨梅，其诗《冬日画梅花》："独坐幽窗下，寒风透碧纱。染毫浑不觉，为爱一枝斜。"其画梅写真自况，翰墨诗心，跃然纸上。宫婉兰适如皋冒辟疆庶弟冒褒为妻，与"秦淮八艳"中的柳如是、李香君、董小宛等交好。

宫氏才女还有宫彩鸾、宫澹亭、宫思柏等。"朝朝雨笠复烟蓑，南陌北阡尽绿波。破暝一弯新月上，晚风吹送乱蛙多。"宫彩鸾的《晚晴》一首，清新自然，颇见杨万里小诗风致。宫澹亭、宫思柏合著《合存诗钞》四卷、《诗余合解》一卷，收录于乾隆版《清代诗文汇编》。与宫氏密切相关的才女，还有王蕙贞等。王蕙贞，字友素，泰州诸生宫在阳妻，著有《洛桂堂集》。

除家族女性诗人外，另有非家族单人诗作传世者，如王兰、王玉徽、王崇蕙、杨琼华、吴癯仙、张兰、张粲、邵笠、周淑媛、贾永、钱荷玉、黄淑贞等，可考者达数十人之多。她们或世居，或流寓，或适嫁，人生际遇不同，贫富有别，但置身海陵诗圃，日夕荷锄弄耕，均有诗词作品存世。值得一提的是蒋葵、蒋蕙。这又是一对诗歌姐妹花。蒋葵，字冰心，号药林，著有《拂愁集》《镜奁十咏》。蒋蕙，字玉洁，号雪峦，著有《和镜奁十咏》。明亡后，两姐妹罹于家国之难，双双遁入空门，修禅于海陵下坝青莲庵。姐法名"德日"，妹法名"德月"，"德"谐音"得"，"日""月"复合为"明"，于禅门追昔怀思旧朝的念想，俱在庵堂青灯黄卷、寂尘香烟之中。

漱玉弄珠，抖绮散彩，海陵古代女性诗人，曾经的书香清阁红装，一任纷繁的青花诗歌意象，飘曳在渐行渐远的历史烟霭中。

2020 年 4 月 16 日

古海陵的绿色身影

古树是跨世纪的生态遗存，每一棵古树，都是一尊站立的历史。人们通常见到的古树多为松柏。"霜皮溜雨四十围，黛色参天二千尺。"杜甫的《古柏行》用夸张手法，极写孔明庙前老柏的伟岸身姿。"古松古松生古道，枝不生叶皮生草。行人不见树栽时，树见行人几回老。"宋代仲皎的《静林寺古松》则用拟人手法写古树的旷世阅人，令人感慨。

海陵城古桧柏大致可见两处代表性植株。一株在乔园亦即日涉园核心景区，伫立在假山囊云洞上方，与三峰石相伴守，树龄约400年，保护等级为一级。乔园几易主人，数更其名，当为泰邑私家园林的极致营构，被誉为"淮左第一园"。古桧柏见证了乔园的历史变迁。如今，此木仅余一脉树皮，枯干虬枝盘曲，瘿疣结节怪异，犹自一簇枝叶逸出，凌空斜向东北方，拥青擎黛。

另一株古桧柏在海陵南路，暮春桥南，树龄近950年，保护等级为一级。此地原为延寿庵所在，树名状形，人称"仙鹤柏"。经考证，此树原为宋代泰州盐官许元宅中之物。欧阳修《海陵许氏南园记》写许园："其园间之草木，有骈枝而连理也，禽鸟之翔集于其间，不争巢而栖，不择子而哺也。"许元，字子春，官至江浙荆淮制置发运使，当为范仲淹上司，时人交口称谓"许发运"。今古木立于路边，朽干伶仃如清癯老者，犹余一枝垂青凝碧，根部合以围栏，上下金属架支撑，树旁立石镌字"千年柏"。由此向南约百米即古海陵南门水关遗址。遥想当年，中市河清波粼粼泛漪，舟楫南北往返，即在此古木西侧。环视周边，街衢商肆，铁塔高楼，一切现代物质文明，俱为千年古桧柏所见证。

银杏，一名公孙树，是另一种历世久长的树木。泰州号称"银杏之乡"，银杏被定为市树，海陵城里银杏树古遗多多。"海陵城里多银杏，每到深秋鸭脚黄。"清人康发祥在《海陵竹枝词》中谓"鸭脚",缘于银杏曾被俗称为"鸭脚""鸭脚子"。《本草纲目》"银杏"条曰"原生江南,叶似鸭掌,因名鸭脚"。

海陵城古银杏,首推省泰州中学老校区大门内西侧的那一株。此树高23米,胸径近2米,冠幅约20米,树龄约980年,保护等级为一级。此古银杏传为北宋著名教育家、理学家胡瑗手植。胡瑗,字翼之,海陵人,23岁远诣山东泰山栖真观书院治学,去邑十年。胡瑗返里后仕途不济,遂于城西华佗庙旁经武祠创办胡公书院,亦名安定书院。为表达树木树人宏旨教义,胡公亲手栽植此银杏树,该树至今高大茁壮,枝叶繁茂,状如慈母抱子,故有"怀中抱子"之美谓。古木临风,筛雨滤月,分明站着一株绿意盎然的宋朝。

海陵古银杏,举其要者还有以下一些。老体育场银杏,树龄近400年,保护等级为一级,曾遭受雷击。西仓都天行宫东侧两株,树龄分别约为600年和360年,保护等级为一级,今坐落于新修建的西仓游园内。鼓楼大桥北侧,原三人医苑内一株,树龄逾300年,今在十字路口西北角,树身欹侧,设架支撑,立石镌字"福杏"。北城河北沿古关帝庙三株,庙前两株,树龄110多年,庙后一株,树龄200多年。城北五巷小学故址一株,树龄逾百年。泰山公园临湖禅院内两株,树龄逾200年。海陵南路暮春桥北侧路东,雌雄两株,树龄逾200年,保护等级为二级。相传当年瓦工和木工聚会此处,各逞其能,有老者设法调解,让瓦木工各种一株银杏树,谓谁的树长得好谁赢,遂有了这对雌雄银杏树。

古木是城市的文化载体和独特地标,海陵古桧柏和古银杏是"汉唐古郡,淮海名区"站立的活体灵魂。古海陵高大的绿色身影,将透过历史旷远的岚烟,传递到未来的城市邮箱。

2020年5月20日

泰州中秋习俗

中秋节是传统佳节，我国各地的中秋风习不尽相同。清人创作的《海陵竹枝词》就写到古代泰州的中秋民俗。下面，选录几首中秋题材的《海陵竹枝词》。

"月宫人祭在中秋，果品堆栟各样收。更向水乡求异品，鲜红菱角又鸡头。"（康发祥）"中秋人口称罗汉，未到黄昏盼月圆。东壁笙歌顽宝塔，西家鼓乐上张仙。"（赵瑜）"中秋赏月月光明，碧藕红菱碟子盛。蜡炬辉煌看宝塔，高高却是瓦堆成。"（储树人）"一年明月今宵多，玉带沿堤水调歌。灯影渐稀收宝塔，州桥顶上看银河。"（朱馀庭）"花飞钏动十三余，细响铮铮比屋居。盼得团圆如月样，问郎可忆破瓜初？"（王广业）

从词中记述可见，海陵中秋祭月赏月古已有之，碧藕、红菱等物是祭月的"异品"。康诗中说到的"鸡头"系指"芡"，即菱，时俗谓之"鸡头子""鸡头果"。这是海陵中秋祭月的供品之一。鸡头果原本是一种水生植物，状如鸡头，故名。这种果满头草绿色的刺，煮熟了变成紫褐色的，剥开皮露出一肚子像花生米的果粒，食之香气沁透而口感糯滑。词中还说到"罗汉"和"宝塔"，语及"顽（玩）宝塔""看宝塔"和"收宝塔"，是说中秋海陵习俗以碎瓦堆成"宝塔"，顶端留一塔口，在塔内燃烛或点燃竹木谷草等燃料。赵诗中说道"张仙"，是因为古代海陵一带有中秋节偷桥桩祈仙送子之说。王诗中写古代海陵年轻女子居家敲剥瓜子，心中藏着美好的情愫和希冀。诗人注释说，每岁秋初，各果馅店散售瓜子，人们买回去剥之取仁，以供中秋做月饼之用，说贫家儿女往往借朝夕灯影，锤声铮铮细响，多有通宵达旦。古代海陵人家迎庆中秋佳节的市井风情，有声有色，宛在耳边眼前。

中秋祭月的风俗代代相传，延续至今。泰州人将祭月说成"敬月光菩萨"，俗说"敬月光"。敬月光须得准备好供品，一般以九为尊数，故要凑足九样食品，多则不限。其中有秋季的时令果品，如花生、芋头、老菱、莲藕、柿子、石榴、西瓜等农家土产。当今城乡家庭有选购香蕉、葡萄、鸭梨、橘子，甚至哈密瓜为供物的。随着果品流通加快，黑布林、火龙果等远地异域的果品，逐渐登上供桌，给中秋敬月增添了新的元素。

糕点加工是中秋过节的一桩盛事。泰州南乡如塘湾、白马一带流行中秋节做馒头，有的人家为此要忙乎一整天。包括兴化在内的里下河广袤地区，则流行做糯米糕点。其中有一种兔子月光糕，制作工艺独特而讲究。做这种糕得有专用的模子，一只圆圆的大盘子，内有十多个凹陷进去的模子。主妇用眼孔致密的箩筛（又名筛箩、面筛箩），将细而匀的糯米粉筛进模子，摁压成型。出模蒸熟的米糕大体上成扁圆形，周边曲变有致，饱满圆润，形如琼花，洁白无瑕。米糕上面分别凸显"福""禄""寿"的字样，一只用糯米粉做的长耳小兔子蹲坐在糕上，栩栩如生，惟妙惟肖，童趣可掬。小兔子大多被点上红颜料，平添色彩，养人眼目。人们还在兔身旁边插一面小小的三角旗，细芦柴做的旗杆，高约一尺，鲜红的纸剪成旗子，旗面被巧妙地镂空，有着兔的造型和"月"的字样。紧靠红旗子的下面，点缀着用绿纸剪的小叶片，更添盎然生气。

许多人家还用糯米粉做粘饼。粘饼又称年饼，"粘"是说它的黏性，"年"是因为过大年也做这种饼。粘饼是扁圆形的，直径两寸左右，在油锅里烙得两面金黄，馅儿多为桂花芝麻糖。条件稍差或不很讲究的，可以用糯米粉直接烙糍粑，小一点儿的糍粑也叫油糍儿；还可以用粉面发酵，在锅里烙成大大的月光饼。月光饼多用糖做馅儿，两面均粘上密集的熟芝麻。农村人家多有自做月饼的，月饼黄霜霜、香喷喷的，大小不一，自下而上、从大到小可以堆叠成"宝塔"，一座"宝塔"就是一套月饼组合。城里人家则以店里卖的月饼为主，馅料有五仁、椒盐、豆沙、枣泥、火腿等多种。店里售卖的月饼有大小之分，大的一块大体抵四块小的，状如满月，通常叫作月宫饼。市售月饼品种繁多，苏式的、粤式的，不一而足，制作精良，风味各别，用于敬月光固然好，只是受用者难以体会居家自做月饼的乐趣。

中秋节这天，白天有祭祀活动，有鱼有肉的一顿午饭是少不了的，而晚上敬月光算得上一天中最隆重的盛典。人们早早地把门前的场面或天井院落打扫干净，就等着金乌西坠、玉兔东升。入暮，当一轮满月在屋角树梢冉冉升起时，千家万户祭拜月亮的仪式就开始了。人们在门前安放好供桌，供桌大多是小八仙桌，桌上摆放早已备好的各式供品。你看这时的供桌上，有又油又酥的月饼、粘饼，有白洁可人的兔子月光糕，有鲜亮透红的柿子、嘟着嘴儿的石榴、清香的河塘老菱角、公孙树上打下的光洁的白果儿，还有麻布壳子的新花生、墩头墩脑的山芋和芋头……哦，一桌供品，满眼秋色秋光，欢喜得人心里美滋滋的。碗和碟盘边摆放着木筷，好让月光菩萨举箸品尝人间美味。桌上果品前还摆着烛台和香炉。红烛高烧，香烟袅袅，小鞭炮噼噼啪啪地炸响。一家人由长到幼，向着升起的明晃晃的月亮跪拜，有的只是遥对着亮月子唱个喏儿，也就算表达心意了。轮到晚辈跪拜行礼时，长辈往往会提醒晚辈，一定要在心中暗暗许一个愿望。有小毛孩子的人家，大人会教小孩学唱一首口耳相传的儿歌："亮月粑粑，照见他家。他家驴子，吃我家豆子，拿棒打它，还是××（孩子的小名）的舅子！"

说到孩子，就会注意到供桌上放的茶杯。这只茶杯是不可少的，里面的茶水当然是敬给"月光菩萨"的。有的人家是清水，有的人家是茶叶茶，更多的人家是红糖茶。据说这种茶水功效可神奇了，谁家的小儿郎尿床，只要偷偷喝上一口这茶水，就不会夜里画龙画凤在床上尿。机会难得啊！尿床和不尿床的孩子都想喝一喝。不过，既然要求偷喝，就不能让别人发现。这时，大人往往故意离开，只管装着看不见，好让来尿宝儿偷偷喝上一口。这茶自家孩子可以偷喝，邻家的孩子也可以偷喝，大人们绝不会干扰阻拦的。不过要说这茶有多灵验，还是不靠谱儿的。来尿宝儿喝了，往往照尿不误，甚至有不来尿的宝儿这晚偷喝得太多，加之这晚疯闹得厉害，不派他画龙画凤，他也要在床上显弄一回。

中秋也有"失色"的时候，有时天公不作美，早不阴天晚不阴天，偏偏中秋节这天阴天。也有的年头，会遇到"天狗吃月亮"。多好的亮月子，又大又圆，偏偏被不知从什么地方跑出来的"天狗"咬去一大口，甚至被"天狗"全吞了下去。人们只有及时敲锣打鼓，或者打击脸盆茶缸之类的东西，并且"噢——噢——""哇——哇——"发出叫喊声，好让"天狗"受惊，吓得将月亮吐出来。声响远近相闻，旷远的苏中大地都在雄浑呐喊。"天狗"受到了惊吓，果然一点儿一点儿吐出月亮。旧时人们不懂月食的科学道理，今人知道了月偏食和月全食，遇到"天狗"，还是乐意敲打呐喊，年丰人乐嘛，使一回性子也行！

中秋节敬月光，是为了庆丰祈年求福。中秋节是大人的节日，更是孩子们的节日。旧时中秋节，海陵城里的老人会给孩子们做工艺品粽子：用硬骨纸做架子，外缠七彩丝线或丝绒，大大小小穿成一串，挂在胸口，非常亮眼。泰州东南乡直到黄桥镇一带，中秋节有孩子们"摸秋""偷秋"的习俗。这天晚上，孩子们可以搭伙结伴，去"偷"人家敬月光的食品。他们早早地埋伏在暗处，等到大人们转身进屋了，就赶紧出动，在"月光菩萨"眼皮下公然做一回神偷。那种来也匆匆、去也匆匆的机灵劲儿，那种蹑手蹑脚直至一溜烟小跑，快得连嫦娥的兔子都追不上他们。要是谁不小心发出一点儿声响，也不要怕出事栽了。因为屋里的大人只会咳嗽一下，算是吓唬吓唬这些"摸秋""偷秋"的小毛鬼。中秋月光下的童心，美了这个夜晚，美了一方天地。

2010年9月12日

水城慢生活

"水城慢生活"已成为泰州的旅游名片。近几年，地方政府围绕"水城慢生活"设计旅游产品，取得了明显的品牌效应。

水城慢生活的特质是"水"和"慢"。这两点毋庸置疑。但是，如何解读水城之"水"和慢生活之"慢"，需要细化和佐证。现在引用较多的是马可·波罗的话："这城不很大，但各种尘世的幸福极多。"马可·波罗的话只是对古泰州的总体评价，并未揭示泰州水城慢生活的特质。其实，从地域文化看泰州，水城慢生活有着很好的体现。水城慢生活的层级提升，重在文化层面的提升，应充分发掘水城慢生活的文化元素。

相关部门可以邀请并组织本土学人，从咏泰州的古诗词中遴选与水城慢生活相关的精品之作，通过推介以昭示泰州水城慢生活的历史传承。这方面的诗歌作品不在少数。譬如《海陵竹枝词》中就有对水城泰州的直接歌咏。"穿城不足三里远，绕郭居然一水通。"（赵瑜）"天滋一水明如镜，绕过东门雉堞来。"（金长福）"城河水比下河腴，茭白红菱味总殊。"（王广业）《海陵竹枝词》还全面而真实地记录了古泰州水城慢生活的民俗风貌，对春节、端午节、中秋节等传统节日都有民俗风情的传写。关于二月二带女儿，就有三首诗吟咏。"二月家家带女儿，娇娃入抱紧跟随。晚归携得铜钱结，安息香还点两支。"（赵瑜）"二月二日天渐长，家家遣轿带姑娘。晚来归去携儿女，手内还持安息香。"（储树人）"杏花二月雨如膏，爱子归宁乐且陶。阿母园中亲剪韭，五丝豆腐炒车螯。"（朱馀庭）古泰州慢生活的民俗风情，从中可见一斑。今人创作的《新泰州竹枝词》，对新时代泰州水城慢生活也多有涉笔。水城无疑是一种物质文化遗产，而慢生活则是一种非物质文化遗产。着眼于历史的广度和深度，致力于研究和传扬民俗风情，可大大丰富水城慢生活的内涵。

优化泰州旅游环境应成为一种共识。旅游环境包括硬环境和软环境。

硬环境方面，应加大对既有城河的改造和沿岸景点的布建。城西南一带河道偏于狭窄，从长远发展看，应尽可能拓宽一些，使水道畅通，这有利于未来沿岸的风光营造。柳园改造应具有特色，不是其他园林的翻版，可保留一些既有的原生态风景，而这正是当今一般园林求之不得的。柳园大门路南一带的建设不应该是三水湾的复制铺展。

软环境建设是重中之重。相关部门要通过宣传发动，使更多市民成为水城慢生活的参与者和享受者。这方面总体感觉还不够。1963年我参加省中学生篮球赛，在苏州拙政园水榭一角，见一仙风道骨的白发老者吹着洞箫，与游人相亲相乐，这是一种真正意义的慢生活。在丽江黑龙潭公园，七八位闲适的飘髯老者，围坐在大树下尽享其乐，这是一种实实在在的慢生活，没有一点儿虚饰的成分。在桃园水榭渡口，遇到东北来的一对散客游伴，我给他们介绍沿河实景的人文历史。得知我是老师，且教过旅游概论和旅游地理等课程，他们很是感激。由此想到，除专业导游外，应鼓励更多的人成为宣传泰州的志愿者，这需要培养和增强市民参与本地旅游宣传的良好素质。

软环境建设还包括对水城慢生活广泛而持久的宣传。这方面有许多环节可抓。央视已介绍过泰州水城慢生活，还应该以"水天堂，夜游城"等广告词，亮相央视黄金播报栏目，使泰州水城慢生活的品牌跻身央视旅游宣传广告之列。正规出版的地图、旅游手册，应有对泰州水城慢生活的介绍，这是对旅游优秀城市品位和级别的考量。相关宣传的光盘、书刊，如《印象凤城河》等，旅游景点应该公开出售。上面提到的《新泰州竹枝词》，可编印出版全本或精选本，以飨广大读者和旅游者。望海楼、文会堂等景区景点应充实本土文化元素，可请书画家奉献歌颂本土文化的墨宝。五十年前离开苏州时，我在火车站候车室看到吴羚木等画、蒋吟秋题字的四幅巨画——《虎丘春晓》《洞庭夏熟》《天平秋枫》《灵岩冬雪》，让过往旅客尽揽姑苏四时之胜。泰州可仿效此举，在车站及旅游景区景点设置宣传泰州水城慢生活的大型书画作品。上次"泰州水城慢生活"研讨会结束后，我写作并发表了《凤城河赋》《海陵赋》，为宣传"泰州水城慢生活"贡献绵薄之力。

饮食文化需要进一步放大效应。泰州煮干丝、大炉烧饼、蟹黄包等要在传统制作工艺的基础上提高技艺，使之像扬州小笼包一样叫响品牌。老街大炉烧饼我吃过两次，口味不如记忆和想象得好，有时路过那里，见到的是闭门谢客。长江三鲜、溱湖八鲜、全牛席、全羊席、江鱼席等要彰显特色，树立口碑，吸引游客慕名而来，一饱口福。

本土旅游交通需要进一步完善。旅游已成为时尚和黄金产业。我市出游的市民众多，但是本地游有时感到不便。我市多家旅行社"照远不照近"，对本地游产品不太感兴趣，坐失良机。自驾游不论，非自驾游的市民多感不便。前年去溱湖湿地公园，公交车开不到停车场，散客要兜好大一个圈子。春天去兴化缸顾看油菜花，市区旅行社不组团，以致我两年没有成行，后来还是诗人协会组织采风活动，才得以成行。泰州本土应建立大旅游交通格局，华侨城、缸顾、李中、雕花楼等应有车辆直达。四市三区旅游职能部门应加强联系，积极开发和利用本土旅游资源。

开展多项关于水城慢生活的竞赛娱乐活动。2013年举办过泰州凤城河公开水域全国游泳邀请赛，今后应该继续举办。还可以水城慢生活为主题，定期举办垂钓比赛、棋赛、风筝赛、吟诵比赛、征诗征文征联征画等活动，使泰州水城慢生活的旅游品牌驰名遐迩，深入人心。在收费方面，乔园、梅园、桃园等收费不菲，部分市民包括大批青少年望而却步。相关部门可尝试背诵与泰州及水城慢生活相关的诗词免费入园的办法，以降低入园门槛，从而扩大园林旅游的受益面和影响范围。

2013年9月2日

画廊十里凤城河

水是城市的灵性所在。凤城河是古泰州的护城河,宛若州治城邑的锦衣玉带。"穿城不足三里远,绕郭居然一水通。"清人赵瑜的竹枝词诗句勾画出古代水城泰州的城市格局。泰州城河,局部始凿于后周,今存主河道则开挖于南宋宝庆年间。冷兵器时代的护城功能不复存在,其承载的历史文化却见证了泰州绵长悠久的历史。泰州凤城河是省内唯一现存完整的千年古城河。2009年全国首届城河论坛在泰州举办。

凤城河水域约有83.8公顷。北城河东段和东城河是传统的城河精华段。这里邻近商业中心坡子街,人烟凑集,商业繁华。天滋亭是水城名为"天滋烟雨"的一处景点。"天滋一水明如镜,绕过东门雉堞来。"(金昌福)驻足天滋亭东望,云霞飞升,天镜开处渺渺;波光映照,清漪泛时粼粼。昔时夹岸垄亩,荞麦青青,蒹葭采采,水鸟照影两岸翔集,浣女捣衣一河晴雯。于今两岸商肆林立,水湄廊榭楼阁,绿树掩映,鼓楼大桥亭角流丹,古关帝庙老树擎黛。北城河东段抱湾拐角南去,水势浩茫,迎春大桥遥遥在望。此段黄金水道是冬夏泳者的好去处,近年全国游泳健儿受邀而来,中流击水扬波,竞技于郁郁葱葱的夏日凤城河。

凤城河奥区胜境集中在东南一带河段。位于城河内侧东南角的望海楼,是凤城河水湄的地标性建筑。斯楼初建于南宋绍定二年(1229),屡有废兴。新建的望海楼为宋代建筑风格,高32米,楼体峻伟,雄峙苏中,堪称"江淮第一楼"。泰州古代滨江临海,后来大海东去,涛声渐远,登楼眺望江天海角,会心得意之处,让人感到水色潮音直入诗怀。古望海楼又名望母楼。相传明代泰州才子储巏,其父出海做生意,遇到大风浪,落难中被荒岛母猩猩救起。储巏即为母猩猩所生,自幼聪颖过人,后随父离岛返乡,终成大器,官至吏部侍郎。储巏思念母亲,常于东城登高望母。传说未免虚幻怪诞,却给望海楼平添了传奇色彩。

望海楼西侧为文会堂，史载文会堂为北宋滕子京任海陵郡从事时所建。当时，范仲淹在泰州任盐监，二人便以文会友，常与胡瑗、周孟阳、富弼等人在文会堂吟诗唱和，结下不解诗缘。后滕子京谪守巴陵郡并重修岳阳楼，范仲淹应嘱写了《岳阳楼记》，篇中写景妙笔生花，又卒章言志述怀，文垂青史。文会堂诗言"君子不独乐"，岳阳楼忧乐萦怀情系天下，心志一脉相承。今文会堂为宋式歇山五开间建筑，恢宏大气。堂前辟文正广场，中立范仲淹青铜塑像。广场东侧植有五干同根、连体合株的红果冬青树，俗称"五相树"，寓指北宋晏殊、范仲淹、韩琦、富弼、吕夷简五位宰相，他们都曾在泰州为官执政。"文昌北宋，名城名相交相重。"可见，宋代泰州人文极一时之盛。景区内竹林通幽，翠色藏几许诗碑；古砖出土，清风抚一角宋城。

与望海楼隔水相望，城河东岸水湄，北有梅园，南有桃园。梅园辟有梅兰芳纪念馆，以纪念祖籍在此的京剧艺术大师梅兰芳。梅园享有盛名，李先念题写大门匾额。园内厅堂廊榭亭台，系泰邑明式建筑，风格古雅。大型露天汉白玉坐像，再现梅郎栩栩如生的俊美形象，此系著名雕塑家刘开渠封山之作。柳丝点池，天光照影，梅兰芳饰演的太真石雕，袅然临风在水中央。梅亭别致，由著名古园林设计专家、同济大学教授陈从周设计。在这座仿古戏台上，梅葆玖曾与票友同台演出。踏径逶迤而下，西至凤城河水湄，凭栏眺望，迎春大桥横波，对岸烟柳凝翠，现代楼宇矗立。远近水面，时有野生水鸭子潜浮，出没静波沧浪，宛若动态的黑色符号。现代城市生机野趣，喜煞客心。

桃园，西与望海楼景区一衣带水，两岸观澜借景。景区北部是新建加高的凤凰墩，墩虽不太大，却林木扶疏，有亭翼然凌于墩上。陶潜《归去来兮辞》中写道："登东皋以舒啸，临清流而赋诗。"皋，高冈，高敞之地。这里也可谓海陵的东皋所在。墩上有飞来钟楼，一名来凤楼，楼内悬置铜铸大钟。钟楼之名缘于泰州民间"十兄弟共抬铜钟"的故事。说的是龙卷风卷来一对铜钟，钟在天上双双戏耍，蓦地一声巨响，一口钟掉在城里钟楼巷，一口钟掉在郊野城河里。今存光孝寺的古铜钟就是掉在钟楼巷的那口；掉在城河里的铜钟，须嫡亲十兄弟方能抬起。一户人家有九兄弟，就让女婿凑数，谁知合抬时钟向女婿这边仄，小舅子喊了声"姐夫用力啊"，钟便掉落河里杳无踪迹。新铸铜钟与光孝寺的南唐古铜钟外观相同，重达2吨，高2.2米，环形龙钮，图饰精致，是凤凰墩镇墩之宝。此钟敲必三响，与苏州寒山寺的铜钟结为"姐妹钟"。

　　来凤楼名则与凤凰姑娘的传说有关。相传凤凰墩现址古称龚家墩。一位张姓老郎中，与独女凤凰相依为命，悬壶济世。一年，龚家墩流行瘟疫。张老查得一帖灵药妙方，须用海岛草参。老人家染疾，不能出海寻药。情急之中，凤姑恳请代行，父亲无奈依允。凤姑星夜兼程，赶到海边，用野生芦苇编筏，冒险漂流至海心荒岛。她觅得岩缝里的草参，正待伸手采摘，訇然巨响，岩石化作人形，厉声喝阻。夜深凤姑趁神灵酣睡，悄然摸黑攀岩，采下草参，连夜返程。谁知刚踏上故土，风雨大作，惊雷炸响，可怜凤姑倒地丧生。原来是神灵遣魔怪追杀，作法夺命。雨消云散，凤姑含笑，手攥草参，安详卧地，引来一群五彩鸟雀绕飞……瘟疫消弭，乡民得救，龚家墩因之易名为凤凰墩。后世泰州流传民俗娱乐节目《唱凤凰》，沿袭至今。新春佳节，人们用竹篾扎架、彩纸裱糊成凤凰鸟，敲锣打鼓，走街串巷，歌唱泰州的好姑娘凤凰。来凤楼，有凤来仪，"来凤鸣钟，声闻四达"，除夕守岁撞钟，成为纳吉祈福盛事。

　　凤凰墩西侧是傍水的藕花洲景区。藕花洲原在州衙内，为北宋知州曾致尧所辟，曾列为海陵旧八景之一。今得水城之利，因地制宜，移建于桃园凤凰墩附近。洲取河岸曲势，多植荷、梅，黄石假山环立。景区内建有浮香亭、齑汤桥、清风阁，亭阁命名雅致，诗意蕴藉，传留苏轼、苏辙、王安石、秦观等人关于泰州题材的诗作。桥名则与宋朝开国皇帝赵匡胤相关。相传，赵匡胤兵败落难泰州时，曾在桥畔遇到一位老妪，受济一碗麦糁子稀粥，解饥脱困。受禅登基后，太祖感念不忘，派人来泰寻访老妪，并赐此桥名为"齑汤桥"。清风阁又名清风楼，始建于五代时期。北宋，知州曾致尧写下《清风楼》诗。王安石初为淮南判官时，数次莅泰登临此阁，并写下《清风阁》诗。复建清风阁，宋式三层八角重檐，高约二十米，为桃园内的最高建筑。一块藕花洲，亭台建筑，岁月风华，凝聚北宋元素，可谓缩微了泰州的宋代文化史。

桃园的核心景点当数藕花洲向南的陈庵。史载孔子六十四代孙孔尚任出仕泰州治水，始荣后衰，落魄寓居陈氏家庵，在此完成《桃花扇》二稿。此剧借侯方域、李香君的儿女之情，表现对南明王朝的兴亡之恨，构思和戏文均达到新的艺术高度，饮誉梨园。复建的陈庵为泰州明清建筑风格，前后三进，庵内辟有孔尚任纪念馆。西侧怀抱小花园，名曰"怡园"。园内假山浅沼，碧水锦鳞，廊榭连接，曲径通幽。园门楹联"新书远寄桃花扇，旧院长关燕子楼"，是著名戏剧家吴祖光与表演艺术家新凤霞之子、当代著名书画家吴欢所书。陈庵西侧岸边，建有水中画舫，舫上置古戏台，以合孔尚任在泰州渔壮园舫亭观戏的遗图。东南方向不远，一带绿茵花径通向桃花扇亭。此亭造型别致，大体呈扇面形，亭内石桌亦呈扇形，切合《桃花扇》剧意。水陆相连，剧坛遗事，这里无疑是中国戏曲史的凝重板块。孔尚任归宿曲阜孔林，东塘（孔尚任号）先生有知，应该感到慰藉，这里是他灵性的又一栖息之所。

陈庵之南是桃花岛，岛名切合东塘剧名。进出桃花岛须取道隐龙桥、十胜桥。隐龙桥又称巴掌桥。传说赵匡胤躲避南唐官军，只身藏到泰州一座小砖桥下。官兵过桥追赶时，小桥摇晃不已，赵匡胤惊恐无奈，用双手死命抵住桥顶，躲过一劫，得以脱身。时人在桥底发现两个巴掌印记，桥遂得名。十胜桥，传说赵匡胤与南唐官军作战，转战泰州，一日十战皆捷。过十胜桥，坡势渐起，大片桃林秀出。这里花色宜春，与桃花岛蔚然一片。桃园占地180亩，园内广植桃树，其中观赏桃有3600多株，116个品种。景区均衡配植不同花期的桃树，早中晚期花树错开，致使满园桃花次第开放，从三月中旬持续到四月下旬，花期前后约40天，一春光景，花事不断。桃花为媒，今世有缘。每年面向全国的大型桃花节、万人相亲会，都选择桃花盛开期在此举行。春日桃园，繁花似锦，桃花岛及其附近地带更是花色明丽，多姿多彩。

春风鸟语，呢喃桃花，桃瓣攒簇如火，柳枝摇曳生烟。桃花岛乃至整个桃园，远近一片花光，玉树锦华，争妍斗艳，游人目不暇接，迷花驻足，身心醉入绮丽画图中。三月雨催花发，四月晴明花天，"紫陌红尘拂面来，无人不道看花回"。春风绿岸之时，桃红复含宿雨，花光更染晨旭，一大片明艳的桃林景色，营造出现代城市的一角桃花源。

桃园踩菱榭向西，有津渡画舫通达对岸的望海楼景区。驻足回望城河，河面开阔，天光水影，颇有唐人张志和《渔歌子》中的烟波画意。这里是每年端午时节举办龙舟竞赛的绝佳水域。溯流西去，可达海陵连体双桥之一的文峰桥。古典的文昌阁、南山寺塔，分列鼓楼路东西两侧，与现代城市桥体通衢交相辉映。穿拱西游，便渐渐进入打渔湾柳园水域。柳园是明代评话宗师柳敬亭故居地，这里建有中国评书评话博物馆暨柳敬亭纪念馆，侯宝林、姜昆等均留有题字。岸柳笼烟，幽篁筛月，坐落水湄的柳公祠演绎说部人生，积贮说部菁华，人们遥想一代宗师，飞花莲舌演义春秋，惊堂醒木拍断流风历史。

物换星移，古郡新颜。近年泰州城区对凤城河重新规划建设。引凤河一水旁至，与凤城河交汇映秀。老高桥向西段、西城河段、北城河西仓段，均已构筑驳岸，铺设走廊，设计景点，出彩焕新。四门开邑，北极南枢，方正整合，彩线串珠。水天堂，夜游城，慢生活，祥泰州。徜徉在亲水的滨河风光带，流连晨昏，收藏岁月，放牧心情，邂逅远近翻飞的水鸟，陶醉良宵缥缈的灯光，怡然自得，恍若置身人间仙境。十里画廊，万斛诗思，漫步钟灵毓秀的凤城河景观带，穿越历史时空，人们会剪裁一片心的锦绣。

2017年7月27日

冒沙井记

深秋晴阳天气，东出黄山冲路，拐弯沿新添大道向北，步行大约半小时许，折向西，一路登坡。弟宁庆遥指北面山坡一片青郁的树林，说："妈妈的墓地就在那片树林里。"隔空眺望，就要亲近阔别的妈妈了，颇有几分情切。

很快，我们抵达一座迎面的牌楼，牌楼四架三开两层，柱色朱红稍淡，廊檐悬挂五盏大红灯笼，楼顶中间从右向左，赫然手书繁体"亲和自然"四个大字。牌楼两侧路边安置几对大花盆。此为墓区建筑的标志性牌楼。取道北向前去，一时竟找不到上山的路。眼前是坐东向西的一组楼房，墙上贴着面砖，挂牌"贵阳森光环保厨房设备有限公司"。从颇为陡峭的台阶拾级而上，进入一家单位的平台后院，再从院子一角披荆而出，向东南方向的山林深处探寻。没有路，脚下是杂乱荒芜的林间草莽。在逶迤的山林间走了大约十分钟，终于找到妈妈的墓地所在。

妈妈的墓掩映在一片荒坡丛莽之中。冢呈圆柱形，高约1.5米，截面直径约有2米，外表用不规则的石块分5层竖向砌成，上沿周边稍许突出，厚约十厘米。面南嵌入一块长方竖型石板，上面镌刻着工整的楷体字，居中是"封母为明之墓"几个大字，右偏上是"公元一九八二年四月吉日"一列小字，左偏下是奉祀之子（女）孙（女）辈名字，我与莉娜的名字各在其位，只不过"莉"字误作"丽"字。墓顶有土，微微隆起，长着不知名的蓬乱杂草。

站在墓前，遥望南天，林隙之外，隐约可见山路那边一组组高层建筑。这是筑城贴近的身影，山城贵阳多年来与时俱进，城体一年年膨大再膨大，已抵达僻远的冒沙井地域。老妈寄寓此地，举目可望气势磅礴的山城，侧耳可闻远远的市井之声，应该能感受到人世间的气息。随着城市不断扩建，会不会有朝一日人工侵犯到这片青郁的陵寝未可预测。回顾左后方，不远略高处,有另一处墓冢寂寞地矗立在那里。按说这是妈妈的邻居,未知私下里是否相知,睦邻相处。出乎意料的是,四根长长的浅白色网线,由西南方斜向攀缘而来,从妈妈墓冢前集束拉过,距离墓沿上方不超过两尺。春夏秋冬,朝晖夕阴,时时刻刻,网线所载,电波感应,远近的万众声息,人世的爱恨情愁,妈妈大概都能时时听到。如此说来,老妈灵隐此地,虽无车马之喧,耳根其实是难以清净的。

这就是妈妈的灵魂憩所。尝记1966年12月20日,我寻母探亲离开桂月村时,妈妈子夜在山坡倚门目送。屋里昏黄的灯光成为背景,映衬着她剪影一样的身形。半个世纪过去,妈妈早已作古,再度来到妈妈身边,已是死生两隔。不过,情感是很奇妙的存在。来到妈妈墓前,虽隔着墓冢,却仿佛灵知犹在,可以寄诸言语。妈妈,远在江天海角的大毛,终于与弟妹和妹婿一起来看望你了。我在心里说的话,你一定会真切地听到。

大毛此番诣黔,遍会诸家亲友,有幸见到了五舅、幺娘和几位弟妹。每到一家,济济一堂,饭后茶余,促膝谈心,钩沉岁月,互道以往,填补了家族认知的许多空白。

大表哥封文德,2015年受命主编《封氏家谱》。我在大表哥家里受赠一册,对母系家族有所了解。外祖父人鉴公,字丙权,祖籍重庆璧山。1909年入黔,后娶富家女廖福英为妻,族人尊廖氏太君为入黔西封姓一世祖母,也就是我的外祖母。黔西封家祠堂,号曰"二公堂",今已不存。一世祖、一世祖母,生有二子五女。大舅为汉,五舅为鑫,五女依次为为珍、为明、为莲、为玉、为俊,除三女早故芳龄不继外,其余各有支脉,人丁繁衍,今广布于黔西、贵阳、都匀、北京、东莞、深圳等地。长辈之中,五舅和幺娘健在,均从教职退休,五舅多年教地理,幺娘多年教数学,都是中学高级教师,饮誉一方杏坛。

在幺娘家里,看到一幅放大的黑白照片。照片摄于1939年,是外婆、妈妈和幺娘在外婆老家后园的合影。外婆端坐,着旧式衫履,体态富态,戴手镯,形容安详慈善。妈妈站立一旁,右手侧扶花树枝干,短袖白衫,黑色过膝褶裙，白袜，白色力士鞋。这是妈妈少女时代的倩影，据说其时妈妈二十一岁，照片摄于贵阳女子师范毕业前后。外婆和妈妈之间，站着一个小囡，那是三岁的幺娘。幺娘微微低头，眼睛却注视前方，小手不知玩弄着什么。细细打量，三岁时的懵懂幺娘与年届八十岁的幺娘，眼神竟有点儿相似。谢谢幺娘，历经岁月的风烟，保留并放大这幅弥足珍贵的老照片。亲爱的妈妈，你以白衫黑裙的少女风姿，永远站立在大毛诗的心田。

听幺娘说，外婆家的宅院很大，院墙上长着许多带刺的花。解放军挺进大西南时，部队曾在外婆家驻扎。在艰难竭蹶的日子里，曾有农户将粮食袋子和食品从墙头抛进院子。又听小池妹妹说，中华人民共和国成立初期，妈妈一度没有工作。她给贵阳市市长写信，说自己是知识女性，希望为国家建设贡献绵薄之力。不到一个星期，政府部门安排妈妈到一家木器厂担任出纳会计，相当于单位的第三把手。后来妈妈调至公共汽车公司工作，不止一次被评为先进工作者。

在六盘水黔黔妹妹家里，我看到《金沙县志》。县志16开本，烫金字封面，1000多页，很厚重，贵州省金沙县地方志编纂委员会编，方志出版社出版。县志里收编了关于爸爸的两段文字：其一是民国时期的贵州省政府公文，其二是关于爸爸履历金沙的政要简介。兹录如下。

其一　贵州省民政厅　函

事由：为金沙、纳雍、道真三县设治业已筹备完成，于本年七月一日成立新县。经府会议决议：派刘宗璟、潘白坚、韩续初三员分别代理金沙、纳雍、道真三县县长，函达查照由。

查黔西县属之新场，大定县属之大兔场，正安县属之土溪场地，分设立金沙、纳雍、道真三县治一案，前经由府令派刘宗璟为金沙县设治筹备处处长，潘白坚为纳雍县设治筹备处处长，韩续初为道真县设治筹备处处长，分饬于本年三月间将各筹备处组织成立，并通行知照在案。兹查各该县庆行筹备事宜，业已筹备完竣，定于本年七月一日成立新县,以臻治理,而慰民望,经本厅提出本年六月六日省府委员会第749号会议议决:"派金沙县设治筹备处处长刘宗璟代理金沙县县长,纳雍县设治筹备处处长潘白坚代理纳雍县县长,道真县设治筹备处处长韩续初代理道真县县长"。记录在卷。除由厅承办府稿牌示令派并分别咨函通行外,相应函达查照。此致。

财政厅、建设厅、教育厅、秘书处、保安处、贵州师管区司令部、镇遵师区司令部、贵州省荣誉军人管理处、贵州省防空司令部、贵州省粮食管理局、贵州省卫生委员会、贵州省合作委员会、中国航空建设协会贵州分会。

中华民国三十年六月十三日

(《金沙县志》第1081页 附录部分)

其二

刘宗璟,江苏人,民国三十年(1941),任金沙县治筹备处处长,3月到任,组织县治筹备委员会,如期完成。7月1日正式成立金沙县,奉令代理金沙县县长。1942年秋调走,因政治有绩,金沙县民众沿街设案,摆镜子、清水送行,依依不舍。

(《金沙县志》第1055页 人物部分)

其一函件,当从旧时民国档案检索而来,本初原始资料,实属罕见。其二人物简介,尊重历史,摒弃虚无主义,秉公执笔,诚为难得。前几年我搜索到《我所知道的金沙县建立的点点滴滴》一文。博文发于2009年1月2日,作者是金沙人彭定云先生。彭先生在博文中披露了金沙建县的真实史料,希冀金沙人铭记金沙历史。我曾留言致谢,并告知我爸组建金沙县,在金沙曾创办一份报纸和一所学校,调离时民众依依不舍,恳请彭先生有心于此,得便时从地方志及地方馆藏中查实相关资料。彭先生曾回文致安，转托在金沙的同学查找相关资料。想不到此番诣黔，有幸检阅权威的《金沙县志》，得所冀得。

黔黔虔诚细心，来时购置了纸钱和果品等祭祀之物，一应俱备。当下在墓前放置果品，地上有塑料袋分装的红苹果、香蕉、橘子、糕点，还有三瓶"昆仑山"牌的矿泉水。墓的顶部边沿也放置了好几个大红苹果，一瓶矿泉水，两包"黄果树"牌贵烟。四支小红烛，在风中摇曳着明黄的火光。红色的几炷香，慢慢升起袅袅的香烟。纸钱在西南角靠近墓壁处跳荡起熊熊的火焰，黑色的纸钱烟灰飘散在墓冢远近，杳然不知所之。妹妹隔冢喊着老妈，祈请妈妈保佑儿女及后辈都发，保佑，保佑。自然这发的祈祷包含发达的愿景，并非限于世俗的钱财。妹妹的长女贵州大学毕业后，成家于北京，大女婿就职于清华紫光。两个外甥前两年分别考取中央财经大学和清华大学。宁庆则望着碑刻的字说，最初的墓碑，刻的字是拼音，不易辨认。后来迁葬到这里，八二、九二、〇二、一二……感叹妈妈的坟墓迁移至此已三十多年了。

这是一个寻常而又特别的日子。在冒沙井山林深处，坐落着一座孤寂的墓冢，很少有人知道墓主人起伏跌宕的人生故事，她的黔西旧园风华，她的烂漫的少女笑容，她在山城巴渝和金陵百子亭的既往岁月，她流落远方各奔东西的儿女。作家陈社写过题为《艰难的父爱》的散文，这里的坡台墓冢，则囤积着一种艰难沉重的母爱。墓周冢顶，荒草蔓生，几茎野生的小白花，竟然依偎着墓冢，开得很有精神。凝睇注视，这应该是几株小花白菊，叫作满天星的那种。谢谢这些花的精灵，琼洁无名的你们，日夕陪伴一位妈妈，平添墓前的生机诗意，让妈妈得以清守一方幽趣。伸手轻轻地，轻轻地，从墓冢顶上，采撷几茎长着狗尾巴穗头的野草，放在一只空明薄透的塑料袋里，将带回遥远的江苏泰州，保存这份山城气息的旷世母爱。

2017年10月31日，贵阳

祖国襟前

70年前,中华人民共和国诞生之际,我正处于孩提时期。牙牙学语过后,我已开始记事,至今犹记那段鲜嫩的童稚年光。

泰州解放那年,我家寓居泰州东门大街(现迎春东路)北面一条巷子里。巷子南北向,南面不通大街,即所谓呆巷子,北通周桥小河,西面一墙之隔是一所学校(时敏中学故址、城东中心小学今址)。狭窄的半截巷子是我活动的小小天地。我时常独自出门,在不太长的巷子里玩耍。一个星幽月朗的夜晚,听到隔壁隐隐一片哭声。大人说,西边学堂里驻军,大军就要开拔过江,打仗前吃一顿肉饭,过江打仗会死人,当兵的因此会哭。这是出于无知,对革命军队一时误解,其实那是部队渡江作战前夕举行大规模忆苦阶级教育。有时,我也会趁大人不注意,一溜烟窜出小巷。一次,小不点儿的我一直摸到东门,在过河大坝(今迎春大桥)西侧的碉堡处玩,还看到许多人冒雨游行,呼喊口号,穿过东门大街。这应该是泰州爱国青年进步人士配合大军渡江,举行街头宣传活动吧。还有一次,我在巷子北头小河边玩,看到两匹高头大马从周桥方向直奔过来,吓得哇哇大哭。后来军人上门打招呼,说是他们骑马惊吓了孩子,请家人原谅。推算一下,这是1949年春天的事,当在渡江作战前夕。昔时解放军正是从泰州这里,挥师大踏步挺进江南,蛙鸣四月天,风雨下钟山。我与共和国同行,并一直保留着这几段懵懂而真切的儿时记忆。

不久我随家人返回姜堰,就读故里官庄小学。学校里有号鼓,人们习惯叫洋号洋鼓。我有幸参加号鼓队,由于人小气力小,背不动大鼓,就成了小鼓手,并很快学会了击鼓。鼓点密集跳跃的节奏,时时会响在我的心里。后来,高年级的郭振兴参军去了,我便接替他,成了一名小号手。我跟同班同学凌国平搭档,在送参军、国庆游行等活动中多次吹号,俨然是一对神气小将。有时,我们还将号带回家练习,一把锃亮的号在手,红绸子飘动胸前,鼓足小小肺腑,吹出高亢嘹亮的号声,也吹出赤子对祖国的声声诚挚。多年后觉得,小时候吹号胜过古人的一曲《箜篌引》哩。

小升初作文题目是"我的志愿"。临场即兴,我灵机一动,想到志愿军空军英雄张积慧击落美国王牌飞行员座机的英勇事迹,于是选写当飞行员。小小年纪,志在长天,表达飞天报国的爱国情怀。那时已爱上文章的语言美,文中不乏排比和抒情,得到老师肯定和族人夸赞。当年,我顺利考取姜堰中学初中部。初中阶段,我读《十万个为什么》和天文学普及读物,对物理、天文产生兴趣,希冀成为天文工作者,高中时参加全省中学生数学比赛,直到高考报考物理专业,希望作为理工男报效祖国。前几年,偕友人登紫金山过天文台,盘桓良久,心想茫茫太宇在望,这里曾是我青春寄思之处。虽然初衷未遂,一番报国的青春情怀,想来还很温馨。

建国70周年,尤其改革开放40年,祖国发生翻天覆地的变化。记得在省泰州中学读高中时,学校东边沿河一带围墙不全,好长一段只有简陋的篱笆,我们上学放学,常常从篱笆空当抄近路出入。现在省泰州中学一迁再迁,建筑堂皇,设施一流,现代化教学方法和手段更是今非昔比。1963年暑假,全省中学生篮球赛在苏州举行。我们在苏州体育场参赛,那时的室内灯光球场竟然是用大毛竹搭建的。半个世纪过去,今日苏州,冠绝全省,已成为全国经济翘楚。苏中泰州,流风习习,也是改革开放的一片热土。泰州体育中心场馆气势恢宏,新区体育公园在建,即将迎接省运会召开。业余创作,我写过不少诗文,讴歌这方开花的土地。我用身心感受泰州,感受苏中,从而感受中国。诗集《绿岛歌魂》扉页,我的题词是"谨以此书献给飞花流藻铺红叠翠的祖国"。

"风光行处好,云物望中新。"(唐代冷朝阳诗《立春》)爱诗之人,心中常存山水之恋。我出版过《采石月》《山盟水约》两部山水旅游诗集。其他几本诗集里也有山水旅游诗专辑。这些年来,北上南下,东诣西适,探古猎奇,寻幽访胜,游览过祖国大多数省区,青山碧湖,高原浩海,诗路花雨,悦目赏心。屐痕印处，即兴吟草，或诗或文，多有收获。未及登临之处，辄心向往之，很想一一留下生命的雪泥鸿爪。思想美与语言美兼得，是山水旅游诗价值取向的审美参照，也是我诗歌创作的追求。山水之恋，缘于祖国之恋。爱诗，爱山水，爱祖国，诗歌之旅浸透了我对祖国深深的眷恋。一曲行香子，百尺鹊踏枝，愿在向晚黄昏，行吟山水，不断放飞歌唱祖国的山水清音。

  1979年春，我写过一首题为《雨花赋》的赋体新诗。诗中将祖国比喻成鲜艳俏丽的雨花：

  ……海棠、茉莉、杜鹃、山茶——
  神州一夜喜雨呀，绽吐万串新蕾；
  ……火红、雪白、鹅黄、黛绿——
  江山万重水墨呀，泼染一幅彩画。
  千湖万泊哟，像嫩荷在雨中媲美竞秀
  ——西子、洞庭、滇池、镜泊……
  千山万岭哟，像丛花在雨中吐翠含芳
  ——长白、峨眉、雁荡、琼崖……
  细雨霏霏，园丁在心田花圃修枝，
  霏霏细雨，铁牛在平原沃野印花……
  雨中的祖国呀——娟秀、娇媚、富丽……
  祖国在雨中呀——清荣、峻茂、奋发……

  祖国，花团锦簇的祖国，逸芬流香的祖国，我是你胸襟上一枚纽扣，一份诗意的存在。岁岁年年，朝朝暮暮，我愿永远贴近你，日夕感受你的呼吸，聆听你的心声，见证你古典而又现代的万般神奇，而后在思想和语言枝头，化作一点诗质的美丽。

2019年3月14日

老不点儿

老不点儿，姓朱，是我的邻居。听说她是仪征人，嫁到泰州做了媳妇。她的孙子小时候瘦小，被邻里开玩笑，喊作"小不点儿"，她随之被喊成"老不点儿"。如今孙子已长成，一表人才，不再是小不点了，而她却依旧被人们喊作"老不点儿"。

老不点儿性子爽直，待人处事风风火火的，快人快语。路上遇到她，她肯定会先同你打招呼，有时还善意地开玩笑，或许会弄得你有点儿尴尬。这不人家老两口子一起走路，明明是正正经经去买菜，她会说"两个人乐心啊，勾膀子逛马路啊"。见人家买了青菜、豆腐等家常菜，她会当面说"省什么省啊，有钱人家又不会问你借"。她和我家那位比较投缘，上菜市场买菜常常是她来喊，老远就大声喊名字，喊得左邻右舍都听见。有时你已去过菜市场或超市，她来喊你，还要你陪她再走一遭，不去她会觉得扫兴。她偶尔登门来访，一股劲儿地按门铃，还会把门敲得"砰砰砰"直响。她是个急性子。有一回社区应住户要求，准备锯掉挡住阳光的大树杈枝，老不点儿兴致勃勃地帮忙，没等到人家动手，她自己拿起锯子爬高了就锯。

老不点儿还是个热心人。你有事拜托她，她总是办得妥妥当当的，让你爽心。你请她到菜市场顺带买点儿豆腐、韭菜、大蒜、鱼虾等什么的，没得话说，保管不会误事。蚕豆上市，你将蚕豆拿到她家楼下去剥，她会主动帮你剥完。你要到她家楼下择菜，她也会帮你择得干干净净。端午节期间，你请她帮助包裹粽子，她乐得帮忙，选叶、装米、包裹、扎线，动作熟练麻利，刷刮得很，她可是包粽子的一把好手。社区里安装了公用的不锈钢晾衣架，位置在她家楼下。你打电话让她留个位置，她乐得帮忙给你占位，架子没空当了，她会帮你在树上扣绳子，帮你将被单晾晒上去，留心帮你看望照应，到时候还会帮你收取。她家楼下朝阳的空地是退休老人聚会打牌的地方，散场后桌椅凳子不整齐,她会主动整理到位,地上要是丢了烟头、瓜子壳等,她会帮助打扫,好像这是她分内的事儿。

  我家楼下辟了一方花圃,闲来侍弄点花草,还种点秋葵什么的。老不点儿路过时,会拐过来看看。她乐得帮你张罗打理,你想要新添什么花草,她都会送给你,只要她有。蒲公英、马兰头、绣球、菊花、太阳花、月见草,都纷纷遣嫁过来了。去年夏天,我准备移植几株美人蕉,向她借一把大锹,大锹很快拿来了,没用我动手,她抢着沿花圃一侧开挖,一连挖了好几个坑,栽了进去。她嫌距离不太合理,还及时做了调整,挖起来重栽。秋后,一棵一棵美人蕉长成了,红花、黄花,袅袅婷婷,高挑着好看的蝴蝶结,出脱得像小姑娘似的。看到临风绰约的花仙子,总想起热心有加的老不点儿。

  这就是老不点儿,质朴、勤快、热心的邻居奶奶,像是社区里普通而长得很有精神的一株樟树,郁郁葱葱的。

2020年2月18日

青黎

单个"青"字，示现一种色彩，多惹人喜欢。偏旁部首带有"青"字的字，如"清""晴""静""倩""婧""菁""靓""靓"等，也自带褒义。汉字多为形声字，概算有百分之八十，上列带"青"字的字，细究"青"于字中，非指其色，而切其声，音义通转，声形流衍，遥想仓颉造字，许慎说之，段玉裁解之，王念孙析之，后人如我者习而研之，细思亦觉奇妙。

至于双音节词，带有"青"字的，多得不胜枚举。青山、青云、青松、青竹，此言物也；青衣、青衫、青童、青娥，此谓人也；青葱、青翠、青郁、青勃，此状态也；青眺、绘青、摘青、踏青，此属行也。其他如青杏、青荇、青莲、青霞、青霓、青霭、青峦、青鸾、青岩、青墩、青泥、青莎、青柠、青涩等，不一而足。带"青"字的词头，给汉语言遣词造句带来许多美好的意象。

四言成语，亦多清嘉可许之词。青梅竹马，萌萌哒让人心怡神往。青云之志，让人御风奋翥欲挟泰山以超北海。青出于蓝、炉火纯青，褒义自明，人见人爱。再挑几个不大常见的：纡青佩紫，显贵流俗或会让人唶有叹焉。紫电青霜，未可争锋逼视，静中蓄势待动凛凛生风。青蝇点素、青蚨还钱，用典冷僻，寓意深奥，或让人褒贬一时难辨。自然鼻青脸肿之别类不在本篇遴选之列，文心于兹哑然一笑。

搜寻古人诗句，咏青弄色者亦多。"青青子衿，悠悠我心"（《诗经·郑风·子衿》），风雅写心言志，传唱既久。"荷笠带斜阳，青山独归远"（刘长卿《送灵澈上人》），静景动写，富有画面美感。"齐鲁青未了"（杜甫《望岳》），大笔如椽写意，诗心遥揽岱宗入怀。"两山排闼送青来"（王安石《书湖阴先生壁》），大气动感拟人，诗笔举重若轻，尽收青黛山色。其他如"复照青苔上"（王维《鹿柴》）、"花褪残红青杏小"（苏轼《蝶恋花·春景》）、"客舍青青柳色新"（王维《送元二使安西》）、"上有青冥之长天，下有渌水之波澜"（李白《长相思》）等，爬罗剔抉，宿构在胸，信手拈来，则可备选古典版的传花令了。

现代新诗也有写青妙笔。刘延陵（1894—1988），新诗早期前驱、文学研究会成员、泰州市泰兴籍诗人，曾有题为《水手》的诗，写水手航行海上，思念家中妻子，末三句为："石榴花开得鲜明的井旁，那人正在架竹子，晒她的青布衣裳"。一片青色意象，化作挚爱情愫，遂使此诗成为脍炙人口的现代新诗美篇。

个人艺术审美也不乏涉"青"经历。京华烟云，铁窗烈火，会忆起杨沫的长篇小说《青春之歌》；关中纪事，乡野变迁，会忆起柳青的长篇小说《创业史》；《大堰河——我的保姆》，难忘的未必是狱中的蒋海澄，而是诗人艾青。当代小说作家毕飞宇揽一袭《青衣》，顾坚撷一枚《青果》。民歌《杨柳叶子青》，伴着水乡声声叶笛，唱活了苏中里下河乡土。李雪柏先生水彩画在多胜文化艺术生活广场开展，我有幸参加揭幕式，现场观看本市多位画家献艺，在瓷品瓶胎上点染绘画，画成后经烘烤，烧出一件件典雅的带彩青花。

文艺人喜欢给书斋画室取名，我也附庸风雅。初始给居室取名"读月居"，已故老同事高中厚先生生前读我第一部诗集，曾赋诗赞许"读月居"，书写并裱好赠我。后来电视剧《还珠格格》风行，我出书修跋时竟临时易名为"漱芳斋"。时过境迁，思忖多少带宫廷脂粉气，不觉惭然。再后来易名为"青藜堂"，沿用至今。青藜堂，典出状元之家传说。始迁祖刘福春，明初"洪武赶散"之际迁徙泰州，十三世祖刘荣庆、刘国庆兄弟，清乾隆年间先后中武科状元，有"一门五都督，三科两状元"之谓。族谱载有青藜堂名，青藜之说则缘于先人刘向。相传刘向夜读，有老者拄着青藜拐杖访谈面命，刘向从此开化长进，遂有《汉书》传世。"青藜学士"的成语也就应运而生。

我取书房名为"青藜堂"，非为认祖归宗，而是偏爱青藜的艺术审美。小说家崇尚本色语言，沙黑君的《街民》系列，陈社君的《五条巷》纪事，多有街言巷语，融入海陵乡土元素，颇接泰州地气人情。缘于写诗，我的文字有点花哨，向晚逼近耄耋之龄，犹可写出二三十岁的情调，非是花心，但得花笔。艾青说"连草履虫都要求着有自己的形态"（《诗论》），我就不放弃带彩的文字追求了。收在本集的《岩风叶笛》是我续《樱梦花笺》《心天散羽》写的别具一格的诗散文，或有抖绮散彩之嫌。行文至此，决定将这本书取名为《青藜》。

2020年2月22日

花间人物

　　孙奶奶的女儿女婿都是淮剧团的演员。女婿工武生，常饰演孙悟空，有时在家里化好装赶去演出。一次在楼梯口遇到他，光彩照人的猴王，长长的翎羽高高地翘着，手持熠熠生辉的金箍棒，英气逼人，乍见，颇具视觉冲击力。有次与孙奶奶交谈，她说我家小猴子在家，开始被蒙住没听明白，待悟出她说的意思，不由得大笑起来。由此，我们说到孙奶奶，常常称呼她"孙悟空的丈母娘"。

　　孙奶奶住在一楼，她家是"戏剧之家"。从她家门口经过，常听到里面放电子声音乐，她女儿在家配乐练唱淮剧哩，韵味足足的。小孙女儿白白净净，袅袅婷婷，在扬州读戏校学扬剧，据悉师从扬剧王子李政成，回泰后也会展喉放声，唱得满屋子扬州韵。似这般快乐的一家子，小区里还真的不多见。

　　孙奶奶，个子不高，相貌端正，与我年龄大致相仿。她是宝应人，曾供职于兽药厂，说话带着扬州话的尾子。

　　她家养过一只黑猫，毛黑亮黑亮的，眼睛莹亮如夜明珠，挺招人喜欢，芳名小梅。小梅扬州籍，从小在绿杨城郭被抱养，是听扬州话长大的猫妞儿。猫姑娘常跟主人的车子往来扬泰，后来定居泰州，渐渐地也就熟悉社区的小环境了。孙奶奶女儿女婿不常在家，孙奶奶有一套房在兴业小区，她每日去那边住宿。猫妞儿便独自留守这边的家，它家主人在车库前窗斜向支了根粗木棍，小家伙经由木棍自由上下，通过阳台窗口，出家回家无碍，不由得你不赞叹孙奶奶家想的好办法。黑猫一度在居室附近陶然自得，时常在草丛里与邻里打照面，我遇到时都要凑上去喊几声"小梅，小梅，咪咪——咪咪"。

　　未料不久，黑猫突然不见了。孙奶奶急着在小区里找，转悠了一座楼又一座楼，查看了一处草丛又一处草丛，"小梅——小梅——"地四下里喊，哪里还有小梅的影子？！孙奶奶很是挂念，遍找不着很是痛心，失魂落魄似的寻觅不已。我作为邻里大老爷儿，也随之感伤了好几天，因为我曾先后丢失过相思鸟与小鸡，对孙奶奶家丢失猫妞儿的憾事感同身受。小梅纯良可爱，伶俐聪明，不会认不得家，肯定是被人逮走了。生命无常，缘分有限，朝不虑夕，宠物与主人聚散难料，真是天下无不散的筵席。

我喜欢园艺，虽然所侍作物多为大路货。孙奶奶也喜欢养花种草，坪里相逢，圃间照会，早不见晚见，一回生两回熟，这就多了共同的话语，说是花友也无妨。孙奶奶的花圃有两块，一块在楼道斜对面的竹林边，一块在大楼东边的墙根下。花草品种大致有蔷薇、玫瑰、蜡梅、丹桂、小红枫、爆竹红、绣球、簪玉、孔雀草、如意草、红花草、月见草、鸢尾花、百日菊、千日红、万年青等，不一而足，林林总总，四时花色不断。孙奶奶日夕照料，勤于松土、除草、施肥、修剪，花儿草儿竞芳媲美，成为社区一道亮眼的风景。

与孙奶奶相遇，时常参观交流，放飞一份美丽的心情。她每每觅得新品种，也多馈赠给我。有时她会将多余的花品直接栽到我家花圃里。我也会从她家花树上剪枝插头，培植新株。枇杷树过早分蘖，她关照要狠心打掉杈头。虞美人、爆竹红、月见草、野菊花等草本，她说无须留种，来年会自己生发新棵。去年，路边草丛里冒出一根南瓜藤，居然在晚秋开花结蒂，可惜生不逢地，生不逢时。看见南瓜寄生在蓬草杂树中，孙奶奶说"风凉茄子自在瓜"，慨叹那瓜蔓在杂丛中长得不自在。品味孙奶奶所说，觉得既具作物栽培的科学性，又有生活审美的诗意。寒暑易节，一段瓜蔓不存，而与瓜蔓相关的一句谚语，却长留在蔓青花黄的秋晚诗意里。

2020 年 2 月 27 日

网购春天

清明前后,女儿在网上购买花架和鲜花,家人共享一份美好的心情。

第一副花架,山东临沂所产,双层,三根带流变曲线的支架,托面圆形,边沿镂空带花,全金属材质,喷塑洁白无瑕,光泽莹润,颇具观赏美感。第二副花架,江苏宿迁所产,中间丁字形交叉立柱,金属白色喷塑,两侧四方形白色木板,高低错落有致,底座四只黑色轮子,可自由推动移位,亦可就地随意固定。两副花架均是我按图组装而成,莫谓书生写手无能,我本具有理工男资质,布线装配的动手能力还行。女儿将装好的花架拍摄图片传给商家,再留字美言几句,商家践约支付宝回扣几元钱,小小意思,诚为开心。

网购花架的同时,女儿还在网上订购云南鲜花。两天半时间,鲜花寄达海陵。邮递商家位于昆明市皇贡区经济开发区春漫大道6号门西南门。昆明号称春城,亦可谓花城,是七彩云南的极致呈现。记得几年前滇游,最后一天徜徉昆明花市,室内,室外,花径,花廊,花台,花屏,花铺,花厅,色彩纷呈,花光照眼,芳菲馥郁,香气袭人。去客如流,天南地北,一时包装托运多少春城香色。

打开长方体硬纸包装盒,小心翼翼地请出远道而来的花仙子,10支康乃馨,10支水仙百合,均有两尺多长,绿叶凝碧,花色甚好,已有微香氤氲。取一只截面方形的玻璃大花瓶,注水过半,投入商家赠送的袋装营养剂,而后将花枝悉数插入花瓶。

两三天后,花枝更见精神,康乃馨嫩红初润,羞羞的如同嫣然含笑的小妮,百合则抱守着纺锤形长圆花苞,不动声色。终于,其中一朵花苞泛黄,不经意间,轻轻婉婉悄悄启开,直至绽放吐出花蕊。水仙百合每朵花6瓣,嫩黄嫩黄的,花蕊6茎,簇拥中心主蕊,凡7茎,附蕊顶端各有一段褐色花蕊,长约1.5厘米,主蕊则点状近似圆形,深紫微带黏性,7蕊竞娇比艳,天工令人叹绝。待到 10 朵水仙百合次第绽放，康乃馨也已芳华绰约。浅红嫩黄，比衬交辉，郁郁香浓，沁逸了满满一厅。

　　养眼在侧，漱芳于心，在诗意里美美栖居，感受的是明媚花城，彩色温馨的南国之春。

2020 年 4 月 12 日

走近屈原

两次出游,先后去过汨罗江和屈原故里。每到夏令端阳,就生发对屈原深沉的缅怀追思。

屈子祠镇地处湖南省汨罗市城郊,汨罗江穿镇而过,注入八百里洞庭。这里是屈原投江之处,境内建有屈子祠、屈子碑林、屈子书院。

屈子祠,始建于汉代,清乾隆十九年(1754)重建,坐落玉笥山上。祠堂门楼古朴,正面三孔大门,白色墙体凸显红褐色条块,"屈子祠"三字居中垂石竖镌。祠宇砖木结构,三进三间,中有过亭,两侧有天井,植300多年金银桂树。正厅巨木雕刻司马迁的《屈原列传》。后殿矗立屈子镀金塑像,高3米。抱联"集芙蓉以霓裳,又树蕙之百亩;帅云霓而来御,将往观乎四荒",为郭沫若集《离骚》句,于立群书。廊间镌刻布展古代名人咏屈子诗词。祠东为碑林,集藏当代书法名家碑刻356块。屈子书院新建,体量宏大,卯榫结构,穿斗式全木建筑,主体建筑有屈学讲堂和藏骚阁等。

临江风光带,散布独醒亭、濯缨桥等纪念屈原的古式建筑。伫立江边,眺望雨中江天,水色浑黄,裹挟泥沙滚滚而去。江滩上散见的牯牛群,读着千古不变的汨罗风景。林木深处,传来子规鸟的叫声,颤动一片带雨的夏绿。

屈原故里位于湖北省秭归县乐平里(今屈原村)。入口处,辟有游客集散广场,迎面山崖镌刻"屈原故里"醒目大字。向左,一座高高的仿古门楼,拱门洞开,额题"景贤门"。门楼及广场外沿的栅栏设置,楚帜向风,傩舞腾图,具有鲜明的楚文化特色。

进入景区,抱凤凰山取逆时针方向环行,抵达临江的屈子祠。祠门立于高坡,面向东南,与宜昌三峡大坝正面相对,需拾级而上。门头共分五档,总体白色调,赭红色纵条分隔,翘角飞檐。中间纵书"屈子祠",左右分列"孤忠""流芳",大门额题"光争日月"。

入祠，山门内台阶层叠，主建筑有前殿、正殿、享堂、乐舞楼等。主殿额题"中华诗祖"，内置屈原全身立像，古铜色，形容消瘦清癯。殿内介绍屈子生平和著作，壁画精工，色彩炫丽。立体甬道两侧碑廊交通，配房是古色古香的建筑群体，辟为展厅，系列展出与屈原相关的楚文化。高处一隅花圃，立石小品，郭沫若题句："中国有史以来的第一个伟大的诗人要数屈原。"字迹粉蓝色，颇可鉴赏。伫立高处平台，可俯瞰山门以上内景，眺望不远处隐隐在现的山川景色。

出祠，环行登高，至滨水景观带。一处观景平台，面对三峡大坝，直线距离约600米。平台上架设两台望远镜，可拉近距离管窥大坝。过桥，前行，参观几处古民居建筑，过古归州县衙遗构，逶迤抵达屈原故里牌楼。牌楼红柱，郭沫若题写"屈原故里"。牌楼右后侧立一对碑石，蓝底白字"楚大夫屈原故里""汉昭君王嫱故里"，均为"大清光绪十二年正月吉日立"。

秭归一带耕牛不穿鼻绳。传说屈原从楚国返里，临近家门时，侍从挑书简的绳子断了，老农解下牛鼻绳给他，从此这里的牛不再系鼻绳。又闻秭归鸟即子规鸟，系屈原妹妹屈么姑所化。农历五月，子规鸟叫声"我哥回呦——"，似向人们报告诗魂归来。

作为诗歌爱好者，少时读屈原，对诗人十分景仰。1961年端午节，我用马雅可夫斯基的"阶梯体"写了题为《汨罗新歌》的长诗，寄思遥远的屈原。端午节古来被认为是"诗人节"。2004年端午节期间，著名诗人孙友田、著名诗评家冯亦同到访泰州，夜晚晤谈于国泰宾馆，我写了题为《诗人节纪事》的组诗。近年有幸访游汨罗江和屈原故里，零距离感受湘鄂诗贤，更增添了对屈子的诗歌情结。屈原归宿在葱茏的中国文学史，也归宿在华夏百代千秋文化人心里。我的诗作《汨罗踏雨》见载《2018江苏新诗年选》。"哀郢／涉江怀沙一跳／颠簸香草南州／也痉挛痛意的诗歌中国"，谨以此痛意的诗句祭奠永垂不朽的爱国诗人屈原。

2020年5月22日

岩风叶笛
——诗散文续《樱梦花笺》《心天散羽》

一

碧叶含水凝珠，蜗牛俏试清晓，美哉生命。

蜗牛，寓言故事的主角，慢生活的象征，幼时至爱，配以水珠绿叶，还真的提升了身价。

文竹，娇小柔弱，可它到了紫苑，阳光雨露养料充足，便恣意生长，深绿浅绿，蓬蓬勃勃，枝枝蔓蔓，缘树攀爬，幸未改换大盆，否则就势不可当。

好一派生机盎然的青葱碧翠！绿叶掩映下的那股涓涓细流，红枫遮不住的那角湛湛蓝天，似乎更撩拨人心。瑶台叠翠，红枫染赤，悦目赏心。

二

呢喃桃花，粉颊润丹，艳艳怯怯。桃花攒簇如火，柳枝摇曳生烟……

女儿红、女儿娇、俏娇娘、千娇百媚、红粉佳丽、红色情语、火烧晴云、晴雪清品、天心缟素、雪品藏晕、娇容双色。

桃园，藏于心中的张张彩照联翩而至。远观，狷狂的桃花开得飞扬跋扈，开出了生命的惊艳。近赏，桃花枝头层层围珠玑，团团簇锦绣，刹那春从万朵花蕾中喷涌而出。

满园桃光花色。天天桃枝，灼灼其华，甚至连娇羞花蕊都一一显露，云蒸霞蔚，一如那紫色樱梦……

三

青山叠翠，倒影绝美！一帧光影，天工与人工妙合，山水天地。

雨川幽涧，诗笔春声。涉花波以向洛水，泠清流而浣晴雯。临川试水，问涧听秋，笔意醉月生花。

锦蝶诗岩，祥云心天，团花带彩，岸芷江洲，冬蟹秋香。在花蕊里、清水里、雪魂里等待，好美的诗意！

天宫美妙，生命精致。指看鹿鹂烟水流云，便胜过人间春泥无数！夕照泼洒一天绚烂，月船诗雨，温润草丛。

四

灯下细品，暗光中比配着，旋转着，转回芳华雨巷。蓦然惊艳，苑花凝紫，恍如玫瑰两瓣。

心中修篱种卉，逍遥复逍遥。天气晴好，樱岛枝头觅春讯，百水园中寻灯光，引凤河畔留诗影。春风解花语，弄花香满衣。

美声诵者，缔结诗的第二颗灵魂。诗的读者，不啻一朵美丽的奇葩，在春风中灵性摇曳。

雨伞，开放思辨的花朵。踏雨，撑一把诗的雨荷，张起柳园的花天。

五

琼茸驮着竹叶，漫步在花的红豆曲径，简直妙不可言！

一缕花光桃红，一抔冰清雪洁，一扇桃花，一川春韵，一园绿风，一天诗絮，万重桃瓣相思……

早春消息，曼妙倩姿，淡芷雨巷。怜爱咏叹之情包孕在春的红、粉、白、绿斑斓色彩中，温婉细腻，余味隽永。小鸟知我意，啼破紫苑天。新绿不起眼，生机诱煞人！鸟语盈耳，圆润如珠，春声隔窗宛致……

出去走走，去听听花开的声音，看看叶卷的曼妙！

六

越冬蚕豆始孕花蕾，野生马兰头雨后疯长。幽幽白芷逸清芬，本草书上有名分。拽住樱花粉色俏丽的尾巴，回味迎春花那片璀璨明黄。

绿色，生命的永恒。火红，燃烧的爱情。蓝紫，高雅的气质。雪白，纯净的灵魂。明黄，深情的缱绻甜蜜，失恋的凄美彷徨。

晓窗亮处，神经蛙快乐着，辣小丫宫廷着，想念熊喜欢着，绿红蓝紫白诗意着。一曲《黄玫瑰》，明黄影幻歌声缥缈……

七

晴阳春游，心旷神怡。潇潇夜雨，如期而至。鸟鸣嘤咛，晨光流泻。徜徉盘山小路，饱览苍山叠翠风光。

蓦然回首，但见一对小鸟相依相偎，缱绻缠绵，童心诗羽无染，一任真情流淌。

顺手挖掘一棵小小老树根，回来精心培育，期待来年春暖花开之日，回报天空一簇锦绣，层层珠玑。

川声雨讯，叠翠罗绿，山光怡人，珠玑养心……

八

月季花像邻家女孩，不在豪门，自有姿色。小叶玫瑰似雨后春笋般露出一张张粉色笑靥。万绿叶里一点红，那是石榴花的星星之火。

橘花，小家碧玉不见大世面，蜗居一隅，孤芳自赏，以为拥有一树花便拥有整个花季。那小盆文竹袅袅娜娜，攀上天竺，缠缠绵绵，深情脉脉哩。

诗意满苑，春色满门。明黄，嫣红，心花诗叶所寄。驻足橘树下，忆起屈子《橘颂》和一段茵梦橘诗……

九

东坡清照，数峰无语，坐读斜阳。仔细寻读，形象思维，人在画境，幽情蕴含其中。时空剪辑，揽尽千古案牍风流。寻常客座，非凡谈片，寄语半晌斜阳秋风，不见高阳台，何处柳如是！

秋晴酷热久甚，已成大旱之望云霓。天外，或有彤云出岫，雨意浓重。冀得青崖白鹿，栖息诗羽，避乱雨于一洞，望晴虹于半川。情深深，临涧而读岩影；意绵绵，涉月而浣绮梦。

诗语一二，但命花笔，遂余秋雨骈句，黄梅香影里，马兰嫣然一笑。

十

从月光中泅渡而来。崖下听曾经的付笛声、任静，平和悠远旷达。

东河对岸灭了泛光灯，天光水色一片朦胧，墨黑的树丛倒影参差，舒展一卷唯美水墨画。

翡翠草坪，碧树环绕，连晨曦也染成绿色。岩风有点黏，涧石有点滑，踏莎临川，不经意摔了小小一跤，溅湿一个秋天。

分享安谧，心怡竹然，翠黛在心，朝夕青睐，摇曳一苑诗韵。追梦逐月，清朗圆润，半川秋色，一天相思。

十一

俏石如花，更沐诗雨，瑰奇精美，尽天工造化之极致。一石难觅，冀得心天流风，月涧浣秋，潺湲一派春声。

浅花向地，叶蔓低垂，紫罗兰不为花盆所囿，数枝出境，往下探索，然后又向天绽放淡紫小花。清晨露珠晶莹，繁花凝紫，如同夜空星星一片。

满台，流淌紫色的音乐。旭红晴辉，诗苑分享，草花不足论道，寄情寓意方为本心。

十二

时令大雪，仍可感触春的气息。各色猫脸花，记忆中准是绽放在春季，没见过冬天盛开。如爆竹般燃放的红梅，已点点孕育在枝头。红果果，鲜艳欲滴，让人从心底里生出无限欢喜。

堆银砌玉时，人们或会驻足欣赏一树树洁白无瑕的白玉兰，可谁曾料到，枇杷已悄然怯怯地露出一片骨朵尖儿。都说春华秋实，然枇杷春夏之际就灿然上市了。它必须赶在风雪天开花孕果。

夏花，秋果，冬枝，春蕾，分享四时岁月清华。

十三

梅雨，一个伴嫁的绿夏。苔痕上阶绿。夏在地面墙角蜷伏，亮绿茸茸诗意。

白琼花瓣，半巷雨意；紫色罗兰，一簇诗思。苍苔，碧藓，挂在墙上的一幅绿夏。雨曦，守望晴阳的日子。

衔一茎诗叶，啄一羽鸟声，泅渡在时光的流波里。

诗瘦一巷，意满一轩。蹿高凌霄花，蔓延爬山虎，就像老柳园那面绿墙。诗意绿屿，脱俗者的心灵憩所。

十四

端午节,绿色的诗人节。绣球一簇雪韵,灵谷几点春红。五月的神奇尾巴,诗的揉弦颤音……

碧云玉树,诗的琼花。荷叶凝碧,滚珠,溅玉。蓝色浪漫。四时长春,听绿浣红,崖下动画,心的风景。

天地色相,山川精魄,草木菁华,动物生态。

花色绚丽,养眼哩。天香纷坠,崖色杂然,花雨涵碧,心语流丹。

十五

剑鞘守壁,亦甚冷寂,琴心不论,辜负剑胆。嘤其鸣兮,求其友声;金声玉振,识见者同。

哲人点拨生命,语语灼金,唯思想者可被点燃。思想者或会付出沉重代价,因之流芳千古。识见长青,思想者立足历史的高高灵岩。

一天花雨,满屏彩思。月色溶溶,花荫寂寂,水绿,幽蓝,猩红,一个色彩绚丽的秋晚。

偏爱淡紫色,是一种审美的价值取向,其中包含诗意审美。沉默的远山坞,旷远的地平线,血色的黄昏湖……

十六

叶曦,花雨,诗的魅力。抽象理念,插上形象思维的翅膀。美在广袤心野。崖天之露,春雨之珠,生命之枝,诗的示现。

彼岸花,原来就是龙爪花。花红如爆竹燃放,如青春烈焰,如夕阳余晖,如崖天生命之光。龙爪花,记忆中为凝紫之色。彼岸花,可望而不可即,燃烧的美丽憧憬,爱的寄意。龙爪花被移栽到生命的彼岸,命名者诗心有所附会。

朵美，萌生在蕊蕊初心。诗羽，载历史的声韵款款而来。涉涧写春，灵岩在水一方，晾晒心天春色。

十七

鹿呦岩风，鹂啄诗朵。崖天晴远，静雅嫣然，历久弥香，史廊影静，诗涧莎红。

秋千，诗动黄昏。别梦潇湘，怡红快绿，十二钗甄甄相会，景美，人美，声韵美，醉入流花烟涧。

三月桃花雨，听醉诗心。一曲桃花韵，绵绵无尽期，闲来慢听梅艳芳，拈香谢馥春。小小梅院赏梅，撷取一树花香，便拥有一季春光。垂丝海棠满满的朵儿。白玉兰开得猖狂。

柳帘，花海。诗语流碧，画帙蓄红，崖天春早……

十八

烟雨图，山水画，诗家心。思念是一张不可触摸的网，网中雨蝶，哀艳一段芳菲时光。

桃园，大道两旁繁花似锦。人民公园栀子花成排成行，蔚然成了气候，可惜未逢花期。栀子花盛开于初夏，花朵如玉阵，林林总总，总难逃偷香窃玉之手，夏雪之殇，或为人生之殇。春风似剪，文昌阁路边的早樱，未料已是落英缤纷，一地碎雪。

春光里，飞过一组啄春的翩翩诗蝶……

十九

麒麟湾，一湾春水波情，满圃花色物语。新看薰衣草，拈草香熏衣，笑随诗蝶飞。

梨园花开，堆琼飞玉，且圆春梦！菜花入时，明黄璀璨，了却心愿。牡丹孕苞，妩媚羞赧，预约佳期。熏衣香草，郁郁葱葱，花开尚待时日。海棠浓丽，花语燃烧，色染心扉，春波传情。

梨花清雅，菜花俚俗，牡丹含晕，海棠流艳，草香有待。

四月梨圃，一方花天，煞是可爱。花雪，琼洁清雅者也，诗意所寄。

二十

烟霞一段黄昏，柳波半亩残红。雨韵潇潇，终于入梅了，冀得心天疯长一片诗绿，调色一湾花红。

雨后斜阳，乍见彩虹，稍纵即逝。蓦然想到少时在旧都督府，中夏黄昏，雨后虹霓，鲜艳无比。此生与诗结缘，虹雨人生，未成大器，亦有亮色可餐，何况向晚烟月崖天，呦呦而复嘤嘤！

残阳如血，惊呼虹霓百丈！烟雨一川，灵光半涧，萋萋草茂，滟滟花红。

二十一

紫罗兰年年迁徙，从未萎败。淡紫小花，与文竹淡绿色小花各得其美。

淡黄色桂花阵阵透香，一时间与上千朵洁琼菊花相互映衬，点缀着小小院落，几分秋色，倒也迷人。文竹经年疯长，淡绿色小花，煞是可爱。

七彩黄昏。相思冬韵，诗雨漱金。雨脚连绵，雨涧踏莎，烟川拾兴。

烟雨，是一首黛绿的飞花流藻的诗……

二十二

雪朝，琼瑶诗韵。踏雪寻幽，春声似在雪涧。韶光清流，打捞一个玫瑰花色的时日,播种诗的心岸。

桃花雨行,春声好听。琵琶声韵,钩沉曾经的月琴弄弦美好时光。生活的颤音,青春的变奏,缤纷在桃花雨中……

景诗,画诗,诗诗美艳!剪春,烟雨虹桥,瘦柳西湖,春色邗上,美好花天。

踏莎偶拾,曲径幽僻,意境清雅。萧散人生,旷达心野,和适黄昏,剪裁一天嫩晕旭红。

二十三

又到月桂飘香时节。行走在大街小巷,水湄林间,冷不防一阵清香扑鼻沁心,蓦然抬头,或远或近,准有一棵桂花树喜盈盈等待你的观赏。

新桂初开。淡淡而又浓浓的一脉秋香,醉了沁园诗心。灵岩倚石,诗镡探秋,掬一涧西泠水韵,不是春声,胜似春声。

叶落水天,多美。水天叶落,谢幕飘然,一种诗意的过往。

美文如花。秋的潭影天光,是亮着的动态诗眼。呦呦鹿鸣,色色秋声,潺潺月谷,朗朗心天。

二十四

云岫深处,一脉晚烟,百丈灵岩,十里画涧,万斛诗心。

天外传奇蝴蝶,崖下凄美清泪。遗落的历史风景,曾经的寻芳伴侣,花雨垄上行吟。质朴的歌词,无价的情感,珍稀的灵岩诗镡,蓬壶流风,月移花影,春坞之造化者也。

明珠点绛,白雪凝琼,隽句佳联,诗心毕现,合当深树嘤咛歌者青春写照。

如花美眷,四时诗影;似水流年,一涧春声。

二十五

枝头音符美好。小小繁花点染晨光。芸添一衫豆绿,春剪两幅莎红,天色分享。

冬晚,踏雨樱岛,黄鹂依偎东风第一枝,闻听春的心跳,捕捉春之讯息。一屏屏心花,沁逸诗芬,摇曳诗的记忆。俏丽心天春晓,亮绿在耳春声。

晓苏。晴阳。诗窗岑寂,犹记水湄一栏廊影,子夜千家爆竹……

柳永最狂的一首词。才子词人,花间风流,白衣卿相。时光行者,诗意人生,向晚流风,醉向词苑琼林。

二十六

珞珈樱色,名播国中,誉满天下。凝视灵岩几许丹妮,遥念花的樱梦大道,相思一山春红。

一屏诗语,满天绮思,几多清嘉,半坡红楼。暖色晴窗,无限温馨,寄画思于春芳紫苑,揽诗潮于秋赤夔门,虽眉山若水而倾心,便硗石新月而艳羡。

雪朝俏蕊迎春,鸟语嘤韵在树。心野,诗原,不是白茫茫,是绿茵茵。拾韵奉花,献一枝日光中的相思红。探苑撷英,点啄春光。烂漫的木芙蓉,不喑凌空的花朵语言。

2014 年 11 月至 2020 年 4 月

第二辑　赋廊裁句

古有陵地，傍海而高，浮于泱漭，幻于化境。天苍苍兮云邈，水浩浩兮潮平。濯日洪波，江声时动远曙；怀沙大浪，海渚渐成新陆。

海陵凤城河赋

祥泰之州，凤城之河。始凿于南宋宝庆，新浚于世纪初年。积土为山，岳阜以望晴岚；垒泥成皋，坡子而兴街市。四门开邑，双水绕城，北极南棋，方正整合。水天极目，濠面开阔，浩浩乎天滋烟雨，渺渺乎鲍坝清流，郁郁乎鱼湾柳色，荡荡乎官河水道。云霞飞升，天镜开处渺渺；波光映照，清漪泛时粼粼。忆昔荞麦青青，蒹葭采采，水鸟照影两岸翔集，浣女捣衣一河晴雯，城河三鲜传美味，泰邑人家入画图。

有凤来仪，兹河灵秀。人文景点，一线串珠。州城东南一隅，崇楼巍峨而起，气盖江淮，名曰望海。仰观题匾，彪炳文笔怀沙；近读修记，正大范风敬谊。登斯楼也，遥望天外邈远海波，犹记储罐念母情结。竹林通幽，黛色藏几许诗碑；古砖出土，清风抚一角宋城。堂名文会，范公文正，雅集群贤，忧乐遗千古高风；树名五相，当朝一品，宦游泰州，清华著一代文昌。北望梅苑，凤凰高墩，莺声水袖天女，疏影雅芳梅兰，青衣花旦第一，亮节清品饮誉。东望桃园，亭阁清风，藕花散一洲秋馥，桃云浮三月春红，石舫艳秦淮剧目，陈庵老曲阜诗心。西望柳园，一衣带水，评话宗师故里，说部菁华荟萃，飞花莲舌演义春秋，惊堂醒木拍断历史。

悠悠水城，极乐天地。水天堂，夜游城，一河天光养性，两岸秀色怡心。曲栏勾连，古榭掩映绿树；长廊转合，楹联诗说景语。时闻丝竹，梅乡京韵流转；多见钓竿，水湄桥上垂纶。棋盘寄半晌闲情，拳剑演一身太极。老街吃食，三水餐饮，汇聚地方特色，广纳异域风情。皮包水，干丝汤包鱼汤面；水包皮，浴室雅堂老地方。水城慢生活，东方威尼斯。最是海陵春好日，花船竞彩水上行，烟花灯光水城，恍若人间仙境。

2012年3月2日

海陵赋

古有陵地，傍海而高，浮于泱漭，幻于化境。天苍苍兮云邈，水浩浩兮潮平。濯日洪波，江声时动远曙；怀沙大浪，海渚渐成新陆。历时两千一百多年，跨境江淮沿海金瓯。三水润泽，百草丰茂。四皆不像，滩涂麋鹿奔纵；积贮靡穷，田垛红粟飘香。煮海囤盐天下足，吴王刘濞海陵仓。州治宝坻，双水绕城，邑庙泰安远兵燹，市井祥和开画图。

人文海陵，城脉悠长。州建南唐，祈民安而求国泰；文昌北宋，会俊杰而聚群英。范公文正，君子不独乐，述怀言心志，流风文会堂。黛色参天，安定书院，胡公手植宋代银杏；格物心斋，崇儒祠堂，王艮开创泰州学派。柳敬亭，飞花莲舌，拍案惊奇，一代评话之宗师。孔尚任，出仕海陵，羁留陈庵，史笔叙兴亡，诗心写离合，传奇一部，梨园戏文《桃花扇》；梅兰芳，寻宗祭祖，返乡演出，水袖舞春风，莺歌唱人世，娇媚万种，青衣红粉"第一家"。侨领单声，华夏赤子，故居乡梓海陵情。法师了中，世界佛教，花雨梵宫天下心。教育之乡，薪火相传，海陵桃李逐春风，交口誉称多儿巷。

魅力海陵，人间天堂。工业立区，特色产业，曾以动力城夸耀苏中，今以多元化闻名遐迩。筑巢引凤，翩翩彩翼共舞；流藻飞花，滟滟春芳竞秀。港城联动，地空一体，通江达海大交通，直入沪宁经济圈。生态宜居，极乐天地，中华凤城，美哉海陵。态生两翼，展翅而飞，活现彩凤之姿；亲水而憩，栖水而居，灵动城市之魂。水天堂，夜游城。水清绿透，十里绵延凤城河；文昌城秀，今古映辉新海陵。梅桃柳，三园一线，秀水串珠；佛道儒，多种文化，散布水城。滨河绿地，海陵人家，多见红芳绿卉；清风台阁，海陵丝竹，时闻梅乡京韵。水城慢生活，四季海陵春。

噫吁哉！海纳百川，而成其大；陵得海韵，遂就其高。登高以致远，继往更开来。人贵望海之思，陵有望海之楼。登斯楼也，放眼江淮以观天下，涛音在耳大海在胸,水城饱览烟花景,尽得海陵精气神。玉带一河,金砖一城,凤兮海陵,赋以歌之。

2013 年 3 月 25 日

海陵马庄法华寺赋

　　河通茅山，路贯兴泰；寺称法华，坐落马庄。古以庵名，奉香初始万历；今存佛殿，敬善长生大明。傍水古坛建筑完在，卷顶薄山，但见砖雕养眼；青砖小瓦，曾经岁月流霜。山不在巍，逸仙警幻；寺不在大，高僧成名。犹记第十三代传人，了中法师长老，九龄出家，于兹披剃，师拜圆成于祖庭，住持善导于台北，向峡揽一天法雨，报祖怀万里归心。谒祖寻根，羊脂玉佛润南缅灵泽；建新缮旧，精舍梵宇焕莲台崇光。于今规模既具，轴线分明，三堂一园，两殿一厢，堂堂焉，正正焉，皇皇焉，恢恢焉，更待新建殿堂楼院，庄严国土，圣洁空门，明韵清风古香古色，丛林宝坻在寺在园。朝暮听闻梵音，法化无边；一生修行善事，佛度有缘。最是菜花三月庙会，欢声动清明巷陌，慧祉满广仓福田。噫吁哉，马庄法华一寺，结缘世界僧伽。

2014 年 4 月 2 日

江苏润泰赋

　　桥谓润扬，雄跨大江扬子；厂名润泰，奇崛三水苏中。江苏润泰，高新技术，精细化工，公司坐落姜堰西城，经济新区。东路扬州，大道长风南至；北路淮海，通衢紫气东来。锃亮移门开时，四海贵客；高大楼房立处，一方画天。路迢迢，旗飘飘，树郁郁，罐巍巍。车间高敞，管道通连，流水作业，自动生成。储罐高矗，昭明清辉银白；料筒层列，凝重深湛海蓝。醇酯主唱，乳胶和亲。与漆同偕，妙合而助成膜；以家共友，亮泽而优内墙。添料兮，增塑兮，加固兮，溢美兮。诗化生活，俏生万室和美；润泽未来，蝶恋四时春天。团结严谨，坚韧创新。广交多展显赫，质量立厂；境内海外享誉，诚信树人。志高者意必远，器大者声必闳。世纪有元，既润一城新泰；愿景无限，更越万里长天。

2015 年 3 月 23 日

海陵毛氏宗祠赋

　　周代文王，名曰姬昌。传子姬发，史称武王。母弟叔郑，得姓始祖，分封河南，建国宜阳。国以毛名，发祥中州大地；以国为姓，衍生天下家邦。三千余载，念天地毛族久远；四海人杰，唱英才毛氏辉煌。毛公之鼎，凝重尚古德义；毛公之诗，流韵风雅篇章。怀才自荐，战国名士毛遂；经学大成，西汉毛亨毛苌。结彩唐画，丹青水墨毛婆罗；生花宋词，珠玑笔藻数毛滂。朝臣班列，魏晋修之明毛纪；领袖华诞，日照韶山清水塘。

　　毛族分支，徙居江南，亲软语以说我侬，远中山而观沧浪。至若洪武年间，始迁鼻祖，一代兹公，别阊门东辞姑苏，诣泰邑北越江溁。拓荒毛家之滩，渔耕垦殖；落户永吉之洲，休息生养。厥后大明成化，则有士宏毛公，举家转移海陵小旺庄。锄云犁雨，风餐露宿，家成业立，祖耀宗光。嫡传一脉，血亲七房，虽分迁犹自念祖，便分离还复望乡。一觉上苏州，悠悠夜梦长。

　　小旺之庄，今名寺巷。东有无量寺，西有毛家巷。一寺一巷，组名地方。香烟袅袅，梵雨浣处官河月；车轮辘辘，巷口记时古道粮。风水宝坻，毛家祠堂。道光始建，民国增造，当今修缮，焕彩呈祥。祠深三进，砖雕福字精美；树高四丈，果挂银杏盈筐。红运当头，毛族兴旺。指看新区新气象，宗祠且作聚庆堂，昔有颖毛传旧谱，今凭数码志新章。

姑苏徙泰刘氏族人海陵渝庆沐手拜撰
2016 年 1 月 25 日

江苏中裕科技赋

  冠名江苏，属地三水。邻近海姜大道，坐落开阳路端。嘉树秀木，迎宾来仪有凤；车间厂房，列嶂矗然排云。科技立厂，软管出品。中国第一，世界一流。研发高分子，制作扁平管。丝丝兮，缕缕兮，拼线以成经纬；条条兮，幅幅兮，拉带而见黑白。一次定型，浑然自成整体；超大口径，壮哉忒多功能。消防管带，吸水以灭火灾；排泄软管，去浊而退洪魔。远程供水，布局构成系统；应急救援，清流养护生命。页岩开采，压裂液觅油气；高压输油，喷激管送能源。轻质灵便款款，替代金属；特效妙用多多，造福人类。养在闺中，娇容落雁九州；走出国门，嘉声驰誉欧美。理念先行兮超远，爱心管理兮化雨。飞丝走线，灵动诗芬生活；聚胶成带，传导画意春秋。

丁酉春日海陵刘渝庆撰于三水中裕
2017 年 3 月 30 日

海陵毛园赋

　　朗朗乾坤，泱泱中华。西周分封，中州建邺，以国为姓，遂生毛氏。毛诗为经，汉字书香中国；列祖出色，华语文光斗牛。秦风楚雨，徙江南而去商洛；吴韵淮歌，下虎丘而别阊门。始迁祖兹公，越江北迁，涉水而来。渔耕芦荻滩渚，幕天席地；繁衍世代子孙，望族分家。西眺银杏寺巷，有毛氏宗祠遗世；东顾碧水塘湾，有毛家园林新成。

　　毛氏一园，坐落高港之隅，海陵城郊。通衢大道，贯通工业板块；秀色奇观，收藏画境闺中。入斯园也，融金普惠，我能江苏。中西合璧，立女裸裎欧美；杰景引路，曲径环通幽深。秀水照影，喷泉晴空细雨；绿萍浮波，游鱼天光锦鳞。歌吹文化水，怡养孝悌亲。北望鳌山，慈观音而起城郭；南面灵璧，瑞麒麟而送金童。亭布八处，名嵌四方，巨鳌兮，麟趾兮，五秀兮，锦林兮，杰立兮，敏莉兮，珠峰兮，龙骧兮。雕像栩栩，木石尊尊，金丝缀生楠木，白玉晾挂汉风。孔子杏坛兮布道，东坡书阁兮读月，关公持刀兮宣武，寿星拄杖兮怡神。竹筤摇碧，藤条凝紫，树入秋时多挂果，园逢四季竞开花。

　　且夫珠宝奇石，根雕博物，会于一馆。光怪陆离，琳琅满目。灵璧松花玛瑙，孔雀鸡血乌木。天工藏微观画意，透石养史前活水。木鱼穿越时空亿万载，石琴韵说金陵十二钗。肉形石，态生五花香腊；榉木床，遥记维扬盐商。噫吁哉，池雯井藻，移来国馆一角；小品大宗，熠熠华羽吉光。

邑人刘渝庆丁酉孟秋沐手谨撰
2017 年 9 月 1 日

张沐吴氏赋

  百家姓氏，四海宗亲。有吴一脉兮，家模世泽，源远流长。黄帝初祖，缘姬水而得姓；泰伯开氏，向梅里而延陵。至德三让，百代高风寄颂；世家一品，千秋佳话传芳。星驰俊彦，秀毓精英。用兵以谋兮吴起，揭竿而起兮吴广。画圣留名，唐标道子，清存昌硕；文心建著，异记西游，外史儒林。叠黛吴山，治化江南德誉；飞花宋涧，流芬兰谷词心。

  至若江阳三水，吴裔散布，张沐吴姓，或庄或舍，延陵堂别枝所依。遥念先吴，北徙江右，跨一苇浩波之渺渺，适百里阔水之悠悠，居家泽国，立业下河。追觅同宗，相闻遐迩，或谓江都吴桥，或曰兴化老阁。清中后叶，兄弟者三，离别吴西庄，挥手神潼关，路迢迢兮东易，心切切兮图南。长男思德，择水而栖，落户姜东，垦荒垄亩，古盐运河横贯东西，分流马河交汇南北。

  马河天地，戴月披星，两个世纪，十代传人。流水汤汤，未闻蹄声得得；烟树凝碧，每见岸芷青青。日出而作，日落而歇。鸡唱晓庄，牛耕新野。东方风来万里春，时雨催开诗画图。工业园区，科技实业，星罗棋布，栉比鳞次。含烟绿带，剪秀通衢大道；结彩朱门，致富奥光人家。农庄学子此去，鹏程万里；杏坛老树挂果，乐地见根。故里踏莎，回眸一笑，家乘吴姓开新谱，画里马河锦绣天。

状元世家官庄都督府族人刘渝庆撰于海陵
2019 年 4 月 22 日

罗塘赋

　　地处江淮，风流海天。三水交汇，浩浩乎潮色喷雪；锦波清漾，粼粼乎罗塘泛漪。水不在深，麋鹿草泽幻影；山不在高，天目良渚留痕。宋有姜氏父子，率众筑坝，造福贻祉，遂有堰名。清流曲水一湾，塘中浣月；坝口板桥四季，堰上飞花。孤忠羁臣舟系处，东进序曲笑谈间。

　　城北历史街区，苏中文化金瓯。王氏宗祠，淮南三贤，传承泰州学派，泽被思想碧畴，平民乐学兮风化，日用即道兮民生。徽商旧居，青砖黛瓦，清茗一品，叶沁皖南雨色；家风代传，调寄京华烟云。乾隆昌栈传古意，商业文化绽新葩。黑白格调，棋圣独步，常胜将军；章草结构，书圣论辩，兰亭佳话。东岳万年台，行宫戏曲古音在；曹俊艺术馆，泼彩画心狮虎吟。

　　北大街，金姜堰。进出宽窄街巷，徜徉历史奥区。晴昊三水福地，悠远罗塘诗情。寻兴罗塘路，更上罗塘桥，弄丝罗塘柳，踏雨罗塘天，播誉罗塘庠序，祝福罗塘人家。诗意随春流水逐，纵情新赋画塘篇。

己亥春日邑人刘渝庆撰于海陵
2019 年 4 月 23 日

海陵随宜园赋

　　陈公从周，原名郁文，祖籍绍兴，出生杭州，同济教席，沪上杏坛。学有专长，建筑美学泰斗；享获盛誉，古典园林专家。丹青流藻兮绘事，文心雕龙兮土木。海内建构，东方园艺，或鉴或赏，或品或题。流风翘檐，雅识成全千古；凝云飞阁，妙评出自宗师。文字菁华传世，有《说园》《随宜集》多种存焉。

　　在海之陵，凤墩梅亭。郁文师心，撷取梅花元素；东阳工艺，营造凤城景观。亭作梅瓣诗花，四时结彩；饰以梨园戏画，一天畹华。水袖莺声歌袅袅，梅亭师构意绵绵。至若一径通幽，竹影摇池浣月；三峰石瘦，日涉成趣因巢。江右乔家宅，古柏尽阅清风明雨；淮左第一园，公笔定评美誉嘉声。

　　斯园新建，楹句初成。西有东风回荡，南有海阳高临。清波映带柳烟，人间画境；长廊串玥亭台，凤郡词心。夕月朝晖，流水行云太极；绿坪红圃，管弦丝竹清歌。景色新添芳华，园间筑秀；泰邑犹忆故旧，梓下传声。公辟梓室，晚号梓翁。园因集名，人以亭记。一曲随宜赋，万斛望岳情。

邑人刘渝庆撰于己亥秋日

附：陈从周简介（用于塑像）

　　陈从周（1918—2000），名郁文，号梓翁，浙江杭州人，同济大学已故教授，一代园林艺术宗师。工古建筑、诗书画，著作多种，有《说园》《随宜集》等传世。曾指导设计泰州梅亭，并题写泰州乔园为"淮左第一园"。妻蒋定，系著名诗人徐志摩表妹。随宜园为纪念先生百年诞辰而名之。

2019 年 10 月 25 日

第三辑　青藜说菁

　　文字是思想的印记。散文作品大多纪实抒怀，其文字宛如多彩多姿的思想水母。识人莫若读书，藉书可以缘心路直达作者灵府。

拈花一涧芳菲
——诗歌审美小札

世界万象是美的客观存在，诗歌则是抒情主体审美的精神产品。读诗写诗，是一种美的感受和再创造。从某种意义上说，诗的，应该是美的；美的，也应该是诗的。反之，不美，就本质而言，不属于诗。

诗的审美看点大致有二：一是思想内涵，二是语言表达。换言之，诗歌应该具有思想美和语言美。

先说说诗歌的思想审美。

诚然，诗的审美功能是多元的，其中不乏愉悦的作用，但诗的审美功能绝不限于愉悦。古有"文以载道"之说，诗其实也是可以载道的。古人重视诗教，"诗言志，歌永言"一直为诗家所称道。"志"是诗的风骨灵魂所在。一首好诗能给读者以美的思想启迪。

徐志摩写过一首题为《庐山石工歌》的诗。诗人在庐山听到石工开山采石的呐喊声，情动于中，发而成诗。诗中重章复沓，引用石工号子反复咏唱，表达了对底层劳动者的关切和深情。作者致函刘勉己说："庐山牯岭一带湖北籍石工开石造屋。浩唉，唉浩的声调在我的灵府里动荡，只盼望有音乐家利用那样天然的音籁谱出我们汉族血赤的心声！"此诗深刻的人民性与思想性，值得肯定。

《致橡树》是舒婷脍炙人口的新诗名作。诗中用拟人手法写木棉树对橡树说话。橡树高大魁梧挺拔，是男性的象征；木棉树花红花火，是女性的象征。女诗人以独特而细腻的情感，写出女性自尊自爱、自重自强的人格精神，表现了崭新的婚姻爱情观念。与拜金主义相对立，诗作《致橡树》具有积极的思想审美意义。

舒婷的另一首诗《神女峰》，也是题旨标新，思想立异。长江三峡，巫山十二峰中有闻名遐迩的神女峰，传为望夫的渔女所化。千百年来，人们一直将神女峰的这位神女作为忠贞不渝的爱情偶像来讴歌。舒婷却不这样认为。诗人写道："为眺望远天的杳鹤／而错过无数次春江月明""与其在悬崖上展览千年／不如在爱人肩头痛哭一晚"。这首诗一反传统的婚姻观念，具有反封建的锐思，可谓惊世骇俗，尽显思想内核的凝重。

思想审美取决于作者的构思立意。好的构思立意，或是发散思维，见别人之所未见，或是逆向思维，想别人之所未想，会让读者耳目一新，击节称赏。《叔叔，请把我埋得浅一点》是一首二战题材的诗。诗人避开正面战场惨烈战况的描写，却巧妙地用一个小孩的口吻，请求德国刽子手把自己埋得浅一点，好让爸爸妈妈容易找到自己。孩子懵懂无知、天真无邪，愈加揭示了德国法西斯的残忍。《乡村小学》这首诗描写一所偏僻的乡村小学。春天里，四野的油菜花盛开，课间，女学生和女教师先后到菜花地里方便。春天的景色很美好，但诗中隐含作者对中国教育的忧思。时至今日，老少边穷地区的一些乡村学校，竟然还没有解决如厕的难题。诗的原句记不得了，但立意巧妙，构思独到，令人印象深刻。

一首诗，其内容的思想美，是鲜活灵动的精魄所在，使之具有藏珍鉴宝的价值。思想审美是对诗歌内核美蕴的透视凝望。摇曳的思想花朵，灵动了郁郁长春的诗囿花树。

再说说诗歌的语言审美。诗歌是语言的艺术。在多种文学样式中，诗歌语言是最精致的语言。思想是诗歌美的内涵底蕴，语言则是诗歌美的外壳与载体。"言之无文，行而不远"（《左传·襄公二十五年》），此说更适用于诗歌。才华横溢的诗人，总是锲而不舍地追求语言美的极致。如何演绎诗歌的语言美，下面主要谈三点体会。

1. 在丰富奇特的想象中求新变异

诗贵想象。想象是诗歌的翅膀。丰富奇特的想象，可以化生出瑰丽的诗意和精致的妙句。古人云"诗无新意休轻作"，别出心裁，翻新出奇，新颖的构思可以让诗的语言出彩。

《瓜田》（恳耘）："夏／来到瓜田／细心地评点着／农家绿色的诗笺／读

着 读着／他激动不已——／一口气圈了数不清的着重号"。全诗运用拟人手法，末句借喻，将瓜地里结的瓜想象成数不清的着重号，可谓新奇。

《入蜀》（余光中）："把我仆仆的倦足／轻轻放下，交给了成都／我入了蜀""把我辘辘的饥肠／熊熊烧烫，交给了火锅／蜀入了我""我入了蜀"并不稀罕，"蜀入了我"，这种诗意的表述构思绝妙。

2.重视语言锤炼

古人写诗重视炼字，新诗写作也是如此。"为人性僻耽佳句，语不惊人死不休"，杜甫炼字修辞琢句的执着态度和严谨精神，当为现代新诗作者推崇。运用多种修辞手法是诗人写诗的看家本领。修辞手法多至数十种，而诗人常用的也就是比喻、拟人、借代、铺排、夸张等几种。巧用修辞手法，可以让诗歌语言飞花结彩，产生强烈的视觉冲击力。词类活用，故意违背物理，不按常规"出牌"，都是诗的语言技巧。有时用一两个"拿魂"的字词，可以活化全句，点燃全篇。诗中锦言妙句迭出，可让读者齿颊留香。

《三月》（郑渭波）："山野裹不住童心／童心跳上了／三月的拇指……"这首诗写儿童喜欢春天，用拟人手法作诗意表述，生动精妙。

《小城的街》（佚名）："小城的街／是现代中国的一段盲肠。"妙喻，反腐刺世，比喻新奇。

《镍币》（赵恺）："共和国国徽／在青年的衣袋里哭泣""1981也踏上电车，／去追寻鲁迅先生1918年那个呐喊的警句"。此诗带有叙事性，写一个青年人乘坐电车时逃票，一个七岁小孩用五分钱硬币代那位叔叔买票。诗人叙写时巧用拟人手法，生动传神，出人意想。

《砂锅》（路也）："把肚子腆得那么圆……／两只胖耳朵，用作耳提面命／它的久经考验的屁股／蹲坐炉台／敦实得像个福字／连打盹也蹲着——／热爱生活，有什么错""红豆、薏仁、百合、大枣／煮成了亲戚／小米和绿豆／熬成夫妻"。诗中运用拟人手法，将砂锅的形象写得很可爱，而"煮成亲戚""熬成夫妻"之句，堪称诗家妙语。

3. 自觉摒弃非诗

诗歌语言是审美的，因而作者理应自觉地追求诗质，摒弃"非诗"。"非诗"表现何在？大体有以下几种倾向。

一是大白话。口语并非不可以入诗，但应该审慎。诗人可从大众口语中淘出诗来，但口语毕竟不是诗，不能一味口语化。

二是散文化。好的散文可以是一种美文，具有诗的美质。散文化的诗，分行排列，水分多多，其实很难算是诗。诗作者应惜字如金，诗作求短求精，一般十多行即可，可短就不要长，多做减法，少做加法。诗贵形象思维，唯其如此，当多用实词少用虚词，并避免概念化、政治化、数字化的倾向。

三是屏蔽化。新诗写作被屏蔽化，是现代新诗的流行病。所谓被屏蔽化，是指一些诗语言晦涩难解，读不懂。朦胧诗尚有朦胧美可感，晦涩而至无语失解，何谈诗歌审美？屏蔽化写作，缘于新诗创作过度求新求变。这些年来，有些诗歌作者，尤其是一些青年诗人，跻身先锋诗人、探索诗人之列，极力主张诗歌语言重建，他们极度摒弃诗歌传统，用"反诗"的手法写诗，热衷于多产难解的"非诗"作品，致使新诗由朦胧而晦涩，最终陷入无语失解的状态。

当今诗坛，新诗不景气，是不争的事实。新诗由大众文学走向"小众化"，成为象牙塔中的"冷面美人"。究其原因，主要在于诗歌审美认知的缺失。忽视思想审美，便会远离现实民生，只是借诗歌抒发一己的"杯水情怀"，未免思想苍白，精神缺钙，难闻黄钟大吕，少见金戈铁马；忽视语言审美，便会平淡乏味，如同嚼蜡，瑰奇难见，风光不再，或让读者不知所云，开卷掩册，茫然如堕十里雾中。为此，新诗"起衰拯弊"，需要重视诗的思想审美和语言审美，这值得更多的诗歌作者和文学编辑反思。

2015 年 3 月 28 日

踏莎在诗的远垄
——读《戴峻翔诗选》

戴峻翔先生致力于散文写作，收获颇丰。他先后出版散文集《夏季的女神》《春城流芳》《腾飞的凤凰》，其散文代表作《扳罾》，曾被收入文化丛书《泰州文选》。撰文之余，老戴也很有写诗的兴致。他寄赠老师的诗歌处女作，写成并发表于1951年1月，其时他才15岁。1956年春，他应征学习于青岛海军军事干校，在《烟台劳动报》发表《渔汛之歌》，迄今已过六十年。1995年11月，县级泰州市诗人协会组建，老戴是首批诗协会员之一。此后，他在《泰州诗歌报》《花丛》报刊等发诗多首。最近，他的诗《泰州明镜凤城河》入选泰州市政协文史学习联络委员会选编、中国文联出版社出版的《诗颂新泰州》一书。

戴峻翔的诗继承了新中国以后现代新诗的传统。他扎根于生活，注重生活的诗意审美。他的缪斯之恋始于海军部队，《渔汛之歌》《探照灯之歌》《打碎石》《挑水班赞》等诗就是那个年代军旅生活的诗意写真。转业到地方后，老戴在一家中型企业任职，对基层生活有多方面的诗意观照。《春天的花园》，取材于幼儿园，表现诗人内心的审美感受。《洇水河的变迁》，则通过今昔对比，写出泰州城区令人欣喜的嬗变。他注意观察凡人小事，择其善者良者而歌之，《青岛一景》讴歌邮电女职员，《老传达员》褒扬平凡而尽职的企业守卫者。其他如卖豆腐的大娘、话务员、卖油炸臭干的女人等，都成为诗人撷取的人物题材。他写过多首咏物诗，如《蚕》《笋》《竹》《石蜡红》《吊兰》等，总能托物言志、缘物抒情，寄寓积极进取的精神，表达高远的人生价值取向。诗人不应囿于象牙塔，而应由"小我"升华至"大我"，他的《矿石与道钉》《踏雪　开路　取经——胡总书记考察西柏坡等地有感》《祝小汤山抗非典会战全胜》《给大浪淘沙的失足者》等诗,则直接拍合时代的脉动,非"杯水情怀"的意识流诗作所可企及。

  从语言建构来说,戴峻翔的诗更多地继承了"五四"之后现代新诗的传统。他的诗可读可解,言之有物,其营造的意境富有画面感。"春天的太阳／放出柔媚的金光／像是纤手千万双／抚摩着大海的胸膛／看,碧波上雪帆片片／宛如千百朵荷花齐放／渔舟上撒开渔网朵朵／捞上幸福一网又一网／海水拌和着汗水／渔民的心儿与碧波齐声欢唱／呵!芝罘湾／祖国富饶的渔场!"(《鱼汛之歌》)此诗当是戴峻翔早期诗歌的代表作。全诗一韵到底,富有语言的声韵美,且想象丰富,境界开阔,多用比喻、拟人等修辞手法,写出汛期渔湾景物的色彩美和动态美。其他如"石头开花瓣""海风做凉扇"(《打碎石》),"棵棵盛开的美人蕉,象征着燃烧的接力火炬熊熊"(《双园之歌》),"手摇磨盘千万转,脸上滚出汗水珠"(《卖豆腐大娘》),"莫道话务太枯燥,钢琴做伴乐趣高"(《话务员之歌》),"金风玉露夜意美,天涯喁语眼前诉"(《朝朝暮暮相伴我——赞程控电话》)等,时见诗质的语句呈现。

  戴峻翔先生八秩初度,与诗结缘达六十五年之久。生活如万花炫彩,人生的爱好和选择多多。老戴钟情于诗文,一直保留对生活的挚爱与审美,他的人生便多了一份诗芬,一种诗美。"诗言志,歌咏言",历来为诗家所称道。毋庸置疑,老戴的诗路子很正,从中可以窥见我国现代新诗大半个世纪的原生态,不啻一种诗的"化石"。去年,老戴以散文集《腾飞的凤凰》跻身《泰州诗人文丛》作家之列。现今,他将发表过的积箧诗作收编成集,值得道喜。这对其个人来说,固然不失回顾既往、集萃展示的意义,对新生代诗歌作者也是一种回望、接触新诗传统生态的读本参照。诗意人生,是一种幸福而无悔的生命选择。人生诗意,可以历久不衰,且随日月风华愈见醇厚,一直弥散到凝红醉紫的岁月深处。值此诗集成书之际,我作为老戴的文朋诗友,分享他的陈年诗歌佳酿,并以此序向老戴诚致诗的祝福。

2016 年 7 月 14 日

跨越世纪的通南高沙土
——读戴永久散文集《我的百岁父亲》

戴永久先生的散文集《我的百岁父亲》，列入《泰州诗人文丛》。该书博物载道，具有乡土、亲情、人性的诗意审美。

这是一部传载家风的纪事写人之作。作者的父亲戴宝同，生于20世纪初叶，迄今已届期颐之龄。宝同老先生出身贫苦，自幼家境清寒。小时候他曾带路搀瞎子算命，在扬中江心洲替人家打工放牛，参加拜忏、道场和佛事等活动，列座与大人一起诵经，农闲时跟随祖辈推车营生、行船帮工。战乱中，老先生涉险里下河腹地做小生意，当篾匠编织器物出售以谋家需。长成后只身闯黄浦滩，在上海十里洋场拉黄包车。中华人民共和国成立后在公社搬运站当农民搬运工。跨越世纪的百岁人生，从民国到现当代，先后历经北伐战争、军阀混战、抗日战争、解放战争、抗美援朝战争及多次农村社会运动，可谓饱阅沧桑，备尝艰辛。人生多舛，艰难竭蹶，自然是不幸的遭际，但在某种意义上说，苦难是最好的老师，贫穷是最大的财富。"不幸是一所最好的大学"（别林斯基语），"奇迹多在厄运中出现"（培根语），百岁父亲在不幸与厄运中历练磨砺，丰富的阅历、诚实的劳动，造就他吃苦耐劳、勤俭持家、自立自强、乐观豁达、行善求真的好品质，这些宝贵的精神财富在其子女身上得到可喜的传承。

这是一幅苏中地域的风情画卷。作者的家乡位于通南高沙土干旱地区和里下河水网地区接合部。古老的运盐河逶迤流经这片土地，形成独特的地理条件和自然生态环境。作者真实而生动地记述了这里古朴的风土人物。如今的苏中农村，高堂瓦屋、别墅华构多多，原始粗陋的毛坯草房已成历史记忆。作者细说父亲砌造泥墙草房的过程，后人藉此可以窥见昔时村野茅屋风貌。作者叙写加工稻谷去壳做米的详情，述说人力木质独轮车的制作方法，真切可感民间传统工艺和先辈的智慧能干；草鞋变迁钩沉，则描述草鞋、蒲鞋、毛窝儿的编制手艺。踏车号子实录，融俚俗与文史于一体，具有宝贵的乡土文学价值，不啻民间文学的化石瑰宝。诨名，作为口头民俗文化，印记着一方乡土。作者搜集邻里村民诨名，诸如"猫儿鼻子""抹渣老爷""滋油盆儿""跳跳菩萨""糁儿桶子""撂棒""二肉鳅""笑佛儿"等众多诨名，让人忍俊不禁。冬春农闲季节，放风筝是大人小孩的娱乐活动。作者记录昔时乡村风筝的多种品类和具体制作，"草纸鸢儿""四面网儿""响铃哨子"，承载着父辈祖辈一代代童趣。作者还爬罗剔抉，有意识地选写父辈传承的玩具记忆、虫鸟情趣、家用渔具、常用鼠具，以及沟坎长草、栽桑养蚕等农事常识。作者扎根生活，广见博识，将乡村风物一一撰文成篇，结集成书之外，还集藏农耕的多种器具，足以辟室布展，让观者博览通南高沙土地域的苏中风情。

  这是现当代农村社会变迁的印记。作者借助口口相传，叙写百岁父亲的履历见闻，由人物而及事件，由个体而及社会，折射现当代农村深刻的历史变迁。20世纪60年代初困难时期，当地农村人口，每人每天计划供应半斤原粮，每月1两食油；中学生每月补足28斤成品粮、2两食油。公社生产队粮草，统一按"人七劳三"（即人口占70%，劳动工分占30%）和"夏四秋六"的比例核算分发到户。成品粮不够，则山芋3斤或胡萝卜6斤折合1斤原粮。这些湮没无闻的数字，在书中均有明确记载，资料宝贵。作者以沉重的笔调，写出青黄不接时日，农家"管青"即提前捋食麦粒以解燃眉之急的无奈。当年粮食匮乏，烧锅柴草也普遍短缺，人们争相去新通扬运河工地拼命挖黑土。这是泥沙覆盖两米之下多年前沉积的约一尺厚的草木腐质层，黑土削片晒干，就能替代草木秸秆烧锅，堪称天赐救命之宝。这则轶闻虽有地域局限性和偶然性，但从一个侧面真实地反映了那个时代农村缺粮少草的生活窘迫。

  《我的百岁父亲》，选材独特，行文朴实，其底蕴具有历史和现实的凝重性。作者崇尚本色文学语言，洗净铅华，不事修饰。大量姜堰东乡口语，蕴含丰富的方域语言元素，可资方志学人和语言学者研究。文本另一个重要特色是作者注重叙议结合,多篇在记叙基础上,间以画龙点睛的议论,或夹叙夹议,或卒章显志,借以升华题旨。议论融合了作者对亲情和生活的感悟,乃至上升到哲理高度,蕴含诗意。"古老的石磨,上扇为乾,下扇为坤,其人文价值不可轻论。""做米,勤劳做米,做诚信之米,遗传基因在晶莹剔透的米粒中给力,在那遥远的岁月里闪光。"这种隽永优美的抒情议论,让读者不由得想起已故"荷花淀派"代表作家孙犁以诗化抒情议论见长的《铁木前传》。

2017 年 4 月 6 日

流淌的山林清韵
——李涌河诗词《秋拾集》读札

20世纪60年代初叶，诗人傅仇出版过诗集《伐木声声》。那是一部取材林区生活的诗集，读之留有深刻印象。今读李涌河先生诗文结集《秋拾集》，再次感受到山林画面，一股新鲜的山林清风，随着一首首诗扑面而来。作者多年工作在东北林区，广袤的森林，独特的森林景观，成为诗人宝贵的生活教科书。

《秋拾集》首辑，收入作者部分现代新诗。新诗撷取林区题材，让人耳目一新。《造林的人们》《林区》《新田》《自然保护区》等篇，倾情讴歌林区和献身林业的人，句意隽永，不乏诗的语言质感。林区"寂静／蓄满了绿色的深情"，林区"总是很芳香／芳香／是红松树上挂满的希望"（《林区》）；"一幅幅丹青／山静静／水清清／印着东北虎的倒影"（《自然保护区》）；"年轻人／喜欢漂泊／造林的人们／喜欢绿色""森林太大／装不下你的热情""浅绿深绿／迎接你向春天走去"（《造林的人们》）……这不，一场大森林的诗歌盛宴，字里行间，寄寓了作者对林区独特的诗歌审美，流露出作者对森林人的由衷褒赞。

古体诗词作品是李涌河诗歌创作的重要收获。"墨染山山绿／笔驰句句精"（《题赠室友》），是李涌河楹联的精短之作。《威虎岭森林公园联》凡102字，气势恢宏奔放，笔意跌宕流转，是李涌河长联的代表作。作者醉心近体诗词，举凡绝诗、律诗，以及长调小令词作，均有涉笔。诚如作者所说，创作近体诗是对一个人国学水平的考量。读写，然后知不足；困，然后知学。作者怀着对诗词格律的敬畏，细读王力的《诗词格律》，从而深入研习之，并虚怀切磋受教于诗友高人，终于日臻化境。积习使然，作者叩弹韵语，言志咏怀，日夕以诗词记之，其选材命笔范围广泛。而《秋拾集》中，给人视觉冲击最有力度的，仍然是森林题材的歌咏。《五绝·游丹江源头》《敦化老白山》《古风·冬日看雾凇》《长白山村数九天》《七绝·游镜泊湖》《六月登威虎岭峰顶》《老白山组诗》《浣溪沙·长白春来晚》《菩萨蛮·远山》《满庭芳·长白威虎岭》《卜算子·长白芍药花》《诉衷情·赏寒葱岭红叶》《忆秦娥·长白山林区》《永遇乐·老白山》等,山林吟咏篇什甚多。谢谢李涌河诗席,为东北长白山林写真画意,给域外读者带来一片森林审美的瑰奇作品。

　　李涌河的古诗词作品,多有形象思维,时见清词丽句,尤其是一些短章小令,意象隽语,读之养眼怡心。《捣练子·老屋春天》:"庭院静,气新鲜,荫后核桃藤绕前,家靠青山人不到,耳听雀唱午贪眠。"寥寥数句,勾画出一幅林区山居图,让读者辄心向往之。《卜算子·长白芍药花》:"花艳类牡丹,凭任山花妒。香气浓浓远远飘,少见人留步。"咏物寄思,意在言外,分明将山花人格化了,耐人寻味。作者炼字修辞琢句,每有佳句呈献在读者眼前。"香雾罩山间,车行不见天""天高山愈近,枫叶伴霜燃""野水急流掀绿浪,青山寂静泛白烟""九级飞瀑,琼浆八溅,龙口尽吐碎玉",巧用动词,动静结合,以动写静,运用古诗词语言技巧和表现手法,每与古人悠然心会。

　　《秋拾集》中,收入作者多首泰州题材的诗作。《泰州印象》《古风·兴化郑板桥故里观后》《古风·游溱潼鹿苑》《泰州农村即景》《古风·泰州尝河豚》《参观泰州单声捐古藏馆》《七律·游泰州高港初识黄杨树》《古风·参观胡锦涛故居》《古风·参观梅兰芳纪念馆印象》《古风·泰州雕花楼前感慨》《游泰州九十九间半景点》《泰州周庄古槐》等,是诗人2012年秋游泰州的行吟之作。泰州文朋诗友读到此类作品,倍感亲切。一册《秋拾集》,收纳东北林海和苏中江淮海的诗歌意蕴,可谓异域同辉。

　　"无人四野行,两耳秋风声。寻遍粗心地,满装半日情。"(《五绝·秋拾》)《秋拾集》,自然节令之外,更多人生秋拾寓意。李涌河先生老有所学,老有所写,老有所成,老有所乐。祝愿诗人怡然自得,笔耕不辍,寿比长白不老之松,意寄生活长青之树,迭出诗章词采佳作。

2017年5月12日

雪泥上的生命印记
——李俊杰散文集《飞鸿踏雪》序言

继第一部散文集《足迹》之后，李俊杰先生即将出版第二部散文集《飞鸿踏雪》。两书书名有异，而寄寓殆同。前者直白人生履迹，后者则取譬飞鸿雪泥，以此喻指人生之旅，后者当是前者诗意的表述。

文字是思想的印记。散文作品大多纪实抒怀，其文字宛如多彩多姿的思想水母。就作者与文本阅读而言，识人莫若读书，借书可以缘心路直达作者灵府。盛夏酷暑中展读俊杰书稿，如同啜饮清茗，心驰神会作者，因之坐拥他广袤的精神世界。俊杰颇具正能量，文如其人，其散文作品的意义，首先在于深厚而多元的思想审美。

艰苦独特的生活历练，自强不息的进取精神，是人生弥足珍贵的思想财富。俊杰出生于苏中农村，家境一度较为清贫，作为家中长子，他很小就参加各类农业劳动，艰辛备尝。唯其历经磨难，于艰难竭蹶中斗志愈坚，所学明体达用，终有所成。书中《那年那月》《农活散记》《能不忆当年》等篇，真实地记述了俊杰磨砺人生、挑战命运的拼搏历程。俊杰通过刻苦努力，取得高校汉语言文学本科学历，并从农村中学跻身省属重点高中，成为教学业务骨干。他自己终身从教，杏坛撷取一片晴明，而其子高校毕业后供职省城，孙子已经启蒙，聪慧好学，悟性甚佳，未来景况未可限量。俊杰家庭的变迁，正是当代中国社会进步的缩影。而这一切，主要缘于俊杰一辈的艰苦卓绝的奋斗，锐意进取。从这个意义上说，俊杰本身即一部耐读的书，他的散文集是不可多得的励志读本。

俊杰喜欢出游，盟山约水，多处留下驿路屐痕。可贵的是，他每游一地，辄留心寄诸文字，以不虚此行。他缘翦伯赞先生《内蒙访古》一文，由杏坛而至北疆，内蒙古访新，别裁一番新意。七彩云南、古意中州、山水皖南、诗画浙江、黄土高坡,均留下俊杰的生命足迹,也随之留下他美丽的思想印记。近几年,俊杰往返于泰州与省城之间,因之成为准南京人,有机会融入南京人的朝夕生活。《美哉,月牙湖!》《南京的绿》就是俊杰寓居省城撰写的散文。南京馈赠俊杰一片风景,俊杰则还报南京一颗文心。他对南京的文学审美,已非一般南京人所能感受。俊杰的旅游纪实散文,寄寓他对祖国的拳拳赤子之心和对生活的眷眷爱恋。

现实题材之外,俊杰亦留心游走历史,钩沉人物史事。《历史星空》一辑,辑入作者多篇历史题材散文。发表在2008年第一期《雨花》文学杂志的《可惜了,辛弃疾》一文,是俊杰历史散文的代表作。在历史隧道深处,俊杰邂逅信陵君、王勃、白居易、欧阳修、王安石、朱元璋等历史人物,与他们一一交会。自然,俊杰并未停留在历史层面,他不是为写史而写史,而总能勾连历史与现实。历史是现实的一面镜子,现实与历史常有惊人的相似之处。文心与史思结合,借咏史思古之幽情,抒发作者的现实情愫,历史题材的散文会更具思想的凝重性。这是俊杰历史散文的价值所在。

扎根生活,坚持对生活的文学审美,俊杰散文因之具有美好的内蕴。作者回忆儿时生活和故里亲情,笔触艰难清苦岁月,叙事沉郁而不伤感,流露出对故土乡情的由衷眷爱。《大黄》(载《扬子晚报》)叙写一头膘壮、驯良、勤快的大黄牛,拟人化的写法,升华了这头黄牛罕见的优良品质,读之令人感动。《渔场看桃花》描写昔年泰州渔场(今碧桂园所在)的春日花事,让老泰州人保留对渔场的一份美好记忆。《茉莉花开》记叙作者养花经历,对教育孩子不无启迪。《理发小记》取材于南京、泰州两地,作者娓娓道来,尽显两段绝好的人情美。卷首开篇回忆高师函授学习,对多位师友记忆真切,挚情感人。生活即诗,诗即生活,散文的美质,来自作者对生活的诗意审美。

托物寄意,寓情于景,间接抒情为主,俊杰也会选择议论立篇,直抒胸臆。《世象漫谈》一辑中的《"义兼师友"谈》《为别人活着》《再说感恩》,《杂树生花》一辑中的《漫议"宽度"》等篇,都是以议论见长的散文。此类散文近于随笔，更多更直接地表达作者的情感价值取向。扬清之外，作者还注意激浊，因为他深谙审丑亦即审美。《一个电话》《某君》等篇，即以漫画刺世的手法，直击世态痼疾，解剖人物心灵，作者贬斥态度鲜明，题旨凸现，对落后乃至丑陋的现象批判可谓力透纸背。

"文章千古事，得失寸心知。"（杜甫《偶题》）俊杰多年执教高中语文，对高考应试作文指导多有心得。高考满分作文的高标，是师生共同把握的追求尺度。故而俊杰的散文创作，于思想审美之外，更多理性认识，其属文的章法技巧，有善可陈。

文章体量可大可小，篇幅或长或短。大而长者如《读树六则》，状写水杉、梧桐、雪松、垂柳、桂树、银杏，物性寄寓各异，写法变化多端，是作者精心谋划的宏文组合。小而短者如《紫薇》（载《扬子晚报》），寥寥三四百字，却写出悠远的农村变迁，表达遭遇冷落而不自卑和邻里和谐宽容相处的积极主题，构思独特，卒章奇峰突起，结语富有诗意审美。作者创作此短文，别具匠心；编者选发此短文，亦具眼力。可见，善为文者，经营鸿篇巨制，或会举重若轻；构思精短微文，亦须举轻若重。

尤可称道的是俊杰散文的语言。俊杰为人笃实，人文合一，他的文风朴实清嘉，尽显铅华洗尽的本色。祖屋、老床、农活、民俗、乡邻、婚事、人物、景物等，作者多有平实、精准、生动的描写，其文字可谓臻入化境。作者写施肥，人们在河里手抓粪桶的"耳朵"就地取材舀上半桶水……一个"耳朵"的意象，真把粪桶给写活了。"我家的枣儿是沙枣，蛋圆形，大的像野鸡蛋，正常的像鸽蛋，再加上一半白一半红，煞是好看。你随便拿起一个，咬一口酥酥的甜；如果贪心挑一个全红的，那会甜得你牙齿发酸。"（《枣树》）这样的状物描写，在俊杰散文中随处可见。《我的安桥头》则全用口语，通篇叙述，自有一种亲切动人的力量。

读者不难发现，俊杰的散文语言其实可作多元解读。本色之外，作者也熟谙多种修辞手法，写来摇曳生姿。一些神来"花笔"，于本色中平添诗意文采。还是写自家的沙枣，"枣红，那是一种值得骄傲的红，它比玫瑰红深沉，而没有玫瑰红的脂粉气；它比紫红热烈，更比紫红有光泽"。这是一种诗意审美，化而成为诗质的议论。有些幽默诙谐的笔调，直让读者忍俊不禁，捧腹会心。作者写妻子："人家是党员，在校是系学生会干部……这辈子我真亏欠她了。娶上我老伴，我李某人何幸，我们李家何幸！"婚后说到彩礼的事，妻子说她们那里的风俗是（姑娘）不要钱就不值钱。作者开玩笑说，都结婚了，还说这些？你不说，还像个党员；一说就成老百姓了。夫妻间戏说党员咋的，伉俪相谐之情溢于言表。

俊杰行文中常转换人称，将第一人称变换为第二人称，独特的呼告抒情，别具亲切动人的语感。"细雨中的玉米青纱帐分外郁郁葱葱，长吧，玉米们！"（《农活散记》）"啊，老床，你总是默默地抚平一代代人满心的忧愁和伤痛，也默默地分享一代代人不多的喜悦和欢乐。"（《老床》）"白马楼啊，你能承受住昔日的光荣和今天的辉煌之重么？"（《白马楼啊》）"别了，大草原！别了，内蒙古！""内蒙古，什么时候再去看你呢？"（《内蒙访新》）"茉莉花，如今的你我，远不是花与主人的关系，我不时修剪你，你经常敲打我，那我们就是亦师亦友了。"（《茉莉花开》）第二人称呼告，其实是运用拟人的修辞手法，俊杰驾驭这种写法，已很圆熟自如。

俊杰的散文还注意长短句、整散句结合。"天上明月高悬，海中波光粼粼，桨声欸乃，渔歌悠长，撒出一片网，收起满船银。"（《云南游》）短句，整句，造句整饬工丽，隽永而富有诗意。"祖母把一大摊盆滚烫满溢的面条稳稳地端到堂屋中央的长条桌上……夏天的黄昏，祖母在门前的场上喂一大群小猪，待它们吃得滚瓜溜圆，心满意足地一边散步一边哼歌……夏日中午，祖母用捶烂的皂荚泡成的水，为全家人洗一大盆衣服……"（《祖屋》）长句，整句，极写祖母操持家务任劳任怨。此外，作者行文常明引、暗引、化用古诗文名句，这是高中语文老师知识储备的优势所在。信手拈来，古为今用，乃至化腐朽为神奇，可以有效地提升散文创作的文学品位。

俊杰先生退休后一度染疾，术后保持乐观积极的心态，倾心创作，成绩不菲。他完成了20万字的中长篇小说《人生》，积箧40篇散文成此结集。人生经世，苍苔印屐，思想留痕，一如飞鸿踏雪，点点行行足迹，皆可化而成为美诗。衷心祝愿俊杰先生，携文字与生命共舞，醉美烟霞黄昏万里长天。

2017 年 9 月 7 日

民族意识与乡土情结
——赵辉长篇小说《利剑》序言

赵辉先生今年83岁。3年前，他出版了第一部文学作品集《圆梦曲》，内收长篇小说《烽火苏中》。此小说观照苏中抗日斗争的历史背景，描写苏中抗日斗争的宏伟画卷。成书之后，作者意犹未尽，心绪难平，遂以续篇形式，撰写了第二部长篇小说《利剑》。前书的主人公是抗战勇士赵毅，后书的主人公则是赵毅的姐姐、女英雄赵秀凤。两书主旨相同，传奇一脉勾连，人物故事一以贯之，皇皇两部著作，堪称无独有偶的姐妹篇。

说到主旨，当为文学作品之魂。赵辉先生两度选取抗战题材，一写再写苏中抗战之篇，作品自有满满的正能量。说实在的，这样的作品当下并不多见。手边有新近出版的一期大型文学刊物，该刊主要发表中长篇小说，检阅当期刊发的"要篇力作"，竟觉几分虚乏轻浮，懵懂茫然未知所云，不得要领，难以卒读。小说作家忽略重大主题，漠视民生现实，沉溺于凡人琐事，甚至寄兴声色犬马，堕入自然主义的身体写作，以吸引部分读者的眼球。发稿编辑也缺乏应有的时代责任感和艺术评判眼光，遂使平庸乃至污染视觉的作品通行。这已不是个例，似乎成为一种流俗通病。在这种文化氛围中，不少人尤其是青少年，"三观"扭曲不正，缺少理想追求，甚至丧失民族意识，有丧国格。此前发酵的某青年女演员的涉日涉台事件，足可警醒国人。该演员身着太阳旗装拍照，主导拍摄新影片竟特邀"台独"分子和辱华演艺人员加盟，其反批评的挑衅行为，更让国人错愕震惊。与之相较，赵辉先生于耄耋之龄，仍不遗余力发掘抗战题材，着意于民族意识勘发和民族精神回归，这种写作的价值取向殊为可贵，理应得到称道推崇。

小说的要素之一是作品展现的背景。长篇小说《利剑》所展示的是抗日战争时期的苏中农村。小说并非纪实，但从篇中地名蜕变、村落方位、河道走向等，分明可见苏中地域元素。综观两部长篇小说，作者所写故事大体发生在今泰州境内姜堰区与海陵区一带。相信本土读者读之，会倍感真切。《利剑》一书写了女主人公虎口脱险、远道从军、磨砺成材、屡杀倭寇的经历，从中均可看出通南高沙土向北，直至里下河腹地的旧时乡村风物。从这个意义上说，长篇小说《利剑》当属于里下河文学系列。作家营构作品，往往离不开各自的人生履历和生活库存。赵辉先生出生于苏中农村，自幼耳濡目染，熟谙这片故土并对它进行文学审美，从而为长篇小说的人物故事，选择了富有地域特色的演绎空间。从作品中可以看出，作家对生于斯长于斯的苏中乡土，有着深深的眷爱之情。

缘于民族意识和乡土情结，赵辉先生生命不息，写作不止，独自承揽抗战题材长篇小说创作的浩大工程。第一部长篇小说构思谋篇既久，部分文字积箧多年，最终脱稿圆梦于八秩之龄。第二部长篇小说启笔于 2016 年 6 月中旬，历时 5 个多月，于 2016 年 11 月下旬完稿。其后作者做过两次修改润色，渐臻完善。作者两部书稿均成书于苏房花园。泰州海陵区的苏房花园，因之平添文学蕴涵和权重。赵辉先生步入耄龄，写作不图名利，只为个人爱好和历史责任。人各有志，人各有好，老有所为，老有所成，昔年杏坛弄色，晚岁晴窗剪彩，真是快意人生。诚祝赵辉先生康怡自得，一如既往地写作着，从而诗意地快乐着。

2017 年 10 月 2 日

篆心浣石寸方间
——海陵杨浣石治印赏鉴

杨浣石（1891—1957），名祚职，字述卿，号浣石，现代画家、篆刻家。祖籍句容，生于兴化，早年辗转兴化、东台等地。1911年入上海复旦公学（今复旦大学）读书。1914年因父丧而肄业，曾任苏州海关监督公署咨议、导淮委员会科员。1919年定居泰州。1923年起优游艺苑，寄兴书画。著有画作《悬崖听瀑图》、牙刻《灵岩印公大师像》等。《中国美术家人名词典》《中国篆刻大辞典》，均收入"杨浣石"词条。词条载其"夙擅绘事，善山水翎毛，尤精篆刻。早年漫游京沪，颇为吴昌硕、曾熙、于啸轩奖饰。所刻甲骨、钟鼎、汉印等俱精。复善刻牙竹浅雕、浮雕及松猴、牙尺，镂绘尤工。刻肖像亦极神似"。

先生幼承家学，书香陶冶，十一二岁即操刀治印，开始铁笔金石生涯。1918年左右，先生专注以甲骨文入印，独辟蹊径，造诣日深，闻名遐迩，被誉为"江苏印人"。鸿仪撰《杨浣石传》云：其"一时声名大噪。悬润格于南京荣宝斋，京沪名流，嘱其治印者纷至沓来。大率以阳文钟鼎、宽边细文、甲骨边款为请，几于风靡一时。"先生斋名为"冰晖阁"，其《冰晖阁印掇》中，陈其采、蒋作宾、韩国钧、杨仲子等一代达人均留有名印。"从金石立命，以书画颐和"，是张大千的老师曾熙书赠杨浣石的金文联语。曾熙又在联边题识曰"浣石道兄癖嗜金石之学，自秦汉以来皆能模范在胸，应之手腕"，足见浣石篆心刀艺涉猎之深。

浣石老之子杨本义先生，生前为江苏省泰州中学资深名师，是中华诗词学会会员、江苏省诗词协会理事、江苏省政协委员、泰州市政协副主席、泰州市文联副主席。著有文史哲论文数十篇，发表于《史学月刊》《江海学刊》《扬州师范学院学报》等刊物；并有历史学专著《袁崇焕》一书，由江苏古籍出版社（现更名为江苏凤凰出版社有限公司）出版；其他诗词作品多首，散见于《江南诗词》《江海诗词》《江海诗刊》等刊物。书香代传，金石存珍，浣石所治之印，历经世事风波，大部分幸得留存。本义先生长子、浣石先生长孙杨基平先生，与我的学生严素霞结为连理。基平素霞伉俪，日前将祖父存印悉数钤赠予我。日夕鉴赏，流连方寸，与会隔世篆心，每有纳宝藏珍的喜悦。

杨门祖传金石，钤印在五幅宣纸上，凡106方。就内容而言，大致分为两大类。一为各式名章。不同样式的"杨"字，单字成印，共有4枚。"杨浣石""浣石""浣石学隶""浣石草字述卿""杨本义印""华阳山人"，后学读印如晤，不由得生发对先辈的缅怀。一方超大的"冰晖阁"，恢宏疏朗，汉风宛在，阁名传世，金声玉振，弥足珍贵。值得注意的是一方公章，镌字为"泰县佛教居士林之章"。据悉，杨浣石寓居都会，广结翰墨印缘，蜚声艺苑书坛后，曾一度回归故里，成为泰县（今泰州市姜堰区）佛教居士林的骨干成员。1931年夏秋，泰州里下河地区发大水，杨浣石曾与居士林林长孙竹铭等赴兴化一带赈灾，并在居士林内开办收容所，接纳多名灾民度灾，为众生排忧纾难。二为各式闲章。闲章，常见诸辞语印，多为文人雅士所好，当是浣石印存中最值得欣赏的部分。"笔戏""故人知否""烟柳作邻""菜根滋味"等，可见印人情怀心志；"愿随夫子天坛上，闲与仙人扫落花"（唐李白句），"隔窗云雾生衣上，卷幔山泉入镜中"（唐王维句），"好鸟枝头亦朋友，落花水面皆文章"（元翁森句），信手拈来诗家隽句，诗意印趣相得益彰。

就功力而言，杨浣石治印，已臻化境。先生以甲骨文入印，再现殷契古风神韵，其治印或方或圆，或大或小，取锲或白或朱，阴阳兼备，疏密衍变，各得其妙。行家指认，浣石印治中阳文钟鼎，宽边细文者，最为上乘。

2019年7月5日

玄秘唐烟柳骨

——海陵宫氏春雨草堂《玄秘塔碑》帖谈片

柳公权书《玄秘塔碑》是西安碑林名碑。碑字是唐代名书法家柳公权六十多岁时书写。柳公权少时善诗赋，一生治学，尤好书法，与颜真卿齐名，并称颜柳。柳书富于变化，外疏内密，起笔多逆锋，即行笔欲右先左，欲下先上，运行转折时方圆兼用，有"方笔""圆笔"之别，住笔则回锋转收，劲健挺拔，观之笔瘦神清，结体疏朗，法度谨严。世有"颜筋柳骨"之谓，是说颜体讲究圆润，宽博肥满，而柳体方硬，嶙峋更见骨力。《玄秘塔碑》是柳公权晚年所书，功力臻于化境，当为柳帖的代表作。后世学书有专注于柳体者，多从临写《玄秘塔碑》入手。

近现代《玄秘塔碑》法帖，多为文商批量印制的帖本。现代帖本印制精良，不断推陈出新，自然不失学书练笔的实用价值。而历朝为数不多的拓本，经过历史文化浩劫，所见珍稀。20世纪60年代，泰州大林桥口向南约100米，坐西朝东，临街有一家私营古旧书店。某日在书店，适逢省泰州中学资深名师杨本义先生饶有兴味鉴赏一本古旧的《玄秘塔碑》，受教之余，我决然买下此帖本。至今，帖本背面左下还可以看到标价为2元。这是清代泰州春雨草堂藏品。早年我临摹过《玄秘塔碑》，但以普通的影印善本作范，春雨草堂珍本藏箧多年，未舍得随便取用，只不时取出读帖赏心，揣摩玩味而已。

春雨草堂藏本之珍，首先在于此帖为原始拓本。原始拓印不易，费事劳碌，未可多得，此或为一次性成帖的孤本。帖本线装，表托讲究，衬纸厚实，凡54页，在手颇感厚重。拓印所用帖纸实体较薄，黑底白字，是一条条竖向剪贴而成。每页共分四列纵条，每行纵列六字，井然有序。引人注目的是，碑帖故主人用朱红笔选字画圈，红圈画在字的右上角，规范工整，斟酌用心可见。揣摩圈点者用意，遴选的大体是常用、笔画有代表性、具有观赏性的字。研读清代方若著《校碑随笔》等考证资料，判断此碑帖当为清代康雍或之前的珍贵拓本。

春雨草堂藏本之珍，还在于与此帖相关的人脉授受关系。春雨草堂主人在帖后撰写的两页题跋，弥足珍贵。兹录如下："右柳公权玄秘塔法帖，系光绪廿七年京江吴君佑之御使从行，莅归持赠，告天子奉慈舆驻跸卤安，为儿孙辈临摹，笔力坚劲，神采苍秀，爰装演之，臣置案头，儿辈其悉心临写，毋弃毋涂，庶不负远人雅谊也。春雨草堂珍藏。"春雨草堂，为泰州宫氏家族堂名。宫氏家族是明清之际泰州名门望族，方志载宫氏百余年出过10个进士，明末进士宫伟镠是家族代表人物。改朝易代之际，宫伟镠秉持忠节不事二主，回乡赋闲建春雨草堂。清初诗坛多人访问过春雨草堂。草堂主人的题跋透露，这本法帖是京江（今镇江）吴君持赠，春雨草堂主人对拓本法帖评价甚高，"笔力坚劲，神采苍秀"，可谓是生花妙评，而其寄语子孙，希冀后辈珍藏派用，以不负远人雅赠。时代变迁，世事难料，宫氏后人未能相传守此珍品，诚可叹息。

2019年7月11日

沁逸诗芬的土地
——徐卫华《陌上芬芳》读札（代序）

继散文集《银杏树下》首秀，卫华的诗文集《陌上芬芳》又将出版。短短几年间，工作之余，爬罗剔抉，搜索题材，指点键盘，跳脱成篇，累计不菲，皇皇大观，且多篇见诸报刊，卫华堪称高产青年作家。

卫华曾在农委、农工办等部门工作，有机会深入基层，投身农村。他现任市农业农村局综合处副处长，挂职姜堰市沈高镇河横村第一书记。河横是全国闻名的生态明珠，曾获联合国环境规划署生态环境"全球500佳"殊荣，并获全国文明村、全国生态村、全国农业示范点、国家级旅游景区、部省共建社会主义新农村建设示范点等称号。这是一片诗芬沁逸的土地。置身苏中里下河水乡，卫华时时获得一种诗意的审美。每一座村庄都充满芳香，是他真切美好的心理感受。其实，卫华自幼生长在农村，对农村生活非常熟悉，他的第一部散文集就辑入多篇描写故土风物人情的散文。《银杏树下》《土壤的芬芳》《春天里》《初夏雨》《风中的麦浪》《六月艳阳》《清秋如春》《记忆中的雪花》等，都是富有地方特色的乡土题材散文美篇。收在这部诗文集里的《怀念农田》《芦絮飘香》《每一座村庄都充满芳香》等篇什，一如既往地写出他对故土深深的眷恋挚爱之情。

对思想者而言，现实的自然乡土之外，可以拥有更广袤的思想领地。卫华这些年来，审视生活，探索趣理，每有灵光闪现，写下不少机警思辨的短文。《何妨做个小人物》《假如富翁是你》《假如灾难来临》《南瓜的力量》《时代呼唤红旗渠精神》《忙，也是一种幸福》《文明靠自己去创造》《人生需要坦然境界》《青春更应绽芳华》等篇，就是这种有感而发的思辨文章。这些文章，承载作者对生活和人生的思考，充满春风化雨的正能量，对读者尤其是青年读者，更具有启迪和激励的积极意义。这是另一片诗芬流风的土地，作者在心灵的沃土，播种思绪的种子，落笔生花，摇曳多姿，案头四时洋溢馥郁的思想芬芳。

散文与小说，文体有别，但也可以有机交结，相得益彰。现代文学史上，"荷花淀派"的代表作家孙犁曾以擅长用散文手法写小说著称。作家融叙事、写景和抒情于一体，作品蕴含浓郁的诗情画意。其于小说作品中，对人物极少作静态描写，而在行动中寻觅捕捉细节，巧用炼字修辞，勾勒出动态的人物形象，从而凸显人物的性格特征。卫华未事小说创作，但他在写人叙事的散文中，常常弄刀操觚，运用本色语言活化人物，一如小说家鸿篇巨制，却从细微处着手施工作业。《怀念周医生》《妙手仁心说新华》等篇，可谓卫华小说体散文的代表作。且看作者追写乡村医生周宜发，"个子不高，稍有秃顶""抓过超生的大肚子，医院手术室里的痛哭声至今想来仍觉凄惨"，闲来拉二胡，"端坐木椅，郑重其事，左腿跷右腿，左手握胡，右手拉弦，身体开始有节奏地摇曳"，散文篇中人物，一如小说人物一样栩栩如生。开卷寻味，可感悟卫华小说创作的潜质。

《诗与远方》是收入本集的一辑诗作。按说诗作收入散文集，体例有所不合。但是读者从中可以乐见卫华文学创作"双栖"的另一面。散文创作之外，卫华也钟情现代新诗。他的诗，有热情讴歌祖国的，有挚诚抒写亲情友情的，有感光记录社会公益活动的。值得注意和赏读的是他乡土题材的现代新诗。《季节组诗》中，《那片紫》《蚕豆》《冬天与春天》《十月》《落雪》《灶膛》等，寄寓诗人浓烈绚丽的赤子乡恋。《每一座村庄都充满芳香》则是诗人乡土诗的倾情力作。诗人在这首长诗中，多角度对焦诗意乡土，饶有兴味地采撷多彩的乡野意象，生动地钩沉淘气的童年趣事，突现双亲感人的慈爱形象，融入作者酷爱乡土的深深情愫。"我闻到乡村的芳香／是雨露亲吻土壤的声响""山芋藤儿，修饰着她的耳郭／一段一段垂着青／唇齿也爱上了桑葚黑／太阳照着地面咯咯作响／不怕黑的除了我，还有香荷叶／林间，蝉声正猎猎"，诗人笔下的乡土是这样声色养怡，美好醉人，物我相谐。诗歌与散文,血缘关系最近,可以妙合而凝为散文诗。诚然,诗不可扯淡成散文,散文却可以承载诗意,嬗变成为诗质美文。散文,或是诗意的行走。不少文字的弄美者,正是两体兼具,诗文皆备。卫华徜徉在诗与散文领域,是一种未可多得的美的览物怡情。

卫华年值英华,来日方长。他原本是一位工科男,却幸运地邂逅并钟情文学,且取得可观的成绩。衷心祝福卫华,希冀他干好本职工作,笔耕不辍,追求古代文章太守的精神风范,兀兀穷年,锲而不舍,在工作和写作上勇攀新的高峰。

2019 年 9 月 10 日

第四辑　驿路写意

> 伫立江边，眺望雨中江天。江滩上散落的牯牛群，读着千古不变的汨罗风景。林木深处，传来子规鸟的叫声，颤动一片带雨的夏绿。

苏豫皖文旅缀写

文朋诗友一行，自发组团租车，环游苏豫皖三省，追觅历史人文遗迹。

朝发泰州海陵，上午抵达淮安，先参观吴承恩故居。吴宅坐落淮安市淮安区河下古镇。正门额匾金字，已故中国书协主席舒同书。入门，青砖小院，修竹茂林。正厅三间，额匾"射阳簃"，赵朴初题写。淮安古称射阳，吴承恩曾起号"射阳山人"。廊柱抱联："搜百代阙文，采千秋遗韵，艺苑久推北斗；姑假托神魔，敢直抒胸臆，奇篇演出西游。"厅内安放吴承恩半身塑像，两侧对联"伏怪以力，取经唯诚"，萧娴书。东西两屋，分别是吴承恩父亲吴锐与正房徐氏及偏房张氏居室，吴承恩是张氏所生。

故居辟有悟园，楹联"灵根育孕源流出，心性修持大道生"，系取《西游记》第一回回目。照壁镂空，中为方洞，可见太湖石。松风轩，寓意吴承恩喜欢听松，多有松风题材吟咏。假山曲沼，金鱼睡莲，平添几分幽静。旱地船舫，联曰"鹤汀凫渚眼前过，鼍窟龙宫足下登"。醉墨轩前太湖石，镌刻"神针"二字，传为孙悟空金箍棒所化。

出吴承恩故居，就近参观河下古镇。古镇始建于春秋末期，距今已有2500年历史，仅明清两代就出过67名进士、123名举人、12名翰林，有"进士之乡"美誉。状元楼、魁星楼、吴承恩故居，均坐落其内。古运河、御码头、接驾亭、闻思禅寺、湖心寺桥，古镇积淀的文化底蕴非比一般。

中国漕运博物馆坐落于漕运广场漕运总督署遗址附近。明清两代，淮安号称"漕运之都"，康乾南巡均驻跸于此。门外楹联："地居黄运中水欲治漕欲通千里河流涓滴皆从心上过，官做群民主宽以恩严以法一方士庶笑啼都到眼前来。"建筑总体呈"品"字形布局，内设淮安厅、运河厅、历史厅、文物厅，全面展示淮安丰富多彩的漕运文化。

周恩来故居，第三次游览。故居位于淮安城北部，坐落于驸马巷内。大门匾额为邓小平题写。两个宅院东西相连，青砖灰瓦木结构。东大院有周恩来祖父、继母和乳母住房，周恩来出生的房间和书房。院内有古水井和菜园。后院植有蜡梅、雪松和日本前首相田中角荣赠送的樱花。一棵榆树，一棵观音树，均为百年古木。西大院为周恩来二祖父住房，现辟为展览室。

淮安府衙始建于明洪武三年（1370），位于淮安东门大街。府衙坐落古城中轴线，衙内建筑分东、中、西三路。

中路立圣喻戒石坊，镌刻战国时期思想家荀子的"公生明"三字。大堂前两侧为六科书吏房，东为吏礼户科，西为兵刑工科。大堂前楹联："吃百姓之饭，穿百姓之衣，莫道百姓可欺，自己也是百姓；得一官不荣，失一官不辱，莫说一官无用，地方全靠一官。"正堂海水朝日图上方高悬"忠爱"牌匾，红底金字，康熙御笔亲题。堂两侧悬示"忠义信礼孝廉"六个大字，后墙悬示"清慎勤"三个大字。二堂名"筹边堂"，为知府处理日常事务之所，东西设有厢房。二堂抱联："看阶前草绿苔青无非生意，听墙外鸦鸣雀噪恐有冤情。"内联："与百姓有缘才来到此，期寸心无愧不负斯民。"其后为官宅上房院落，清德堂和青玉堂为知府及眷属居住之所。再后为三槐台，亦名"三魁台"，建于明嘉靖三十九年（1560），供奉河神，台上四角高矗巨型铜柱，上有铭文，台中央安置铁釜式聚宝盆，用于供奉祭品。

东路为迎宾游宴场所，主建筑有古戏台、酂侯（萧何）祠、宝翰堂、藤花厅、集贤堂、后花园等。府署后花园原名"偷乐园"，后易名为"余乐园"，意为政事之余浮生遣兴怡情之园。园内花木葱茏，碧水映照，子母塔、映月桥、船舫等景观远近相望。

西路为军捕厅署，另辟大门、仪门、正堂（法鉴堂）、二堂（今古代刑具展厅）、上房、班房等。府衙总体建筑，前堂后园，形制规范，堂内气氛肃穆威严。

午后，去淮河地理分界公园。中国南北地理分界线标志园，位于淮安市古淮河两岸。秦岭—淮河一线被视为我国南北方的自然分界线。"橘生淮南则为橘，橘生淮北则为枳"，可见淮河对我国南北气候物性的影响。中国南北地理分界线定于淮安古淮河中流，红桥跨河，球形雕塑居中，以中心点为原点，桥面分红蓝两色，南为红色，通淮河广场，北为蓝色，通黄河广场。伫立河心，往来南北中国，其地理意义一如立足赤道线往来南北半球。

之后，长途驱进，越过广袤的淮北平原，车啄徐州界线。晚宿丰县，淅淅沥沥，遇雨。

翌日上午，参观丰县刘邦广场。广场位于丰县老城区，场上矗立刘邦塑像，面西，高5米，基座高4米，花岗岩材质。广场因刘邦出生于丰邑而得名，现为全开放市民广场。西入口两侧小品对立，龙头喷水，汉画像浮雕，显现帝乡真龙气象。

北行，抵达金刘古寨，参观汉皇祖陵。丰县金刘寨村，汉高祖刘邦祖居之地，犹存汉高祖曾祖刘清之墓。"大汉第一源，天下金刘寨"，兴建的汉祖陵广场开阔，四灵汉阙高耸。四灵者，分别是朱雀、玄武、青龙、白虎，代表古代四方的护卫神灵。四灵汉阙，据出土实物原型建成，中间两个汉阙高23.1米，寓意西汉存续231年；两侧汉阙高19.5米，寓意东汉存续195年。汉源大道宽远通达，端景为汉高祖露天立像，顶天立地，巍峨高大，袍幅造型向后平向飞扬，尽显大汉一代雄风。

驱车西进，午后抵达河南商丘。先参观坐落于华商大道的商丘博物馆。博物馆集中展示商文化历史文明，馆藏文物众多，镇馆之宝为汉代的金缕玉衣。

阏伯台，是商丘重要的历史遗存。进入景区，先通过富商大道，大道由中国历朝历代法定货币图案镶嵌而成，其北端通向华商文化广场，广场由两万多个不同写法的"商"字组成，赫然大观。广场中央高台上，耸立华商始祖王亥之像。

从华商文化广场右拐北进，可登临阏伯台。阏伯台古称商丘，民间称火星台、火神台。此台为帝喾之子阏伯所建造的观星台。阏伯在此登高肉眼观星，推测农时，指导农事，被誉为"火神"。阏伯台形如墓冢，高35米，周长270米。台上有阏伯祠，正殿有"离宫正位"四字，对联为"举起天上刚正火，烧绝世间不良人"。东为昭明殿，奉祀阏伯之子昭明，其为夏代商国第二代诸侯王；西为相土殿，奉祀阏伯之孙相土，其为昭明之子，夏代商国第三代诸侯王，曾任天文官火正，负责观测大火星，"授民以时"。

车抵安阳。安阳是商朝后期都城。盘庚十四年，商朝第十九位君主盘庚迁都于此，开始营建殷都。故址称为殷墟，因发掘甲骨文而闻名于世。

殷墟宫殿宗庙遗址为殷王处理政务和居住的场所，包括宫殿、宗庙等建筑。内有立石，标示甲骨文发现地。殷墟博物苑辟有车马坑、甲骨窖穴、玉器及青铜器等展厅，司母戊鼎（后更名为后母戊鼎）是青铜器文明的代表作。苑内有妇好墓，妇好是殷王武丁的配偶，时为巾帼英雄。墓的上方是享堂，下为竖井形墓圹，出土器物多多。展馆外广场上，高高站立的妇好全身汉白玉戎装塑像，英姿飒爽，丰神绰约。

殷墟王陵遗址累计发现大墓、陪葬墓多处，车马坑展厅展出了人畜骨架多副，这里是殷王室祭祀祖先的场地。王陵东边出土的司母戊大方鼎，为迄今所发现的青铜器之最。"青铜时代第一鼎"，出土处横碑巨石，史学家周谷城题字。

中国文字博物馆位于安阳市区。大门牌楼是一座字坊，主体建筑既有现代建筑风格，又体现殷商宫廷风韵。展馆详细而系统地介绍中国文字发展史，包含甲骨文的发现和仓颉造字的传说。"一片甲骨惊天下"。据悉，1899年，金石学家王懿荣因病购药，在北京中药店所售龙骨上发现刻有古老的文字，遂重金收购。商代甲骨文由此被发现。安阳甲骨文与西安秦俑的偶然被发现有着异曲同工之妙。

向晚，抵达开封。晚游西城门风光带。华灯初上，城门洞开，车辆川流不息。一路乘兴而行，抵达汴河风景区。十里汴河，万点灯火，画舫柳烟，景光迷离。

翌日上午，游清明上河园。清明上河园是以北宋著名画家张择端的《清明上河图》为蓝本建造的历史文化主题公园。公园是一座仿古宋城，建筑复原宋代风貌，主要建筑有城门楼、拂云阁、九龙桥、虹桥、码头、船舫等。

街肆人物如掌柜、店小二及其他男女从业者也着宋代服装。街头表演游艺、杂耍、斗鸡、斗狗等，定点演出有《包公巡视汴河漕运》《王员外彩楼招婿》《岳飞枪挑小梁王》《梁山好汉劫囚车》等。东京梦华，尽在风情浓郁的一园之间。

下午游包公府、禹王台公园。之后，车过黄河浮桥，前往新乡陈桥驿。

陈桥驿位于河南新乡封丘县东南。公元960年，宋太祖赵匡胤在此发动兵变，建立北宋王朝。陈桥始建于五代，陈姓捐资修桥，故名陈桥。后周时设为驿站，名陈桥驿。

故址门前广场，砖铺地面，立宋太祖赵匡胤骑马塑像。大门陈旧，门堂斗拱结构，青砖，筒瓦，门额横题"陈桥驿"三个金字，红柱，黑色抱联为"陈桥兵变奠宋代基业，黄袍加身定赵氏乾坤"。守门人是一位老者，白发，耳背，重听。

入门，广场分两部分，南低北高。照壁居中，左右各有一座龛形砖结构建筑，内置石碑，一侧竖题"宋太祖黄袍加身处"，一侧竖题"系马槐"。正殿前偏东，一株千年老槐树，植株已枯死，而主干奇粗。树旁一匹材质粗糙的石马，作系扣状，切合史实想象，马旁有磴，游人可拾级登高跨而骑之。

正殿匾额，题为"应天顺人"，抱联为"雄才大略开新宇，千秋功业照汗青"。偏殿额题"天适政归"，抱联为"元勋一夕承天运，村镇千秋纪地灵"。后殿供奉宋太祖像，像身着黄袍，匾额用瘦金体写着"显烈"二字，落款为"御笔"。史载，公元959年，周世宗驾崩，年仅七岁的太子柴宗训继位。皇帝年幼，难担大任，将士拥戴殿前都点检赵匡胤作天子，遂于此"黄袍加身"，登基接位。又据史载，宋徽宗大观元年（1107），敕建显烈观，命李炳撰记。陈桥驿站遂一度易名为显烈观。

晚宿安阳。翌日，车诣林县，参观红旗渠。红旗渠建于20世纪60年代，是引漳（河）入林（县）的伟大工程，被誉为"人工天河"。

红旗渠风景区，大门开阔，气象壮观。沿山路向上，不久到达红旗渠纪念馆，赵朴初题写馆名。展馆全面而详尽地介绍红旗渠开凿始末的动人场景和人物事迹。一渠绕群山，精神动天下。周恩来赞誉说："新中国有两大奇迹。一个是南京长江大桥，一个是林县红旗渠。"

登高而上，见红旗渠纪念碑，彭冲题词。至红旗渠分水闸，不久返回。渠宽三米许，高丈余，长方体石块叠砌，下临碧水。偶有石块空缺，鸽子安居其中，成为不可多见的生态风景。

夜宿山水洞农家宾馆，漳河在侧。尝记阮章竞的长篇叙事诗《漳河水》，终于夜枕漳河。翌日上午，游览红旗渠青年洞段。人共渠行，渠随山转，自然伟力与人工伟力相得益彰。黑色大理石碑，金色题字"红旗渠"，郭沫若手迹。渠边路牌箭头指示：杏花坡、天河亭、青年洞。一行人自然选择了青年洞。沿途，见"太行天河""一线天""虎口崖""神工铺""山碑"（李先念题）等多处摩崖石刻，黑底金字的"山魂"碑，还有引漳入林工程任村营妇女突击队红旗。

青年洞是总干渠最长的隧洞。洞长600多米，从太行山山腰穿过，石英砂石，开掘工程艰巨。当年挑选300名青年组成突击队，忍饥挨饿，攻坚而成。洞口拱门上方"青年洞"三字，为郭沫若题写。

午后，游郑州黄河湿地公园。公园位于黄河南岸，黄河浮桥和公路大桥在望。越过观景栈道，可以深入水湄草滩，零距离接触黄河水体。河心部分地段干涸，河床裸露，岸边停泊两艘观光游轮，彩色小旗迎风招展。当地渔人捕获黄河大鲤鱼，肥大壮实，活蹦乱跳，养在大水缸里待价而沽。

其后，寻访荥阳鸿沟。鸿沟即楚河汉界，位于荥阳市黄河南岸的广武山上。沟口宽约800米，深达200米，古为军事要地。楚汉相争，仅在荥阳一带就"大战七十，小战四十"，双方相约，"中分天下，割鸿沟以西为汉，以东为楚"。东边霸王城，西边汉王城，至今碧树丛中遗垒犹在。

景区立石，镌刻"鸿沟"二字。顺山道北行，可见霸王扛鼎石像。寻步深入鸿沟，幽秘芜杂，几不可下。高岗平台处，战马塑像腾空跃起，昂首望天，想必是霸王乌骓咆哮嘶鸣。

长途驱车，薄暮抵达嵩山，夜宿农家乐酒家，掬一抔青黛山色入梦。

翌日上午，游览嵩山少林寺。少林寺是中国佛教禅宗祖庭，中国功夫的发源地，始建于北魏太和十九年（495），位于郑州市所辖登封市嵩山腹地少室山茂林中，故名少林寺。

进口处广场，石坊高峙，正反两面居中额题"嵩山少林"，正面东向，右左横额依次为"禅宗祖庭""武林胜地"，中联为"百代衣钵赓承一花五叶，千秋山河襟带四水三城"，边联为"胜地只缘听法雨，少林无处不雄风"；反面西向，右左横额依次为"跋陀开创""大乘胜地"，中联为"一苇渡长江修持九载，两山藏古寺参拜四方"，边联为"香火千秋兴宝刹，关河万里拱神山"。附近道旁丛中，雄峙武僧彩色塑像，凛凛生风。

西行，过塔沟武校训练场、少林寺武术馆演武厅。道右"少林欢喜地"，联语为"一粒米从檀信口中分出，半瓯水是行人肩上担来"。寺前广场两面对立两座牌坊，石质粗糙，字迹不甚清晰，古朴之至，当是古建遗构。细细辨认，东坊外横额"祖源谛本"，内横额"跋陀开创"；西坊内横额"大乘胜地"，外横额"嵩少禅林"。山门南向，三间单檐歇山顶建筑，台阶十数级，左右侧门，呈八字墙，青石狮身，雌雄对立。门额"少林寺"三字，康熙御题。

过山门殿，甬道宽阔，松柏间散布碑林。天王殿、大雄宝殿、藏经阁次第排列。大雄宝殿前古木森森，1500年古银杏枝叶茂盛，树干留有多个小洞穴，传为武僧练武时手指所嵌。大雄宝殿两侧对立钟鼓楼，碑林东侧是慈云堂，又名碑廊，藏名贵石刻多品；西侧是六祖堂，其后有达摩亭，又称立雪亭，传为二世主立在雪地向达摩祖师断臂求法处，额匾"雪印心珠"，乾隆御题。再后有千佛殿、观音殿、方丈室等，不一而足。千佛殿一名西方圣人殿，供奉达摩祖师，也是武僧的练功房，砖铺地面多处坑凹，乃武僧练功发力蹬足所致。

出寺门西行，约300米，道右为大片塔林，是历代高僧安息的墓地。转折归返，路南傍少溪，溪上跨砖结构拱桥，石头块垒散落溪中，风景幽雅。

下午游黄帝故里，景区位于河南省新郑市轩辕路。正门前广场为中华姓氏广场，原名轩辕广场。广场见方，靠南边建宝鼎坛，汉白玉台阶和围栏，坛上立巨型黄帝宝鼎，鼎高 6.99 米，三足，鼎足均铸成熊形，取意轩辕黄帝是有熊氏。广场上展现中华姓氏碑，铜质，平向贴地，碑上图文呈大树形状，百姓如叶，繁叶茂生。广场周边立中华姓氏墙，镌刻 3000 多个姓氏。

广场北面是轩辕庙。汉阙对峙，牌坊高耸。轩辕桥，原建于明隆庆四年（1570），桥型别致，横跨姬水河上，如龙卧波。轩辕庙，汉代建祠，历代修葺。正殿五间，中央供奉轩辕黄帝金像，额匾"人文初祖"，程思远题写。东配殿供奉黄帝元妃嫘祖，她被尊为"先蚕娘"；西配殿供奉黄帝次妃嫫母，她被尊为"先织娘"。

庙后是拜祖广场。北端面南，是拜祖大典礼台，金龙模型对舞，简书超大竖立，黄帝塑像端坐中央。汉白玉雕像，手执宝剑，像高 5.19 米，寓意"九五之尊"。

广场后面辟轩辕黄帝纪念馆。沿中轴线北向是轩辕丘，丘上植树木，丘内建轩辕宫。宫分两层，一层在地下。轩辕黄帝铜像，通高 5.9 米，亦取"九五之尊"之意。

夜宿鹿邑。翌日上午，先游老子故里。老子故里位于河南省鹿邑县太清宫镇，旧名曲仁里。太清宫，始建于东汉，时汉桓帝刘志尊老子李耳为道家鼻祖，建老子庙以祀之。

宫前为老子文化广场，石坊耸立，六柱五开。跨水过桥，场面开阔，面北耸立老子全身塑像，黑色基座上镌刻"天下第一"。周边散布老子骑牛远游等雕塑小品群，碑刻大写"道"字，凸显道教思想文化元素。

太清宫正门，匾额高悬，主联为"地古永传曲仁里，天高近接太清宫"。后殿亦悬挂"太清宫"匾额。北行，甬道长远，绿树屏列，历放生池、仙缘度、太极殿、三清殿、圣母殿、娃娃殿等。谒老子故居，读解"紫气东来，青牛西去"的传说。谒先天太后墓，附近有御碑亭、道源碑林等多个景点。

随后，车诣安徽亳州。亳州是历史文化名城，建城史可追溯到西周，达 3600 多年之久。曹魏时期，这里曾是曹魏陪都。

曹操公园依托曹氏家族墓群建成。园内建魏武祠，祠前立曹操大型全身汉白玉雕像。祠后辟曹操纪念馆，全面展现曹操军政历程和文学成就，主厅曹操塑像上方匾额题为"文韬武略"。家族世系资料揭示，曹操妻妾先后有15人之多，生子25人，令人咋舌。

亳州博物馆，郭沫若题名。馆内立六位亳州名人塑像：帝喾、商汤、老子、庄子、曹操、华佗。"中国文化大抵滥觞于殷代"（郭沫若《今昔集》），史载商汤"始都于亳"，成汤王死后葬于亳州。

谯望楼是曹操建于故乡谯郡的望楼，即登高望敌的瞭哨。军用之外，曹操尝于此楼招饮文人歌赋，倜傥流风。楼内开设建安文学馆，集中介绍"三曹""建安七子"为代表的建安文学，风骨雄豪清隽慷慨悲凉。楼下建有曹操地下运兵道，砖砌拱形，四通八达，据悉旧时延伸可通达城外。

傍晚，车诣宿州大泽乡，参观涉故台。涉故台为公元前209年陈胜吴广起义故址。

入门，大型横向地标黑底金字镌刻"涉故台"，左上角提示语为"中国第一次农民大起义旧址"。台南中轴线上矗立着一尊大型浮雕，外在轮廓为一簇火炬，火炬中心，陈胜持剑振臂呼喊，吴广举棒怒目冲杀。

台呈覆斗形，大致为方形。旧传涉故台有篝火狐鸣处、鱼腹丹书湾，今于台的南沿见一株柘龙树，枝干若龙形，体表似覆以鳞甲。台东沿存一口龙眼井，当为旧时寺庙遗存。据碑文知悉，此处明代以前曾建有楼台寺。

暮霭渐起，微雨乍至，不见篝火鸣狐，但历史旷远的呐喊声犹在耳边。

翌日返程，顺道参观垓下之战遗址。遗址在今安徽固镇县濠城镇境内，为垓下决战时项羽的大本营，故名霸王城。街道路口，高台之上，两柄巨剑斜向交会，台中央耸立项羽大型全身雕像。项羽身着戎装，右手上举，左臂抱虞姬于怀，虞姬仰面挺胸，腕饰双环毕现，长发纷披似瀑。微雨过后，人物局部被雨淋湿，历史时空再现，更见凄美悲壮。

10时离开固城，取道一路东向，下午4时许安返泰州。

2016年5月14日至21日

洛陕纪游

海陵摄影家一行，相约游陕西，邀我同行。朝发海陵区政府广场，暮投洛阳老街，小雨中游览了洛阳丽景门。

丽景门原名丽京门，洛阳古八景之一。城门外护城河叫中州渠。河畔有古典亭轩建筑，可供游人休憩。过正门前一段桥，来到丽景门下。城墙呈圆弧形，门体呈拱形，上书"丽景门"三个大字。进入拱门，后面是半圆形的瓮城，亦称月城。从侧后登城，可以俯瞰整个月城。面南主建筑为九龙殿，上层书"贤良庙"，侧面可见"中原第一门""洛阳第一楼"巨幅标语。洛阳为十三朝之都，先后在此称王称帝者达一百多人，其中功绩卓著、最有代表性的当数夏禹、商汤、姬宜臼（东周始君主周平王）、刘秀、曹丕、司马炎、元宏（北魏孝文帝拓跋宏）、杨广、武则天等九位，殿内供奉他们的仿真塑像，供后人拜祭，故称"九龙殿"。宋代史学家司马光说："若问古今兴废事，请君只看洛阳城。"洛阳丽景（京）门，对此可作见证。殿外楹联"不到丽京门，枉来洛阳城"，可见洛阳丽景（京）门声名之重。绕行瓮城墙头，可达正对面的天后宫，宫门额题"和风畅日"，内辟洛阳帝王史馆等。

入丽景门北向前行，是洛阳的商业仿古美食街。"正宗牡丹银丝酥""牡丹鲜花饼""司马水席楼""杏花村水席厅"等，各色霓虹店铺商标撩人眼帘。冲击视觉的有洛阳特色小吃"老火不翻汤"。一家百年老店自诩为"汤太宗"，秘方配制，传统技艺，古法煨汤，汤为鸡汤骨汤比配，养汤食材有黄花菜、金针菇、粉皮、海带、鸡肉、紫菜、虾皮等多种。相传，康熙皇帝暗访民情，途经洛阳栾川大青沟，车马劳碌，饥渴交加，适见一位老妇正在烙饼，便上前讨要。妇人说："饼还没有翻哩，等一会儿。"康熙等不得了，说一声"不翻"，抓起来便吃。故事流传广泛，从此人们将洛阳烙饼叫作"不翻饼"，随之就有了佐餐的洛阳"老火不翻汤"。仿古美食街北端是洛阳古城西大街。西大街较之显得宽阔，街头红灯高挂，露天美食摊位鳞次栉比，一片人间烟火气息。

沿老街原路返回，夜宿洛阳西域新安。翌日驱车西进，高速公路堵车久甚。下午两时许，过潼关，其后过风陵渡、渭南诸站，抵达华山峪。未及登临西岳华山，匆匆游览华山脚下的玉泉院。

玉泉院建于华山峪峪口，此地曾为北宋著名道士陈抟隐居修真之处。陈抟，唐末宋初人，字图南，自号扶摇子，宋太祖取老子"听之不闻为希，视之不见为夷"语意，赐号希夷先生。先生享年118岁，在世淡泊功名，修炼道教，独善其身，传与宋太祖赵匡胤对弈，赢棋受赐华山。其以喜睡驰名，世称"陈抟老祖""睡仙"。玉泉院外广场，有陈抟老祖超大全身石雕卧像，背向山岳，寄枕侧卧，美髯衣褶历历在目，道骨仙风。

玉泉院之得名，是因为院内有一股清泉，相传与山顶镇岳宫玉井潜通。立石"玉泉院"绿色题字，郭沫若手书。华阴市华山道教协会挂牌于此，楹联为"华山奇峰五岳首，玉泉翠荫胜江南"。院内有古木、清流、石舫，舫上题曰"穿过花世界，划破水云天""云台月沉无风痕，松亭琴动有鹤声"。历七十二物候窗式回廊，无忧亭、含清殿、希夷洞、山荪亭等建筑，山荪亭旁立碑石，镌为"宋陈希夷先生之墓"。全院依山临水，泉流淙淙，幽竹傍岩，情趣盎然。一处殿堂额题"太华独尊"，楹联为"听静夜钟鼓声觉醒梦中之梦，观澄潭云月影恍知身外有身"，个中真意让人欲辩难言。上列诸联语，意境可嘉，但声律不合，不无遗憾。登临处石壁镌诗："曾逢毛女话何事，应说巨灵开此山。浓睡过春花满地，静林中夜月当天。"诗笔如椽，通透华山鸿蒙天地，末二句仿佛描绘陈抟老祖梦醒境界。

出玉泉院，就近游览莲花广场。莲花广场亦称宝莲灯广场，场地中心建有宝莲灯柱，总高31米，直径12米，是进入华山景区的地标性建筑。宝莲灯广场承载二郎神外甥沉香劈山救母的神话故事，入夜，广场大型音乐喷泉流光溢彩，影幻花天。

夜宿临潼。次日上午，冒雨游骊山华清宫。

华清宫位于西安临潼区，坐落骊山森林公园，西距古城区 30 千米。这里南依骊山，北临渭水，是国家 5A 级旅游景区。华清宫是唐代帝王游幸的离宫别苑，与颐和园、圆明园、承德避暑山庄，并称为中国四大皇家园林。

门楼踞处，一溜儿唐代风格的古典建筑，端庄大气。正门朝北，朱门上方镌刻"华清宫"鎏金大字。

进入宫门，踏雨广场，遥对九龙湖景区。九龙湖是一处人工湖，湖畔立石，镌刻"龙湖镜天"。东西横贯的龙桥长堤将九龙湖分隔成两片水域。龙桥上有八龙吐水，上湖南岸建龙吟榭，榭下伸出一尊大龙头，龙口泉水汩汩有声，常年不绝，龙吟榭及九龙湖因之得名。龙桥衔接的长堤，牵连东西两亭，一为晨旭亭，一为晚霞亭，两亭东西对峙，遥相对称，与龙吟榭互成三足，相映成趣。伫立湖畔，纵目南天和东天一带，殿宇楼阁之上，雨中骊山在望，曲线连绵起伏，烟雨朦胧，黛色参天，远望如梦如幻，宛若一幅新鲜洇润的水彩画。

雨中左拐东行，不久到达芙蓉园景区。白色立石上竖写"芙蓉园"红色大字，醒目而有点睛之妙。景区西侧与九龙湖相依傍是风光旖旎的芙蓉湖。湖浦水湄，叠石错落有致，岸柳点翠裁烟，雨荷摇曳生姿，天光涵碧浣绿。芙蓉园是华清宫的主体建筑群落，远近罗列散布着沉香殿、飞霜殿、宜春殿、万寿殿、长生殿、昭阳殿、芙蓉殿、得宝楼、御茗轩、禹王殿等标志性建筑，绿瓦红墙，翘角飞檐，苍松翠柏点缀其间，尽显雍容华贵的大唐气象。飞霜殿，赵朴初题写匾额，因冬天温泉喷水，热气升腾，化雪为霜，纷飞的雪花，一如美丽的霜蝶飞舞，故名。长生殿是白居易《长恨歌》中所写的唐明皇偕杨贵妃幽会私语的爱情空间。拾级而上，至昭阳门，一处仿唐牌楼建筑，楹联"平衍广陆南望则山峰叠叠，静观林青北顾而渭水迢迢"，精准揭示了华清宫的区域方位和地貌形势。

唐御汤遗址博物馆是华清宫建筑的重中之重。已发掘的御汤遗址大致有五处，莲花汤和星辰汤、海棠汤、太子汤、尚食汤，分别是皇帝、贵妃、太子和大臣洗浴的御汤遗址。莲花汤、海棠汤，各自状如石莲花和海棠花。此二汤作为皇帝和贵妃专用浴池，建筑设计精致，用材特别考究。附近偏高处有温泉古源，系骊山温泉出水之处，泉水从龙口吐出，池中水色清澈，水面热气蒸腾，袅袅不散，昼夜永继。御汤遗址博物馆外面，辟有文化广场，露天伫立着超大的汉白玉女体雕像。浴女自然是杨贵妃了，云髻高盘，罗衣半散，丰乳肥臀尽显。作品展示的是白居易《长恨歌》中"春寒赐浴华清池，温泉水滑洗凝脂"的诗歌意境。此为广东著名雕塑家潘鹤教授的代表作品，是"文化大革命"后国内首创的裸体雕像，对打破艺术禁区具有里程碑式的历史意义。

环园是华清宫中的一处园中园。五间厅是环园的主要建筑物。五间厅所在的庭院，曲沼荷风，乔木葱茏，环境幽美。五间厅系五个单间相连接的厅房组合。1900年，八国联军侵犯北京时，慈禧太后西逃曾暂住于此。1936年，西安事变之际，蒋介石也曾以华清池为"行辕"，下榻于五间厅。由西向东，五间厅依次是秘书室、蒋氏卧室、蒋氏办公室、会议室、侍从室主任办公室。与之相毗连的桐荫轩，也叫作三间厅，墙壁、玻璃上还留有西安事变战斗的多处弹痕。从环园上行，沿山路转折可达兵谏亭。兵谏亭附近有一处虎斑石，蒋介石当年曾隐匿藏身于此。亭子石质，初名"正气亭"，今易名为"兵谏亭"。

离开兵谏亭，沿原路返回华清宫。伫立湖畔广场，回望雨中骊山，重拾思古幽情。一带骊山，阿房宫隐现在迷蒙的历史烟雾里。烟霭深处，有着女娲氏炼石补天的旷远传说；一角烽火台和举火楼，留下周幽王和褒姒"烽火戏诸侯，一笑失天下"的历史闹剧；秦始皇则隐身皇陵，号令惊世骇俗的大型兵马俑军阵。郭沫若诗云："骊山云树郁苍苍，历尽周秦与汉唐。一脉温汤流日夜，几抔荒冢掩皇王。"郭氏咏史诗，极古今行人过客吊古之叹，堪称大笔如椽。

下午，游秦始皇兵马俑遗址。俑坑在西安临潼区，临潼区西距主城区30多千米，俑坑则在秦始皇陵东1.5千米处。兵马俑现世是在1974年3月11日。是日，几个农民在乱坟荒野挖井，偶然觅得一些陶俑残片，经专业勘探试掘，发现竟是大型兵马俑坑。这就是后来确定的一号坑，坑东南隅立牌标示为最初发现处。被誉为"世界第八大奇迹"的秦俑坑面世，只在偶然和咫尺之间，诚令人感叹。

业已发现的俑坑共有三处，大体呈"品"字形排列。一号坑最大，呈长方形，东西长210米，南北宽62米，坑内有10道东西向隔墙，现已出土陶俑1000余尊，战车8辆，陶马32匹，各种青铜器近万件。坑内陶俑列阵规模浩大，军容严整，东端步兵阵列作前锋，后续战车和步兵相间的纵队为主体，陶俑身高在1.8米以上，他们披坚执锐，东向进军，于无声处，似听到喊杀声阵阵，秦风在耳。

二号坑在一号坑北侧约20米处。二号坑不及一号坑大，但尽显秦俑军阵精华。全坑平面略呈曲尺形。东边系挽持弓弩的兵俑群，或取跪式，或呈立式；南半部是驷马车兵方阵；中间部位是车步骑混合编制的长方形军阵；北半部是长方形的骑兵阵列。

三号坑在一号坑西端北侧，距离一号坑约25米，东距二号坑100多米，与二号坑东西相对。全坑整体呈"凹"字形。三号坑最小，南北长21米许，东西宽17米许，但从内部布局看，三号坑系大型军阵的作战指挥部。春秋战国前军中指挥将领多在前列，后移至中军，秦代则将指挥部从中军独立出来，以确保指挥将领的安全。这是大规模作战中军事战术发展的重要举措。

经专家辨认，兵马俑人物造型大致有士兵和军吏两大类。人物脸型、表情、服饰、持械、姿势等各异。兵俑体型仿真，或稍有放大，武士俑均高1.8米左右，最高可达1.9米以上。秦俑本初塑绘结合，着色鲜明，有的出土时还艳丽如新，只是接触空气很快就风化失色。多个秦俑留有制作者的名字，这固然可资俑匠陶工个人纪念，或与计件及质量考核也有关涉。一号坑和二号坑局部均有被焚烧的痕迹。高温自燃说基本被排除，人为破坏说得到认证，嫌疑最大的当是西楚霸王项羽。史载鸿门宴地点距此仅10里，项军攻入关中后，曾大肆破坏秦陵，秦俑坑也在劫难逃。

秦始皇陵由丞相李斯主持规划设计，大将章邯监工，历时39年之久，兵

第四辑　驿路写意

马俑当是在修筑秦陵时同步进行。历史已经远去，秦陵和秦俑坑印记了一个铁血交加的雷鸣时代。

导游是一位资深的房姓女班头，风格优雅，耳麦里响着她忽近忽远的关中声音。应该说，她的讲解很到位。寻秦于一号坑、二号坑、三号坑，仿佛穿越漫长曲折的历史通道。走出秦俑空间，坐在广场的长条凳上远眺，一带骊山就在眼前。

夜游回民街。回民街是西安最著名的美食小吃街区。主街南北向，也包括几条东西向的街巷。早先这里是回民集中生活的区域，俗称回坊。街道不算很宽，但人气爆满，夜晚灯光璀璨，游人如织，说是摩肩接踵绝不为夸张。在回民街各种清真食品随处可见，但不限于清真食品，西安各种地方小吃也荟萃于此。肉夹馍或是游客品尝的首选食品。坐进一家店铺，付费28元，点了一份羊肉汤泡馍，算是品尝了古长安的美味。

回民街主街南端是鼎鼎大名的鼓楼。西安鼓楼位于古都西安市中心，建于明洪武十三年（1380），是全国鼓楼中形制宏大的遗构之一。长方形基座，砖木结构，重檐三层，鎏金宝顶，外覆深绿色琉璃瓦，楼内贴金彩绘，画栋雕梁。基座南北正中辟有大型拱门。顶层檐下匾额，南为"文武盛地"，北为"声闻于天"。其中，"文武盛地"与山海关的"天下第一关"被誉为中国两匾。华灯初上，鼓楼流金溢彩，雄踞于西安夜色中，上干碧霄。

出鼓楼券洞拱门南行，沿大街左拐向东，步行约400米，渐近钟楼。钟楼位于十字街口，初建于明洪武十七年（1384），是全国现存钟楼中形制最大的一座。方形基座，砖木结构，重楼三层，四角攒顶，斗拱支撑。钟楼坐落街口中央，从不同方位均有地下隧道可通。隔空眺望，钟楼灯火辉煌，绚丽多彩，一轮满月与之相匹配，如仙如幻。

西安钟鼓楼承载了泱泱中华的名楼文化。昔有"晨钟暮鼓"之说，钟鼓楼今已不再具备全城报时的功效，但"晨钟暮鼓"仪仗队的古典表演还能让人感受遥远的大唐之风。

夜宿西安华宝长宏酒店。翌日上午，驱车游法门寺。法门寺坐落炎帝故里宝鸡市扶风县城北10千米处的法门镇，西距宝鸡90千米，东距西安110千米。法门寺始建于东汉，现在原址扩建新建，体量恢宏，焕然出彩。

镇寺之塔为"护国真身宝塔"，法门寺因之被誉为"关中塔庙始祖"。原建木塔四层，今塔青砖砌色，13级，高47米。塔下地宫出土的释迦牟尼指骨舍利，世所罕见。地宫出土文物种类众多，等级高。如八重宝函，层层相套，最内层藏一尊小小的纯金塔。又如双轮十二环金花银锡杖，长约1.96米，杖身饰以鎏金纹，精致华贵，被誉为"锡杖之王"。

下午，谒汉武帝茂陵。茂陵位于咸阳市兴平辖内，是汉武帝刘彻的陵寝，规模大，修造时间长，陪葬品丰富，被誉为"中国的金字塔"。主陵高46.5米，合约14丈，方140步。陵园四周呈方形，平顶，上小下大，形如斗覆，端庄肃穆。地宫在夯土封冢之下，收藏丰富多彩。史载梓宫内，武帝口含蝉玉，身着金缕玉匣。据悉茂陵先后被盗五次，损失不计其数。

主陵之外，茂陵有多个陪葬墓冢，其中霍去病墓和卫青墓声名最盛。霍去病殁于24岁，时为汉大司马骠骑将军，其墓地前回栏曲径，树木幽深。卫青则是霍去病的舅舅，曾为大司马大将军，七次攻伐匈奴，战功显赫。李夫人墓史称英陵。传说李夫人貌美，倾城倾国，但红颜薄命，不期早逝。汉武帝作长赋以悼之。《汉书》载李夫人以皇后之礼下葬。墓冢高大，状如磨盘，俗称为"磨子陵"。

茂陵群雕最享盛名的是亭内巨型石雕"马踏匈奴"。茂陵博物馆楹联为"煊赫武功天马咏，风流文采柏梁诗"，堪称汉武帝生平写照。馆藏国宝多多，印象深刻的有鎏金铜马、鎏金铜竹节熏炉、错金银铜犀尊等。编钟古乐厅楹联为"曲径琼楼流汉韵，珍馐佳酿醉君魂"，带给游客扑面而来的古韵汉风。

离开茂陵，驱车返西安城里，参观东城门。

西安城墙是我国现存规模最大、保存最完整的古代城垣。城墙始建于隋唐，历代相继加高拓宽，初为土筑泥夯，后来加砌青砖，遂成精筑大观。现存的城墙主体是明城墙。朱元璋册封次子为秦王，在太祖"高筑墙，广积粮，缓称王"的方略指导下，府治西安的城墙规模空前绝后。明城墙位于市中心区，大体勾勒出西京废都的古代方域。今西安城墙计有城门18座，主城门四座，按顺时针方向分别是长乐门（东门）、永宁门（南门）、安定门（西门）、安远门（北门）。古都居西朝东，东城门自然是西安城门的代表作。

驱车抵达东门时，日脚已经偏西。从城内向外看，正门西向，拱形圆顶，高大壮观。穿过厚厚的拱门，进入四方的瓮城。瓮城四合，东西城墙上均建有城楼，西为正楼，东为箭楼，南北两边均有城墙连接。设想敌兵从城外突入，进入瓮城，则会遭遇周围居高临下的射杀，或一举活捉。取瓮中捉鳖之意，瓮城因名。今日瓮城，已有近半辟为旅游大巴停车场。从地面向上看，瓮城仅余一方四角天空。沿西北角斜坡路登上城墙，可以绕行瓮城。近看正楼，歇山顶式，四角翘起，三层重檐，底层有回廊环绕，古色古香，巍峨壮观。正楼高32米，长40余米。相传明末李自成起义军由东门攻入长安，见城门上挂着"长乐门"匾额，李自成对身边将士说："若让皇帝长乐，百姓就要长苦了。"部下随从随即放火烧了城楼。今长乐门城楼，乃清代重建。从一旁的城墙走向箭楼，参观箭楼内部的陈设，看见箭楼朝东的一面及两侧，设有方形孔口，可供对外瞭望和射箭之用。箭楼外另有闸楼，用以节制吊桥和护城河。现在瓮城及箭楼附近已是繁华的现代街道。

瓮城城墙和南北向的主城墙，高大巍峨，气势雄伟。城墙高约12米，顶宽亦有10多米，古代可以走马行车，如今成为游人观光的绝佳风景带。城墙上外侧筑有雉堞，又叫垛墙，上有垛口，可以隐蔽瞭望和射箭。内侧边墙稍矮，无垛口，用以保护往来行走的士兵不至堕落，叫作女墙，或女儿墙。城墙上游人络绎不绝，时有金发碧眼或黑肤皓齿的外国友人集队而过。

离开东长乐门，向晚，车诣青龙寺。青龙寺又名石佛寺，建于西安东南古乐游原，距离市区约3千米。李商隐《登乐游原》诗："向晚意不适，驱车登古原。夕阳无限好，只是近黄昏。"乐游原以此诗名世，隽句不胫而走，传扬千古。

寺门外石阶层叠，"青龙寺遗址博物馆"石刻赫然在目。登高场面开阔，亭台楼阁，气象森严。花圃对列两侧，牡丹盛开，繁花似锦，洛阳行色匆匆，未及观赏牡丹，想不到在青龙寺内，国色天香，一饱眼福。楼阁上层檐下，高悬匾额，上书"乐游原"三字，直将游人诗心拽入苍茫唐烟。

青龙寺是日本佛教的祖庭，日本人心中的圣寺。日本真言宗祖师空海诣华，在青龙寺学成惠果。寺内建有空海纪念碑，并从日本引进上千株樱花树，春深时节花色烂漫，姹紫嫣红。

当晚观光西安夜景。开元盛世街心广场是一座新建的下沉式市民广场。两排对称的大型华表式蟠龙灯柱，左右各四，高20米，直径2米，飞龙盘绕，灯光变幻，极具视觉冲击力。主题雕塑分三层基座，上层为唐玄宗李隆基，伫立在圆形龙壁前，凸现王者风范；中层是当朝重臣和众多外邦使节；下层是乐俑演奏雕塑群，尽显开元盛世歌舞升平的祥和气氛。附近音乐喷泉滚珠溅玉，声色流淌。

开元广场是大唐不夜城中轴线的景观瑰宝。中央雕塑景观步行街，纵贯南北，长约1500米。贞观文化广场则是另一处核心景观。贞观纪念碑是地标性建筑，碑体为暖黄色花岗岩，李世民骑马像则由青铜铸就。盛唐景象，万国来朝，诗心徜徉其中，不知今夕何夕。

离开大唐不夜城，兴致勃勃去了南门。南门名叫永宁门，是西安城门中资格最老、沿用时间最久的一座城门。此门始建于隋初（528年）。当年它是皇城南面三座门中偏东的一座，叫安上门。永宁门是西安城门中复原得最完美的一座。城墙上的箭楼毁于近现代战火，近年在原址重建而成。驱车赶到永宁门外，观赏了东西一线流光溢彩的灯火。逼近关门时间，一行人不甘心，匆匆进入正门旁的洞门，夜色中登上城门附近墙体小游一番，自然留有些许遗憾。

西安是世界著名的四大古都之一。城墙是西安古城无字而有形的史书，是凝聚市民记忆的具象载体。长乐门和永宁门，见证了古城勃兴繁荣的悠久历史。

翌日上午，驱车北向前往陕北延安。中途谒见了黄帝陵。黄帝陵位于延安黄陵县城北桥山镇，是中华民族始祖轩辕黄帝的陵寝，号称"天下第一陵"。

沿一带河谷西行，到达黄帝陵南北中轴线南端的轩辕广场，右拐北上。过轩辕桥，桥体全部采用花岗岩制作，雕花古朴，桥下是沮河，亦称印池，由西向东抱桥山而过。由桥北广场拾级登高，回望沮河，宛似穿山体而过，山因之名为桥山，黄帝陵亦因之名为桥陵。黄帝时代这里曾称作"轩辕之丘"或"轩辕之台"，故黄帝被后人称为轩辕黄帝。

桥北广场，场面轩敞，台阶层层叠叠，累计达五六十级之多。登阶至轩辕庙。主殿额题"人文初祖"，楹联为"祖功泽百世，宗德润千秋"。诚心亭，楹联为"诚朝圣地人文祖，心寄神州儿女情"。庙内多碑刻，其中多列御制祝文，均国家级祭祀遗篇。近现代则有孙中山和毛泽东先后撰写的《祭黄帝陵文》，蒋介石和郭沫若先后题写的"黄帝陵"石碑。庙内亦多松柏，记事碑载宋仁宗嘉祐六年（1061），奉旨在桥山栽植松柏一千四百余株。传为黄帝手植的一株柏树，苍然挺立庙内，煮雨数千年黄土时光，被誉为"世界柏树之父"。庙内保存"黄帝脚印石"一方，西汉文物，青石，1956年出土。

黄帝陵寝在桥山之巅。陵前有超大祭奠广场，广场北侧建有恢宏壮阔的祭奠礼堂。"丁亥年清明公祭轩辕黄帝典礼"的会标犹在。礼堂方形，顶上开有一个大大的圆孔，据悉是取"天圆地方"之说。堂内立大型轩辕黄帝塑像，面南，庄严肃穆。

离开黄帝陵，驱车北赴延安。渐入延安，车上观光市容，多见时代流行色。车过延河大桥，下车，这里已是延安市中心城区。延河蜿蜒东去，宝塔山遥遥在望，惜行色匆匆，不能前往登临。就近在街心花圃和延河边拍照，延河水瘦，黄水中露出一半河床。左首山上标示，延安新闻纪念馆，陈毅题词"万众瞩目清凉山"，赫然在目。猜想对面这座山就是清凉山了。

步行去枣园。枣园位于延安城西8千米处，原为一家地主庄园。中共中央社会部驻地，1944年至1947年，中共中央书记处迁驻于此。枣园曾改名为"延园"，旧址大门外康生所书"延园"二字犹在。枣园立有大型伟人塑像，毛泽东、朱德、刘少奇、周恩来、王稼祥等窑洞旧居开放，拱形门挡，木条窗棂，格式统一。刘少奇与王光美结婚于此。枣园景色秀丽，环境清幽，林间小道蜿蜒，枯木犹发新枝，见证悠悠岁月。

1938年至1947年杨家岭为中共中央机关所在地。中共七大会址、延安文艺座谈会会址开放。会址后面小山坡，散落一排窑洞，是毛泽东、周恩来、刘少奇等人当年的住所。毛泽东曾在窑洞前小石桌旁会见美国记者斯特朗。邓小平与卓琳结婚于此。中央大礼堂的格式依旧，红星高挂，让人缅怀曾经的风云激荡的岁月。

离开杨家岭，已是斜阳时分。在一处文投国际影城附近，徜徉于街心花园，花园里有山羊雕塑群，与鸽子广场翔集的白鸽相映成趣。

驱车离开延安市区，途经南泥湾时，已是晚间八时许。下车观光，惜乎夜色浓重，只看见影影绰绰的田垄，路边广场上的雕塑也朦朦胧胧，拍摄效果不甚理想。10时许，投宿壶口黄河梦私家旅馆。

翌日上午游览黄河壶口瀑布。壶口瀑布，西临陕西省延安市宜川县壶口乡，东界山西省临汾市吉县壶口镇，为陕晋共有的旅游景区。据悉壶口瀑布是我国第二大瀑布，世界最大黄水瀑布。

黄河北来，至此"壶口"，轰然跌落，收束汇入十里石槽。从低处看，黄河之水仿佛从天上来。就近看，激流怒涛扑腾，水声惊心动魄，水底冒烟，蒸云接天，赫然大观。黄河至此断航，古代从上游卸载货物，人力畜力运到下游码头，空船则拉出水面，船下铺设圆形木杠，通过多人拉纤，滚动移位至下游重新装载，这里便有了"旱地行船"的奇观。天气晴好时，山飞海立，晴空洒雨，水雾升腾，映日而成彩虹，被誉为"霓虹戏水"。

流连河滩，近距离打量河滩骑马的地域风情。枣红马，辔头缀以大黄花朵，马鞍披挂大红彩垫，养马汉子陕北地方装束，白羊肚头巾，白羊皮马甲，马与人相依，和谐默契之至。

下午驱车离开陕西壶口东返。过山西运城、绛县、平陆、晋城，3时许抵达河南焦作，顺访圆融无碍禅寺。圆融寺始建于东晋永和七年（351），几与著名书家王羲之同时代。圆融意为"破除偏执，圆满融通"，无碍，意为"心无挂碍，行无所碍"，佛理禅机，发人深思。焦作为北宋瓷都，圆融寺坐落古瓷窑遗址附近的吕涧山上。

圆融寺为十一进院落，共有十九殿、两塔院、七堂、二院落、一馆及十七处泉。其第一殿为灵官殿。圣僧卓锡泉，井井水盈。寺前右侧，建人祖祠，供奉人文始祖伏羲、女娲和四方之神。女娲补天，伏羲创世，究研伏羲理念功绩，一是创建"八卦"理论，二是教授渔猎技术，三是变革婚姻习俗，四是始造文字，五是发明乐器，六是任命官员分而治之，其于开启中华文化功莫大焉。

夜宿焦作体育宾馆。翌日取道开封、滁州、扬州，下午安返泰州。

2017年4月8日至14日

胶东阅海

随海陵摄影家一行西游洛陕，转而游山东，环览胶东海天。

朝发泰州，中午抵达日照。奥帆广场是 2008 年北京奥运会的帆船比赛备用赛场。赛场一带海滨，天宇开阔，建筑新颖，颇见时代气息。从码头乘船出海，12 人一艘游艇，剪裁猎猎海风。之后，参观海洋生物馆，观看海洋生物表演。

望海广场是日照海景的最锦华处。一带海滨，驳岸转曲，层层排浪从天外奔袭而来，在海岬溅起冲天雪浪。这里位于黄海中段，素以蓝天碧海金沙滩称著于世。望海湾南侧，一片浅滩，游人如织。一对伴侣，跣足赤脚，伫立在水的礁石上，男生着黑色衣裤，女生一袭白色纱裙，纱裙不时浸渍海浪之中，青春的执手拥吻引来游人一片艳羡。

翌日上午，车诣青岛，过胶州湾海底隧道，重睹栈桥。栈桥始建于清光绪十八年（1892），是青岛的标志性建筑和著名风景游览点。桥长 440 米，宽 8 米，两侧蓝色杆柱，铁索悬护。远观栈桥与中山路垂直，像是箭矢在弦待发。沿桥南行，走近两层八角楼，楼名"回澜阁"。"飞阁回澜"被誉为青岛十景之一。沿阁环视，贴近防波堤，收览层层巨浪，涛声壮怀。隔水放目前方，小青岛遥遥在望，侧望则见沿海高楼林立，气势磅礴，堪称东方瑞士。返回，置身栈桥公园，依然流连海天景色。1989 年 7 月游青岛，曾在向晚涨潮时分伫立栈桥附近，感受排空雪浪洗濯身心。将近 30 年过去，故地重游，适逢落潮之后，栈桥两侧露出大片滩涂，黑色礁石嶙峋，竟有多人赶海下滩，捡拾过潮后留下的海洋生物。

离开栈桥，前往中山公园。中山公园是青岛的综合性大型公园，三面环山，南向大海。公园东傍太平山，登高须乘坐电动缆车。游客在高架缆车上可眺望并俯瞰青岛城市现代风貌。与公园大门正对的主干道，是著名的樱花大道。路两侧种植上万株樱花树,形成樱花长廊,春来樱花烂漫,轻云若梦。樱花路东侧,以林木为主,其中辟有牡丹园、桂花园等特色林苑,四时沁芬溢彩。路西侧为休憩娱乐区,多处小路曲径分隔,绿地深处可见孙中山先生大型塑像。中山公园正是因纪念孙中山先生而得名。

近午,车诣五四广场。五四广场在青岛南市区,缘于青岛主权问题引发的"五四运动"而得名。景区分南北两部分,北区连接青岛市政府,南区濒临浮山海湾。穿过东海路,至南区滨海公园。"五月的风"是标志性钢板雕塑,红色,造型为火炬状。喷泉广场为方形,水柱点阵式迸射,喷花溅玉,海上大型喷泉水柱高达百米,十分壮观。浮山湾是2008年奥运会帆船赛场。临水,可以放目青岛市区,远近的高楼和港湾船只鳞次栉比。

下午驱车诣威海,3时许抵达。威海坐落山东半岛东端,三面临黄海,北与辽东半岛对应,东与朝鲜半岛隔海相望。威海别称威海卫,取威震海疆之意,这里是我国大陆距离日韩最近的城市。市容整洁,别开生面,市内建有大型韩国商品城,入城购得一根套叠式钓鱼竿。

晚乘坐"侨乡"号游轮,观光威海夜景,船上观看红艺人演出。夜宿文登。翌日返回威海,参观刘公岛致远舰纪念馆。刘公岛位于半岛东端威海湾湾口,为威海市海上天然屏障,素有"东隅屏藩""不沉的战舰"之称。旧传此岛屿为"海上刘氏别业",故名刘公岛。明洪武三十一年(1398)设立威海卫。清北洋海军成军,刘公岛为其重要基地。甲午战争中北洋海军完败,刘公岛被日军强占达3年,后被英国"租借"达42年之久。

未及登岛,游人大多就近参观定远舰纪念馆。定远舰原本为德国制造,管带丁汝昌、刘步蟾,甲午海战(1894)中清朝北洋水师旗舰。1895年2月5日凌晨,定远舰在威海保卫战中遭日军鱼雷艇袭击搁浅,为避免资敌,10日下午自行炸毁。据历史资料按1∶1比例复制的定远舰,再现原舰历史风采。舰上辟历史展览馆,展示多种武器装备,还原诸多历史场景,宣示我国对海权的重视,让国人寻梦铁甲,知耻而后勇,念念不忘强国永定海疆之心。

傍晚,车向烟台。晚游烟台月亮湾。月亮湾嵌于胶东半岛北海岸黄海之滨，湾作月形，故名。月亮湾东西呼应崆峒岛和烟台山，北与芝罘岛遥望。水边安放一座大型铜雕——月亮老人，遂使此处成为爱情福地。月老雕像作月牙状，直径4.06米，重达1.2吨，是月亮湾标志性建筑。落霞暮霭，涛声岛影，游侣纷纷在月老面前以海湾作背景留影。

夜宿蓬莱屹屹农家大院。翌日上午，参观蓬莱阁景区。蓬莱阁峭立蓬莱市城北海边山上，其与滕王阁、黄鹤楼、岳阳楼并称古代四大名楼。阁楼高15米，坐北朝南，重檐八角，四周环以明廊，可供游人登高远眺，是观赏海市蜃楼奇景的最佳处。史载秦皇汉武寻求仙药均曾来此，传说秦代方士徐福奉旨受遣，由此乘船入东海求取仙丹。

蓬莱阁向东是新辟的葫芦宝岛八仙过海广场景区。大型八仙雕塑群屹立广场中心。蓝天、碧海、金色沙滩、隐约涛音，令人神思飞越，羽化欲仙。据悉这里是黄海与渤海的分界线，长空浩波，两海交汇，诗情打湿特有的地理坐标。

中午参观戚继光故居。故居在蓬莱市，附近保留明代嘉靖年间的御赐牌坊，坊体古朴厚重，额题"母子节孝"。路边石刻"戚继光故里"五个大字，迟浩田书写。入宅，先后参观戚府、戚继光兵器馆等处。戚府内设置横槊堂、止止堂、悠憩堂等建构。联句有"先哲捍宗邦民族光荣垂万世，后生驱劲敌愚忧惨淡继前贤"（冯玉祥撰）和"拨云手指天心月，拔剑光寒倭寇胆"（郁达夫撰）等。表功祠为三进院落庙式建筑，内存戚继光战刀、战袍及著作等。兵器馆展出明代各种冷兵器。

下午驱车长途南诣，归宿日照。翌日晨赴连云港，参观大型水晶城和海鲜品市场，顺道游览在海一方公园，下午3时许返回泰州。

2017年4月24日至28日

皖赣湘映象

诗人协会一行，自费组团包车，南游皖赣湘，遂有映象之篇纪游。

晨发泰州海陵，下午2时许抵达桃花潭。桃花潭景区位于安徽宣城泾县桃花潭镇境内。这里地处青弋江上游，山清水秀，灵气独钟。李白在此写下"桃花潭水深千尺，不及汪伦送我情"的诗句，绝唱千古，遂使潭名享誉天下。

桃花潭镇古名南阳镇，由万村和翟村构成。万姓和翟姓是当地两户大姓人家。进镇步入内街，商肆繁华，当年吸引李白的万家酒店遗址犹在。右拐前行，直达踏歌岸阁。踏歌岸阁是一处中空阁楼，登楼可以凭栏眺望桃花潭，楼下通道可达桃花潭边。桃花潭其实是青弋江上游的一段，波面开阔，水色浏亮，两岸茂林修竹，翠峰黛影倒映水中，如诗如画。水湄新建大型雕塑，为汪伦送别李白题材。洗衣女蹲立水边石上，层层轻漪泛起一圈圈写意的波纹。

右拐踏岸而行，觅得汪伦墓冢。相传汪伦是泾县人，一说时为县令，世居桃花潭畔。听说李白来到宣州府，便修书邀请李白做客。信中写道："先生好游乎？此处有十里桃花；先生好饮乎？此处有万家酒店。"李白欣然而至，寻觅十里桃花和万家酒店。汪伦歉意笑答："桃花者，潭名也，并无十里桃花；万家者，乃店主人姓万，不是酒店万家。"李白大笑，不见责怪，曰："桃花潭饮万家酒，会汪豪士，此一快事。"斯人皆去，旧冢犹在，千古凝碧流风。

夜宿绩溪。翌日上午，诣胡适故居。胡适故居坐落在绩溪上庄村，为胡适父亲清光绪年间所建。

深巷，徽式建筑，门罩门楼，水磨砖雕。前庭天井，塑有胡适全身立像。三开间，前后进，正堂楼上为"通转楼"，楼下为堂屋。正厅悬挂"胡适故居"牌匾，横匾，黑底金字，沙孟海书。壁上对联"秋月春云常得句，山光水色自成图"。厅内摆设如旧,木雕兰花,寄寓主人的情怀心志。胡适婚房里的"月宫床",朱漆描金,富丽典雅。

后堂隔一天井,厅上悬挂"持节宣威"横匾,红底金字,是胡适出使美国时国民政府所赠。展室悬挂胡适写给家源先生的对联"好花四时明月千古,远峰一角奇书半床"。

离开上庄村,前往龙川胡氏宗祠。宗祠位于绩溪瀛洲乡大坑口村,石涧贯通全村,流水潺潺,古称龙川。宗祠门临龙川,川旁商铺对列,古朴石坊高矗。

龙川胡氏宗祠始建于宋朝,明嘉靖二十五年(1546)尚书胡宗宪倡导捐资扩建。宗祠南向,石狮望柱对立,阶墀麻石砌就,八字形照壁隔龙川溪水,左右架青石板桥。祠堂前后三进,前进七开间,门楼重檐歇山式。正厅、厢房、廊庑、天井巧妙组合。正厅是宗族后裔祭奠之处。后进寝室,摆放祖宗牌位,意为祖宗安歇之所。祠内木雕、砖雕、石雕,致人印象深刻。

胡氏于东晋年间由中原世家大族迁居于此。族人商儒并举,修文重教,代有传人,家风绵长。仅明代就出过10多位进士,大坑口村遂称"进士村"。

沿龙川上行右拐,至胡宗宪故居。胡宗宪(1512—1565),明嘉靖十七年(1538)进士,曾任杭州知府,任上修整西湖,扩建岳坟。彼尝招戚继光等抗倭御寇,战功显赫,其本人官至太子太保、兵部尚书。胡宗宪著《筹海图编》,首次将钓鱼岛划归中国版图。

胡宗宪故居被称为尚书府,粉墙黛瓦,傍水而筑。官府体量宏大,建筑纷繁,内府巷弄连接,四通八达,俨然豪宅迷宫。胡宗宪官列太子太保,古代太师、太保、太傅合称"三公",故居立"位协三公枋","协"通"列",可见胡宗宪官名之盛。

胡公殿的正殿横匾为"荣树崇闻",联语为"一心忠节山河见证,千古精神日月延辉"。殿内供胡宗宪坐像,不怒自威。胡宗宪十代孙于清道光年间至江苏学茶叶生意,与人合股开设泰兴裕泰和茶号,后归胡允源经营,不久增开胡源泰新茶号,经营有道,播誉一方。

下午参观胡雪岩故居。胡宅位于杭州市元宝街，建于清同治十一年（1872）。胡雪岩，杭州人，祖籍安徽绩溪，少时入钱庄当伙计，后自办钱庄，因助力左宗棠有功，受赐红顶戴，被誉为红顶商人。故宅建于胡雪岩事业的巅峰期。

古宅内建有芝园、十三楼等亭台楼阁。整体布局紧凑，构思精巧，材质优良，堪称无材不珍。据说芝园内假山即耗银10多万两。进门轿厅里两顶特制的红木官轿，做工备极考究，世所罕见。故居内朱门紫牖，明廊暗弄，锁春院、怡夏院、洗秋院、融冬院，集四时清嘉之大成。百狮楼、延碧堂、载福堂、和乐堂、清雅堂，尽显富可敌国的豪门大气。

俗说"富不过三代"，胡雪岩富不过一代，即告衰败。官商结合，成是权，败也是权。1885年，胡雪岩在穷困潦倒中结束传奇一生。1903年，胡家以10万两白银将此豪宅抵债给刑部尚书协办大学士，后又转让给蒋家。"传家有道惟存厚，处世无奇但率真"，轿厅里的楹联似乎已成为历史笑料。

夜雨。翌日上午，雨中游三清山，伞上时闻碧夏雨韵，裤脚尽被打湿。

三清山又名少华山，位于江西上饶市境内。玉京、玉虚、玉华三峰鼎立，宛若道教玉清、上清、太清三神列坐，遂名三清山。无奈值雨，不能登山，三峰缥缈不知所在。三清山是道教名山，东晋年间的炼丹术士医学家葛洪被尊为开山始祖。玉京峰北麓的三清宫为道教代表建构，大门楹联"殿开白昼风来扫，门到黄昏云自封"。

雨中拾级过栈道，或登高，或转折，大多数游客在南清园景区流连。烟霭之中，拜会迎客松，纵目万峰争秀，打量猴王献桃、巨蟒出山、神女司春、玉女开怀等多处象形岩体，惜乎不能一一撷入广角镜头。

下午踏雨游览李坑。李坑位于江西婺源，是以李姓聚居为主的古村落，始建于北宋年间（1010），迄今已逾千年。

村落群山环抱，山清水秀，风光旖旎。名为村落，其实已胜过一般集镇。村口牌楼高耸，山涧穿村而过。主街沿涧水而建，溯流渐呈抬高之势。街肆明清徽派建筑风格，粉墙黛瓦，彩旗和红灯笼高挂。深宅大院内则雕梁画栋，藻井积绿，书香浓郁。小街青石板铺道，涧水之上，时有桥板通连，隔水人家借景流风，和气生财。

李坑，自古文风鼎盛，人才辈出。宋以后仕官富贾多达百人，南宋年间还出过武状元李知诚。

晚宿鄱阳县城。翌日上午，游览鄱阳湖国家湿地公园。鄱阳湖地处赣北，是我国第一大淡水湖、全国第二大湖，仅次于青海湖。

进入园区，先参观鄱阳湖生态博物展。接着，乘船畅游内外湖。湖体大致呈南北向，分为南北两湖。南部湖区为鄱阳湖主体，北部湖区为鄱阳湖入长江水道。游湖主要在南部湖区。湖面开阔，水色清纯，水天相接，远村散落，浮翠泛绿，与游船相低昂。20世纪，曾于小孤山眺望鄱阳湖与长江交汇，湖水清碧，江水赤黄，蔚为奇观。今见湖水澄碧如玉，慨然而生处于湖光天赐水色之咏叹。

据悉，冬春干旱时日，鄱阳湖瘦水减身，或会干涸而见部分湖床。届时，湖底蔓生杂草，人可赶湖下滩作业，牲畜可悠然读碧啃青于广袤湖床之上。

下午，驱车抵达南昌，游滕王阁。此番故地重游，印象殊深。

滕王阁为江南三大名楼之一，坐落在赣江东岸。唐太宗李世民之弟李元婴，受封于山东滕州，为滕王。他曾于滕州造豪楼，冠名为"滕王阁"。调任洪州（今南昌）都督，易地复建"滕王阁"。王勃即兴撰写《滕王阁序》，成为骈赋经典，"落霞与孤鹜齐飞，秋水共长天一色"之句，隽秀千古。

史载滕王阁屡毁屡建，达29次之多。今阁高57.5米，台座高12米。主阁"明三暗七"格式，即外观三层带回廊，内部却有七层。主阁梁枋彩画，一层檐下四块横匾，东西分别为"瑰伟绝特""下临无地"，南北分别为"襟江""带湖"。最高游览层可供登临远眺。凭栏临下移步环视，赣水苍茫，云山邈远，令人游目骋怀。

夜宿万载县。翌日上午诣长沙，途经浏阳，寻访谭嗣同故居。故居又名大夫第、浏阳会馆，建于明末清初，是谭嗣同15至17岁时的居所。

故居砖木结构，深三进，阔五间，三栋楼二院一亭。谭嗣同居室自题

"莽苍苍斋"，其多篇诗文、信札皆写于此。会馆里还有维新志士聚会的里院北屋。大夫第，总体建筑精美，雕饰图案上乘，给人装饰精巧、富丽堂皇的感觉。

谭嗣同是中国近代史上"戊戌六君子"之一。13岁时，其父出联考他："除夕暗无光，点一盏灯，为乾坤增色。"谭嗣同对曰："初春雷未动，发三通鼓，助天地扬威。"可见其敏而好学，才智过人。1898年9月28日，因参与维新变法，谭嗣同被杀于北京菜市口，归葬浏阳栗水村。冥冥大夫第，让人犹记谭嗣同《狱中题壁》的壮怀诗句："我自横刀向天笑，去留肝胆两昆仑。"

中午，抵达长沙，踏雨游岳麓山景区。先至爱晚亭，后入岳麓书院。

爱晚亭坐落于岳麓山清风峡中，清乾隆五十七年（1792）初建。原名红叶亭，后更名爱晚亭，均取意于杜牧诗句"停车坐爱枫林晚，霜叶红于二月花"。亭体方形，外石质檐柱四根，内金柱圆木丹漆，亭顶重檐翘角，覆以绿色琉璃筒瓦。额匾"爱晚亭"，亭内横匾《沁园春·长沙》词，均为毛泽东手书。亭前石柱上镌刻对联："山径晚红舒，五百夭桃新种得；峡云深翠滴，一双驯鹤待笼来。"

岳麓书院是中国四大书院之一，依傍岳麓山下麓山路，与爱晚亭相距不远。书院于北宋开宝九年（976）始建。今岳麓书院为湖南大学文史哲人才培养和研究基地。书院主体建筑中轴对称，头门、大门、二门、讲堂、御书楼等，纵深多进，层层更递。大门门额"岳麓书院"，宋真宗书品。抱联为"惟楚有才，于斯为盛"。讲堂大厅两块鎏金木匾，"学达性天"为康熙御赐，"道南正脉"为乾隆御赐。文庙位于书院左侧，自成院落。随见船山祠、六君子堂、百泉轩等多处胜迹。

出岳麓书院，徒步西行至湘江边，寻觅橘子洲。江畔大道，建筑新丽，车辆络绎不绝，长沙市区隔江相望，高楼耸峙，尽显湘楚现代风情。橘子洲状如长岛，连渚浮翠于湘江中，是中国最大的内陆洲。毛泽东青年艺术雕塑伫立洲头，橘洲公园建有问天台、汉白玉诗词碑、望江亭、揽岳亭、枕江亭等众多景点。

向晚，驱车至长沙县开慧镇，冒雨谒杨开慧陵园。陵园修建于高坡之上，斜坡拾步登临，历百余级台阶。坡顶平台，伫立杨开慧大型汉白玉雕像。墓冢石砌，墓碑横置，汉白玉石质，楷书碑文"杨开慧烈士之墓"，其下镌刻"杨老夫人与开慧烈士同穴"题记。墓后大型词碑一方，镌刻毛泽东手书《蝶恋花·答李淑一》词。

夜宿板仓。翌日上午，参观杨开慧故居和杨开慧纪念馆。故居背山面南，矮垣关合院落，内植桂花和女贞树。房屋三栋排布，前低后高。堂屋居后，居室分列左右，两厢为厨杂用房。内设杨昌济夫妇及毛泽东住房，最引人注目的是开慧住房。居室见证了霞姑往昔岁月，1980年修缮时，墙缝中发现杨开慧1928年居家所写手稿信札多件。

杨开慧纪念馆毗邻开慧故居。纪念馆全方位、多角度介绍杨开慧的生平事迹和辉煌业绩。

近午，抵达汨罗市屈子祠镇。

下午驱车至岳阳，参观岳阳楼景区。岳阳楼矗立在岳阳古城西门城墙之上。景区南侧比邻巴陵广场。巴陵广场场面开阔，"后羿斩巴蛇"巨型雕塑高约16米，相传夏朝后羿斩巴蛇于洞庭，积骨成丘陵，岳阳古名遂为巴陵。

由巴陵广场北行，抵达岳阳楼景区。景区南北入口均有石牌坊，南坊中间石柱镌联"南极潇湘千里月，北通巫峡万重山"，北坊中间石柱镌联"闲云野鹤自来往，沅芷澧兰无古今"，清人何绍基撰。岳阳楼南北两侧各有一亭，南亭名仙梅亭，六边两层三檐，状似梅花；北亭名三醉亭，寓意吕洞宾三醉岳阳楼。

岳阳楼横匾，郭沫若题写。楼为三层四柱，飞檐盔顶，覆以黄色琉璃瓦。主楼底层为《岳阳楼记》雕屏，由12块紫檀木雕成。中层悬挂《岳阳楼记》真迹。顶层展出毛泽东手书杜甫《登岳阳楼》诗，左右楹联为"水天一色，风月无边"，李白撰句。1984年游时正值修缮，今重游时未料又逢修缮，岳阳楼笼于纵横交错的脚手架中，不能随心摄影，未免遗憾。

岳阳楼屡废屡建。景区陈设五朝楼观，以青铜浇铸，缩微唐宋元明清五座风格各异的岳阳楼景观模型。伫立城楼,眺望八百里洞庭湖,水天浩渺,君山岛遥遥在望,若隐若现。岳阳楼北面有小乔墓,圆形土堆,顶植女贞二株,石栏护卫,碑上镌刻"小乔之墓"。此或为纪念冢,小乔墓经考证在安徽庐江。

晚,湖南女诗人、《湖南诗人》主编邓如如等接风,与会并亲自导游湖城内景。双湖秀水,大堤花木扶疏,夜色中灯光倒影,如诗如幻。

翌日上午,游君山岛。君山岛在水中央,与岳阳楼东西遥相呼应。君山小巧玲珑,秀然浮于清波之中,唐人刘禹锡用"遥望洞庭山水翠,白银盘里一青螺"之句状其秀姿美色,妙绝。

岛上古迹甚多。二妃墓、湘妃祠、柳毅井、传书亭,承载多个凄美的传说。妃者,指舜帝二妃娥皇、女英。相传,舜帝南巡,战死苍梧,二妃君山闻讯,痛极泪目以血,染竹而成斑痕,是为斑竹。二妃双双投湖,化作湘水女神。柳毅传书解救龙女,传柳毅井与洞庭湖水潜通。另有秦始皇君山封印的传说。小小君山,集神奇传说之大成。

摩崖石刻,湘妃祠张之洞长联,双绝。龙涎井,水珠日夕滴落不已,状如龙头垂涎。银针茶叶、金龟、银鱼被誉为"君山三宝"。

下午过湘赣交界,向晚抵达九江湖口。翌日上午,游石钟山。石钟山位于湖口县城区,长江与鄱阳湖交汇处。山高60米左右,屹立于江湖之滨,号称"江湖锁钥"。苏轼的《石钟山记》使石钟山名扬千古。

登山,古迹散布,亭台楼阁,恍如江南园林。从绿荫深处一路登山,多见长廊壁刻,内有魏征手书。上谕亭、梅花厅、桃花涧、浣香别墅,底蕴丰厚。山顶建有昭忠祠,清咸丰八年(1858)敕建,前后两庑,曾国藩等留记,撰联多副。锁江亭,峭立山巅,眺望水天,江水赤黄,湖水清碧,两色交汇,天下奇观。

下山登船,水上观光,一去一回,由近及远,由远及近,流连于苏子泛舟的历史幻境。石钟山之名,自古有三说。一是主声说,谓水石相搏,声似洪钟;二是主形说,谓山形似钟,覆于地上;三是形声兼得,两说结合。较之，主形说似乎更具真意。

近午抵达渊明湖。渊明湖公园坐落彭泽县城区，幕天镜水，风景秀丽。彭泽古称龙城，公园入口处的雕塑就是一个草书的龙字。公园多植菊花和荷花，融入陶渊明诗品人格的特色元素。

渊明湖南岸建有陶令纪念馆。进馆，陶渊明全身白玉石塑像，后立巨幅山水画，画上竖题"天下第一令"。陶令不为五斗米折腰，挂印辞官归里，高风亮节，被尊为"天下第一令"，当是实至名归。纪念馆楼梯上下，详尽介绍陶潜生平事迹。陶渊明，字元亮，别号五柳先生，东晋浔阳柴桑（今九江）人，其诗歌美学与人生价值取向垂范后世。

下午，辞别彭泽，长途归返，晚8时安达泰州。

2017年6月19日至26日

多彩贵州折屏

黔灵山公园

黔灵山公园简称黔灵公园，位于贵阳主城区西北，山与城相依，是全国最大的城市森林公园。贵阳，一般人总以为"天无三日晴"，遂有贵阳之谓。其实，贵阳名者与贵山有关。贵山亦称贵人峰。贵阳坐落贵山之南，因之得名。又因古代这里盛产竹子，许多地方以竹子命名，故贵阳谐音简称为"筑"。贵山耸秀，是贵阳古八景之一。"山能特立方称贵，人必孤行始足传。纵使岱山高万丈，若无孔子亦徒然。"（吴旦诗）此诗以"特立"扣《康熙贵州通志》中"贵山耸秀"的记载，而藉山贵说人事，寄意别具。

1966年12月，初游黔灵山，曾写散文《黔灵游》和五言诗《登黔灵山》。时值冬令，记忆中树木萧条，山色暗淡。半个世纪过去，重游黔灵山公园，山形依旧，而建制更新，林木更见苍翠。时值仲秋，加之小雨涤尘洗碧，满眼葱翠，蓊蓊郁郁。进得公园大门，一泓清溪，裁分两岸青黛，水中荇草纵横蔓生，傍岸停泊一两只无人小舟，顿生野趣。眼前一片清碧，山林掩映，溪水叠瀑，崖天摇光。从公园正门向上，据说有7个碧潭，故以北斗七星取名七星潭。七星潭源于檀泉，天成一片山水画卷。僧赤松文墨至佳，曾诗咏这里的翠嶂清溪："那是檀山幽涧水，和烟和月到前溪。"

缘溪水上行，不久遇见猴群。黔灵山猴子散养，一路与人零距离遭遇，忽前忽后，忽左忽右。黔灵山看猴，可谓一绝。有些人就是冲着看猴至此。这不，一只壮年大猴蹲坐在溪边栏杆上，旁若无人地享用手撕老面包。另一根栏杆方柱顶端，一只母猴曲臂环抱小猴，正用希冀的眼光打量游人。更多的猴子沿途活动，或在栏杆上来回走动，或在悬崖上攀爬跳跃，或在大路中央讨乞索取。它们虽然贪婪，却也未见什么恶行。有专职的女工推着小车，定时给猴子送食。游人也乐得解囊启包，投食以向群猴。最让人动容的是，母猴背负小猴，或让小猴仰面贴身抱住自己，母子偕行。猴子亲情如是，人类社会未必能尽享天伦之乐。

溪水导引，猴群相逐，不久来到一处人文景观——麒麟洞。麒麟洞，洞穴宽敞，内有钟乳石，酷似麒麟，因名。古代麒麟洞附近建有白衣庵，迭经废坏，屡有改筑，今为新建优雅精舍。1941年5月至1942年10月，1949年2月至8月，爱国将领张学良、杨虎城曾先后被羁留于此。张学良为诊治阑尾炎由贵州修文县阳明洞迁居而来，有赵一荻和女佣随行。其到贵阳，住筑山居期间，应贵州省主席之邀，到花溪参加过一次诗会。与会者纷纷以诗词慰勉，张学良颇为感动，即席赋诗答谢："犯上已是祸当头，作乱原非愿所求。心存广宇壮山河，意挽中流助君舟。春秋褒贬分内事，明史鞭策固所由。龙场愿学王阳明，权把贵州当荆州。"此诗格律有待推敲，但出自当年少帅口占，毋庸苛求，而其以诗述怀，明心迹而不失爱国热忱，殊可珍视。

拾级登山，转至公园动物园。动物园位于杖钵峰山坳台地，规模宏大。始见小型珍稀动物，如黑叶猴、熊猫、蜥蜴、蟒蛇等，忽见一条金钱花色蟒蛇，正在缠绕并缓慢吞噬一只小白兔，生死予夺，令人怵目。大型名贵动物有东北虎、华南虎、非洲狮、金钱豹、羚牛等，熊池、狼舍、鹿苑等专属领地各有其主。大型鸟园，天网恢恢，疏而不漏，构成人造的生态空间。孔雀、鸵鸟、天鹅、长尾雉、鹧鸪、红腹锦鸡、白鹇等，有的在草棚下躲雨，有的则凝然伫立微雨之中。偌大一座动物园，俨然动物天堂，飞禽走兽，各得其乐。

沿九曲径登山，经二十四拐，逶迤可达弘福寺。该寺为贵州首刹，始建于明末清初。开山鼻祖为赤松法师，其于康熙十一年（1672）云游至此，募化四方，结茅建庵，号弘福寺。"文化大革命"初期，登临山寺，犹见梵宇完好，进入山门，次第穿行天王殿、观音殿、大雄宝殿，小坐客房，拾得清人汪仙谱撰写的两联"窗虚五月六月寒，檐植三竿两竿竹""人在冰壶中酌酒，客从图画里敲诗"，心甚爱之。此番远道探访，未料山寺封闭修葺，游客不得入内，未免遗憾。环视寺院，见殿宇雄伟，掩映于参天古木之中。梵宫深邃，唯留一片禅思想象。幸好大门和新建的九龙浴佛照壁可以从容拍照。九龙壁色彩斑斓，九龙腾飞，盘旋曲折，栩栩如生。壁中央偏下有一尊观音浮雕，游人目测之后，从十多米外闭眼前行，希冀摸得观音浮雕，有人愣愣地走过去，失之甚远，引发一阵哄笑。寺附近路边，摩崖石刻不绝，其中"虎"字高6米余，题名岱山赵德昌书，实为清著名书画家孙清彦（竹雅）代笔。寺后象王岭望城台上，建有瞰筑亭（1986年春刘海粟大师亲书），可鸟瞰筑城风貌。

下象王岭，沿盘山路转至黔灵湖。湖面开阔，波光渺渺，近处廊桥水榭，杨柳依依，远处山影倒映，翠围黛锁，果然一幅山水画图。沿水湄绕行，湖光山色之中，遥见白色的烈士纪念碑远远矗立。至风雨桥，廊边小坐，仰见桥廊上方，人工手书多首诗词，隽语颇可玩味。审美在于发现，文化人或会感受风雨桥乃承载文化之桥。伫立桥廊，见霏霏小雨泛漪笼烟，时有白色鸥鸟剪波掠影，黔中山水，恍若沿海江南画境。

告别黔灵湖，步行穿过悠长转折的三山湾隧道。峰回路转，疑为出园，却仍在园中。不久步入七星潭水域，经过一座卧波石拱桥，见来时登山路就在清溪对岸。沿溪而下，邂逅有名的白象泉。景观建筑分上下两层，地表用白色大理石砌成平台，围以栏杆，下层则是泉眼所在，亦以大理石砌成泉池护栏，观之典雅精致。据悉，黔灵山泉眼众多，著名的还有圣泉、檀泉、冷翠泉、大罗泉等。取道广场，从原路出公园大门。再见了，黔灵山公园！再见了，泼绿凝碧的黔中第一山！

花溪

花溪位于贵阳市南郊花溪镇，以前距离主城区17千米，现已划归市区，称为花溪区。花溪山明水秀，婉约精致，堪称"高原明珠"。

1966年冬初游花溪，我写过散文《花溪女儿绿》和现代新诗《花溪》。半个世纪以来，虽然清流花溪不时浸淫胸臆，但具体风貌已趋模糊，记不真切。这次到贵阳，有幸十日内两游花溪，一次随亲人踏雨，一次应邀去花溪听歌，烟雨花溪，晴阳花溪，迷人风致各得其妙。

抵达花溪景区，见到新建的公园正门牌楼，耸立在花溪广场中间。牌楼砖结构，青灰色，三间拱门，飞檐翘角，上书"花溪公园"四字。晴好天气，广场上正在开展对歌活动。男女歌手对唱，辅以音响，听者环坐四周，或大略成方形，一律颜色鲜亮的塑料小方杌子。

入园后，不久见到一带花溪。景区以花溪河为主线，号称十里河滩。清溪水色碧绿，远近树木掩映，水湄芦荻丛生，野趣天然。时值初冬，枯荷落败，其夏时的清雅凝碧和摇曳生姿，完全可以想象。路右侧是芙蓉洲所在，在水中央，几近圆形的小岛错落有致，仿佛串联的绿色珠玑。花溪略显娇小，天性灵动，生机不绝。这里是喀斯特地貌，附近山地溶洞贯穿，暗河流淌，及至锦绣花溪，清清流水，层层跌宕，雪瀑飞花，一片天籁。百步桥一带当是花溪的精华段。130多个柱体石磴，逶迤水上，给游人带来冒险的刺激。跨越百步桥是我多年的夙愿。青年时期未曾跨越，晚年临此岂可再度失之？我终于手持自拍杆，健步通过蜿蜒曲折的百步桥，直穷其曲桥藏幽所在。

百步桥外，花溪公园另有几座名桥。从大门蜿蜒而行，最先邂逅曲式转折的放鸽桥。1960年5月，周恩来总理率中国政府代表团访问缅甸、尼泊尔、柬埔寨、越南等国家，途中停留花溪，总理下榻花溪公园西舍，并在此桥上放飞和平鸽，表达对世界和平的美好祝愿，后人称此桥为"放鸽桥"。向前去是马鞍桥。相传古人骑马上京赶考，清朝举人周奎为激励本地青年用功读书，在此建桥，因形似马鞍而得桥名，寓意通往成功之路。这是花溪公园中最早修建的桥。马鞍桥通向东南，若先取道西南，便可闻水声而趋百步桥了。西南，花溪上游有坝上桥，绿树掩映中可见一处小别墅，红瓦，白墙。据说抗日战争时期，蒋介石曾在此指挥战事。桥的下方有一座棋亭，1959年，陈毅元帅曾在此赋诗："花溪棋亭位山腰，多人聚此费推敲。劝君让他先一着，后发制人棋最高。"

从棋亭东向，是宽阔的梧桐大道，夏绿林荫可以想象。梧桐大道直面南湖，这里水面开阔，平台亲水，是持纶垂钓的好去处。最吸引人眼球的，当是路边水湄一带诗墙，镌刻名人题咏花溪的格律诗作。随意选录李大光《花溪杂咏》二首："溪头几树碧桃花，掩映澄波倒影斜。独上前山高处望，白云坞底有人家。""花间笛语一声声，小坐茶亭待月生。忽见水中人影过，济番桥下一舟横。"人在画屏，品读美诗，怡然物我两融。

值得记述的是坐落梧桐大道北面的东舍。东舍又名憩园。1944年5月，巴金与萧珊在此举行婚礼，共度蜜月，并以东舍为背景，创作了著名的中篇小说《憩园》。1945年，徐悲鸿与廖静文在此订婚，廖静文晚年多次重返此地追忆往事。一处文化精构与现当代中国文化史如此交接，实在不多见。

花溪公园里有四处著名的山峦，即麟山、龟山、凤山、蛇山。麟、龟在西，凤、蛇在东，隔水对峙。麟山之巅，建有飞云亭，可鸟瞰花溪全貌。陈毅《花溪杂咏》一绝："蛇岭龟山相对峙，麟阁矗立似玉屏。坝上桥头听风雨，溪边还看夜钓人。"此诗概写花溪峰峦，听风雨而瞩意夜钓之人，元帅胸臆诗情流淌，殊为可贵。

由梧桐大道向东，是笔直宽阔的樱花大道，一路可观赏樱花林、大草坪、红枫涧，各种奇异花卉时有所见。东去直达公园的2号门，出门很快到达花溪的小吃街。坐大街王记店，品尝花溪名吃牛肉粉，同时品尝了贵阳小吃豆腐果。

青岩古镇

青岩位于花溪南12千米，距离贵阳中心城区29千米。其地自古盛产石材，岩多青色，故名。贵阳青岩古镇与黔东南镇远古镇、赤水丙安古镇、锦屏隆里古镇，并称为贵州四大古镇。

青岩古镇始建于明初洪武十年（1377），至今已有600多年历史。相传朱元璋为了镇守云贵，在此设屯堡，曾驻军 30 万。明天启四年至七年（1624—1627），布依族土司班麟贵建青岩土城，领七十二寨，控制八番十二司。其后，作为黔南军事要塞，多次扩建翻修，土城易为石城。青岩层叠分片，便于裁割使用，古镇人家取之不尽用之不竭，街巷石铺，民居石砌，廊坊石立，或垫，或雕，青石板在民生中得到最充分的利用。

青岩有东西南北四座城门。定广门最有代表性。城门高峻，门拱上方繁体镌刻"定广门"三个大字，雄浑古朴。城墙依山就势垒建，就地取材。敌楼、垛口、炮台，均用方块巨石垒就，望去青灰苍黑，名副青岩之实。

徜徉古镇，石板街道，纵横交错，高高低低，设计精巧的明清古建筑，流淌悠悠古韵。信步走进背街的一带石巷，大小石屋比邻，高低石阶层递，长着青苔碧藓的叠石墙体，雕技精湛的木质门窗，檐下悬挂的大红灯笼，传说中戎装的古代人物画……尽显浓郁的地方特色。而屋角几竿修竹，墙头一带绿萝，路边半亩方塘，水湄几株疏柳，宛若春风江南画境。这不，一座点碧小亭，几尺曲折小桥，一处黑瓦连体木屋，不经意牵动游人视线。"三个丫子"咖啡奶茶店，坐落画屏之中。店名让人有点费解，一打听，原来店是三个姑娘开的，再看"本店老板娘招老板"的广告语，让人忍俊不禁。

走到一处碧柳掩映的石墙，墙内耸立半截白色的尖顶天主堂，"天主堂"三字着红色，分外显眼。一方古镇，地处边远，乍现西方哥特式教堂，真让游人称奇。由背街入西明清街，右拐的一处巷子里，游客可见修葺一新的万寿宫。宫门呈白色调，三扇拱门并列，居中的拱门开面更大些，鎏金繁体的"万寿宫"三字竖行，立体的道教人物塑像栩栩如生，堪比西方雕塑。转入北明清街，由高向低一路商肆，直至山门高高的慈云寺。梵宇建筑规模恢宏，殿宇整饬，院子里陈设众多盆景，精致荟萃，清雅可心，室内则有奇石展，博采天地造化精华。佛教、道教、天主教、基督教，小小一座古镇，四教并存，渊源迥异的中西文化在这里交汇，青岩泛起洁白的意识水花。青岩有"九寺""八庙""五阁""二祠"之说，还有青岩书院、万寿宫、水星楼等，众多的古建筑，让这座古镇平添思想文化的凝重和异彩。

青岩一镇，自古人文荟萃。最让青岩人引以为豪的，当是清末状元赵以炯。赵以炯（1857—1907），字鹤林，1886年高中当科的文状元。此前，云贵地区从未有过状元及第。历朝历代中原和江浙一带多出魁星，赵以炯在高手如林的科举考试中脱颖而出，一举折桂，自然成为青岩乃至整个云贵的骄傲。当地流传着赵以炯的神奇传说。传说之一是，少时赵以炯在大树下读书，一条蟒蛇将他盘绕起来，赵以炯观书专心致志，被蛇盘绕浑然不觉，久之，蟒蛇以为缠住的是石头，释然离去。传说虚幻荒诞，未必可信，但人物治学的精神可嘉，小镇宁静优雅的读书环境也令人心向往之。赵氏故居在镇北明清街附近的一条巷子里，开面不大，前后三进三出，但其布局结构及门窗雕刻工艺仍保留着晚清的建筑风格。"琴鹤谱志，论语传家"，状元宅邸的这副对联，言简意赅，颇见主人的风雅心志。赵氏一帧遗墨，用多种字体书写近百个"寿"字，可见赵氏平和旷达的心境和青岩镇可人宜居的环境。书院一角展示贵州近年来的高考状元名录和图片，古今学霸，书香风范，高原明星，不失现身说法的励志意义。

青岩多石坊，这是古镇显著的标志。据说旧时有石坊八座，现仅存三座。北门外有赵彩章的百岁坊，南门内有赵理伦的百岁坊。牌坊大体呈四柱三间结构，三楼阿顶式，端庄大气。一南一北两座百岁牌坊，显示青岩赵氏的福禄荣禧和人们对期颐遐龄的向往。电影《寻枪》在青岩拍摄，片子中曾多次出现百岁坊镜头。定广门外有周王氏媳妇刘氏节孝坊，横梁居中镌有腾龙抢珠图饰，雕刻精美。坊上还嵌有圣旨立匾。一座节孝坊，一部立体凝重的旷世《石头记》，叙述着久远的人生悲情故事。看贞节牌坊下络绎而过的现代女性，文化人或会唏嘘感喟。

青岩古镇，商业繁华。走在明清街上，店肆比邻相接，商品琳琅满目。茅台酒、贵银、苗饰、印染等目不暇接。稍加注意，会发现多家食品店都在出售现做的猪蹄髈。这就是著名小吃状元蹄，分明沾上了状元赵以炯的名气。青岩的特色食品还有玫瑰糖，黄记玫瑰糖享誉贵州。黄记玫瑰糖与青岩名人黄老伯家有关。据说黄家院子里有两口井，一口井地势低，井水作洗涤之用，另一口井地势高，井水清澈甘甜。黄家依赖这口井，做出的玫瑰糖特别香甜可口，闻名遐迩。这口井被誉为"蜜泉"。慕名走进慈云寺附近的一家名叫翰林苑的餐馆，登上二楼，围坐在西北方向的廊上，点了状元蹄和糕粑稀饭。猪蹄本非稀罕之物，但在青岩被做成一道别具特色的佳肴，食之肥而不腻。糕粑稀饭，则以藕粉打底，稠厚的藕粉糊中投入制作精美的米糕，上面佐以白芝麻、瓜子、花生仁、蜜饯，色香味俱佳。举勺慢慢挑食，仔细品味藕粉的细腻滑嫩，不由得忆起荷香流逸的杭州西湖藕了。

细雨中循原路离开古镇，轻轻折叠了一方青岩，折叠了永存记忆的一页贵州。

小车河城市湿地公园

小车河位于贵阳市主城区西南，是南明河上游一支水流。小车河湿地公园，坐落花溪大道西侧，是在原南郊公园、贵阳苗圃的基础上打造出来的城市新名片。这里原本僻静，人迹不多，但溪流谷地，山林野趣，得天独厚。

湿地公园邻近世界城，东大门外通衢大道，不远处摩天高楼林立，崭露贵阳的现代城市气派。城市建筑群与公园大门之间有500多米的樱花大道。大道宽敞，略呈倾斜下坡之势。时值深秋，花圃里秋菊纷然，色彩斑斓，蔚为大观。想到芳菲春日，樱花烂漫，落英飞雪，这里一定是花天诗絮，怡养文心。

樱花大道向下，是一座下沉式广场，广场设计建造不凡，颇具大家气概。绿岛红圃，景墙标示为贵阳阿哈湖城市湿地公园。彩菊之外，大片的秋海棠开得正盛，血色的清新花蕊，殷红一大片，妍丽了阿哈湖的一页秋天。

进入湿地公园，很快见到一带碧溪。明代地理学家徐霞客在《徐霞客游记·黔游日记》中对这里的水系和景色多有叙写。值得称道的是，小车河湿地公园不同景点和观光带的命名颇见诗心。未进公园，已走过樱花大道，樱花大道有"落樱飞雪"的诗意别名。公园内一路景观带，多处景点，分别被命名为木兰林语、芰荷深处、茗泉问茶、梓木林香、水磨时光、侗岭春深、廊桥烟溪、杜鹃花谷、听鸟谷等，富有诗意审美。"碧溪云霞"景点所在，未见云霞，但得清溪一泓，南来西去，或宽或窄，水中天光浏亮，岸边绿树倒影，钓者在亲水平台上垂纶。不远处，渡云桥横跨水上，石材，拱形，白垩而飘逸。伫立拱桥之上，放眼碧溪嘉树，游人便也成了画中风景。

缘溪西行，一路栈道栅栏，可以尽情欣赏溪谷和河坡风景。芰荷深处，兼葭采采，荻花飘秋，犹可追寻碧夏影像。河坡林木苍郁，草坪相间，秋花点点，尽显山野情趣。河道拐弯北向，人随之徜徉在绿树峡谷之中。一处高架桥横亘河道，从地图上看，应该是贵阳通向六盘水的铁路高架桥。湿地风景带中揳入高架桥，未免有几分遗憾，但四周的氛围悄悄融化了一切，尤其是桥体立柱上繁盛的绿萝，带给游客意想不到的惊喜。

逶迤折向北行，逆涧流而上，峡谷中水声在耳，胸臆间绿色弥漫。水道渐渐开阔汇成一片天光水影的林间碧湖。秋水略显清瘦，河床露出几处滩地，多有大树或站立滩上，或扎根水中，让人感叹其顽强的生命力。远远见一道拦水坝，低低平卧在水上，西段略带一点弧度。近看，拦水坝由两道平行的石磴组成，溪水从石磴罅隙泻下，碧水滚珠溅玉，坝前挂起雪白的瀑布，游人可从拦水坝上拾级而过。这里就是"水磨时光"的景点所在。原来此处有一座古老的水磨坊，利用山水作为推磨的动力。水磨时光是对这一古老作业的悠远怀想，也是对山村劳作的诗意点化。

沿栈道一路上行，右侧山脚修建了一片古典式建筑，这些建筑取吊脚楼格式，供游人雅聚休闲、歇脚品茗、问酒餐饮之用。向上去不太远，见到一座建造别致、风格独特的风雨桥。这是一组壮观的侗乡木质建筑。风雨桥集桥、廊、亭于一体，居中主亭5层，两端僚亭3层，飞檐翘角，左右对称。亭子廊顶，几幅少数民族的歌舞图画，彰显土著文化的爱情元素。桥西耸立一座侗族鼓楼。鼓楼造型别致，内外立柱粗壮，柱间开面轩敞，廊周安置长条形座椅，楼体黑瓦层叠，呈锥体台柱状结构，上小下大，凡十三叠，上加两间八角叠顶。底层檐上悬挂双龙戏珠画匾，钟楼内画匾上亮现一组侗乡风情画，其中一幅题为《行歌坐月》。行歌坐月是侗家男女表达爱恋的方式，诗意的汉语言品题带给游客美好的想象。风雨桥附近，修篁翠竹，茂林幽深，就连广场一角的垃圾箱也饰以鲜红凝紫的海棠，让游客由衷称赏。高台之上，建有吊脚楼式的侗族山庄，宽阔的台面铺设方形石板，中央则嵌入超大的同心圆图案。

风雨桥附近路标提示为"廊桥烟溪"，也是诗意飘逸。向上去，一处山泉飞花喷雪，汩汩不绝，两个山民正以瓶子取水。旁立一座碑亭，白色石碑上镌刻双龙戏珠图饰，双龙下方镌刻"昼夜不舍"，两旁联语是"人财两发因修井，富贵双全为整泉"。联语未免流俗，却直白爱心修善的意愿和感叹。一路水声相伴，蓊蓊郁郁的花谷里，不知名的秋花开得正繁盛，一大片薰衣草拥持石级，将游人接引到欧式大风车下。林间广场，温馨奶茶店是游人歇脚小憩的好地方。回望廊桥，徜徉烟溪，一带花谷，既可四时观花，又可远近听鸟，真是超凡脱俗的好去处。

时间匆匆，未及久游，在欧式风车下留影后，沿原路折返，回眸将湿地公园的精华段重览一遍。

黔西草海

草海位于贵州西部毕节市威宁县西南，是国家级自然保护区。这里地处云贵高原中部顶端，是乌蒙山麓的腹地。这里拥有完整典型的高原湿地生态系统，成为中国特有的高原鹤类黑颈鹤的主要越冬地之一。草海日照丰富，是贵州日照最充足的地方。从地质水文看，草海属于长江水系，为金沙江支流的上游湖泊。草海名为海，其实是湖，其集雨面积广阔浩远，是贵州高原上最大的天然淡水湖泊。

草海大体东西狭长，北岸半岛斜逸，周边曲水转折，抱有多个小小的海子。停车处在草海边上，巨石上镌刻"黔珠山庄"字样。拾级登高，在较为理想的视角，导游用手机代人拍照。游人坐上一尊天然的石头，相继与草海合影。女游客选租的红色羽绒服，鲜艳亮眼，非常上照。高坡石头和亭台上拍摄过了，便下去沿水湄亲近草海。茫茫海天，隔水山峦起伏，影影绰绰，近处一大片草泽，郁郁葳葳，天光散落丛莽。猜想盛夏集雨涨水，这些草涂必定会没入水中，成为一片汪洋。启开手机摄像，将烟霭茫茫的大草海，从一端到另一端，缓缓拍了个遍。近岸泊着两只相傍的小船，一绿一蓝，舱中积水，无舟楫，显然被暂时搁置弃用，但给眼前的草海平添色彩，留给游人无尽遐思。

　　导游带我们去乘船，夸说私家的船可以更好地深入草海。途中车子开过一带小村，正遇上一个老年牧民赶着一大群山羊。头羊领路，群羊时散时聚，黑白相杂，咩咩叫着，它们断焉在后，忽焉在旁，超焉在前，车子只好乖乖礼让。

　　码头在一处村落的后面，农户屋角有一二家犬看客，许是看得多了，家犬对陌生来客已不觉稀奇，只顾摇尾自得。坡路水岸不太好走，但土路茂林，水中荇草在现，芦荻摇曳，不失原生态的风景。小船木质，三个隔舱，被漆成天蓝色。一条小船可坐六名游客，导游端坐船头，面向大家，船尾则由一个持篙的后生负责撑行。

　　小船启动了。浅水沼泽，莎草湿地，船头犁开一角水天，裁着蔓生的水草前行。无名的水草或稀或密，有的探头透出水面，有的则没头没脑闷在水里。闷在水里的草，茎叶透绿，兀自长得精神，真是大千世界，物自有性，各得其所。水世界，草世界，草海是名副其实的草海。贵阳有花溪，黔西有草海，花溪草海是贵州富有诗意的生命意象。草海就在舷边，伸手可触，新奇地摸一摸草海，摸一摸水中乍露的草海"胎发"，感觉很凉。导游介绍，看见草的地方水较浅，看不见草的地方水就深了。小船撑行在浅水区，离开岸线渐行渐远，如果不慎落水，还是很危险的。船在缓缓滑行，草海在慢慢旋移，举起自拍杆，将浩渺草海拍了个痛快。行至水中央，邂逅另一条游船，船上青年着一色杏黄救生衣，水天陌路相逢的游客，彼此贴近摄下对方影像。

　　回归码头，舍船登岸，乘坐小中巴返回旅馆。第二天上午先去大江家湾码头，再去西海码头。两处码头都有长长的栈道，架设在草海水湄。人走在栈道之上，附近水草交织，天光倒映，分不清是草海亲昵陆地，还是陆地投怀草海。

大江家湾码头贴近草海，伫立亲水平台，直面海天，不远处鸥鸟翻飞点水，诗羽上下，弄活一天草海，带给游人几多惊喜。草海自然保护区住着多种水生动植物群落，是候鸟们越冬栖息养生之地。草海的珍稀濒危水禽是黑颈鹤，此外还有白肩雕、白尾海雕、白琵鹭、白尾鹞、灰鹤、黑脸琵鹭、灰背隼、红隼等。据说再过一个多月就可以看到候鸟了，届时成千上万只色彩斑斓的鸟儿翔集于此，蔚为大观。滩涂上竖立点点观鸟台，游人可深入鸟的世界，观看一片动态天地，天人合一，人鸟相谐，贵州草海便成了国际知名的湖泊观鸟区。

西海码头，湿地观光区比邻街市，建筑群富有地方特色。入口处耸立造型别致的牌楼，正面题额"西海码头"，反面镌刻"细语时光"，后者竟是诗的点化，让人有脱俗之思。沿着修葺一新的景观道前行，不久到达圆形的街心广场。广场四面大体抱合着略带弧形而对称的建筑，楼体三层，楼上下设有彝族风情酒吧、音乐吧、土特产销售中心等，楼下的民族风情服饰礼品店最吸引游客眼球，各色做工精致的绣花披巾很受女游客青睐。步入景区正门，沿栈道深入前行，左右拐折，草海就在脚下，一路水草交织，于一处小桥上观看五只灰黑色的幼雏觅食于天光草色之中，人鸟相偕，其乐融融。

离开西海码头，步行观光威宁。城不大，但自有其繁华气象。一大片旧城正在改造，其靓丽的未来可以期待。旧时的馆子街，不宽，南高北低，但流淌时代的声色风情。在一家专业衣包店里，特意买了一只栗壳色帆布挎包，将威宁草海的记忆装进包里。出馆子街是一处农贸市场，肉铺印象最深，鲜肉和火腿特多，可以感受草海边城殷实的民生。

凉都六盘水

六盘水位于贵州省西部，从贵阳坐火车到六盘水，西行四个多小时。过去对六盘水的印象有三点。一是地名特殊。六盘水的市名来自下辖的六枝、盘县和水城三个特区，三地各取头一个字组成。二是幅员广大。六盘水是全国地域跨度特大的地级市之一。三是地处偏僻。辖内春秋时期为牂牁国属地，战国时期为夜郎国属地，"夜郎自大"的成语即缘于此。李白诗句曰："我寄愁心与明月，随风直到夜郎西。"（《闻王昌龄左迁龙标遥有此寄》）诗思旷远，心寄明月，地跨关山，可见夜郎所在今六盘水一带相当僻远。

六盘水有"凉都"美誉。未到六盘水，以为贵阳就是凉都。其实，贵阳只称为"爽爽的贵阳"，凉爽度尚不及六盘水。六盘水无论白天黑夜，春夏秋冬，绝大部分时间均凉爽舒适。夏季月平均气温仅19.7℃，堪称消夏避暑的人间天堂。究其原因，是受到低纬度高海拔的影响。市境属于北半球亚热带季风湿润气候区，全年降雨量充沛；六盘水地处滇黔高原接合部，扼长江、珠江上游分水岭，高处自然更显得凉快。出六盘水站，薄暮冥冥，彤云密布，细雨霏霏，须撑伞遮住一方水城之天。

六盘水是西南工业重镇。这里是顺应"三线建设"而诞生的一座年轻的工业城市。六盘水煤炭蕴藏丰富，煤层浅而便于开采，煤种齐全，煤质优良，是国家西电东送的主要城市，西南乃至华南地区重要的能原材料工业基地，享有"西南煤海""江南煤都"美誉。煤炭之外，六盘水其他矿产资源也很丰富。煤炭、电力、冶金、建材等构成市内重要的经济产业支柱。唯其如此，六盘水人均GDP仅次于省会贵阳，列全省第二。经济发展从而推动社会事业多方面发展。

放眼市容，六盘水的市政建设超乎想象。六盘水主城区呈带状，钟山大道横贯钟山区东西。漫步钟山大道，恰似走在沿海城市的主城区。水景花城附近，高楼林立，看上去颇具现代气息。月畔湾酒店位于钟山大道西段。那里也是高楼耸峙。酒店附近有一处颇具规模的市民公园。公园依傍山体，高低错落，植被丰茂，得天独厚。公园一角，一座超大的金牛角力雕塑，很是吸引人的眼球。市民晨练或歌或舞，或拳或剑，各得其乐。山林路阶，遛鸟是一道美丽的风景。鸟笼挂在树丫上，精致的鸟笼，美丽的诗羽，上百的鸟儿腾跃鸣啭，大悦人心。唐房酒店，晚宴接风，古雅装饰，仿古灯光，迷离着一个诗意的夜晚。钟山大道东段毗连恢宏的世纪广场。广场中央雄峙着造型奇特的文化纪念碑。碑呈三面体，黑色碑面以不同的字体，镌刻介绍六盘水地理人文的文字，"牂牁夜郎崛起于春秋秦汉"等字赫然在目。广场四周是高大新颖的现代化建筑，地下超市规模宏大，装饰精致新颖，竟在气势恢宏的钟山大道下面，让人叹为观止。

六盘水有湿地公园之胜。明湖国家湿地公园位于中心城区西部。这里山明水秀，澄澈的湖水与自然山体相连，壮观的彩虹桥凌波飞架湖上，仿佛一条飘舞的水上彩带。徜徉桥上，可以远眺湖天山黛，无名水鸟在波心芦洲翔集，恍若浮一片缥缈的江南梦。六盘水师范学院坐落湖畔，六盘水美术馆则雅安山腰，给一方山水平添人文灵性。山路边垒岩叠石，嵌有行书诗碑，其一云"画馆依山趣味殊，亭林冶物自浑如。时闻鸟语和蛩唱，明湖清绝冠凉都"，尽道明湖环境佳妙。

凤池园是以山水人文见胜的城市园林。古典而具有民族风情的牌楼，迎门不远处是建筑别致的两江台。两江是指长江和珠江。这里地处乌蒙山，是长江源与珠江源交汇之处。过涵玉桥，观瞻凤池棋园，一路逶迤而行，烟柳长堤，在水中央，仿佛西子钱塘画境。环湖绕行，出侧门至水城古镇牌坊，在美食街独具特色的僻静小院，品食水城烙锅。一行人围坐，平锅煎烙藕片、地瓜片、羊肉片、鸡皮、鸡肫、豆腐片，佐以冰粉、牛肉炒饭，其乐融融。

高原桥城都匀

都匀简称"匀"，黔南布依族苗族自治州首府。都匀原名"都云"，因城东约1公里处的都云洞而得名。都匀春秋时隶属牂牁古国。"都匀"一词，布依族语意为"彩云之城"。

绿色都匀有"高原桥城"的美誉。市区涵抱全城的剑江河，横跨各种不同建筑风格的桥梁近百座。其中，风格独具的木质文峰大桥，廊檐临风，碧水泻瀑，通连水湄的文峰广场和南沙洲公园，游人络绎不绝，桥上人头攒动。向南，七孔石拱的百子桥建于清乾隆五十一年（1786），桥长140米，宽8米，高11.5米，结构独特，历史悠久，装饰精美，成为都匀城市桥梁典范。众多风格各异的桥梁，融古典与现代、宏伟与秀丽于一体，都匀因之被誉为"桥梁博物馆"。

都匀最享有盛名的桥，当数坐落荔波境内的大小七孔桥。两处景区得自然山水之胜，均以七孔桥命名，景因桥而增色不少。

小七孔风景区距离荔波城南30余千米。景区大门北向，城楼高耸，拱洞森严，广场开阔。入拱门乘坐大巴，抵达景区深处峡谷上游的卧龙潭。潭位于卧龙河出口处，这里是喀斯特地貌，暗河从原始植被的崖罅涌出，周边怪石奇树，斑驳陆离。最是水色清澄，神光离合，翠影婆娑，泛一片亮眼的晴蓝，悦目养心。山水林湖，玉树灵岩，手机摄像，尽收眼前原生态的水彩风景。卧龙潭东去，渐闻水声，原来是一处人造瀑布。一道大坝横亘在罗青叠黛的山谷间，水从大坝上漫过，落差甚高，瀑布横幅甚宽，颇为壮观。近看水势壮阔，瀑声噌吰，飞琼泼雪，动人心魄。从下游不远处回望，瀑布如剪如裁，游人驻足观瀑台留影，仿佛披挂大幅瀑布于肩后。

卧龙潭往下，沿峡谷东行，逶迤可达鸳鸯湖。湖中两棵大树常年扎根湖中。两树雄雌有别，雄树高大挺拔，雌树略显纤秀，两树水下连理，空中枝叶交通，宛若树中伉俪。此二树被称为鸳鸯树，湖因此得名。情人至此，自然要划船荡舟，身历其境，曲尽其趣；非情人至此，也会呼朋引类，结伴举桨向湖，感受一份人间美好。湖水清纯，凝碧而幽深。小船满载六人，游客自己划船，徐徐款款而行，飘然不知所止。水道蜿蜒，曲波通幽，重重复重重。僻远处标示"迷宫"字样，料想进入水上森林迷宫，不小心或会迷路。幸好湖中时有巡视的船只，远近知照，也有专职救护人员蹲点守湖，可及时施以援手。

汤粑石林附近，半坡有天钟洞。这是一处溶洞，长约700米。洞厅轩敞，回径曲折，象形石态逼真，栩栩如生，自得天心。洞内钟乳石及积淀的物像各异，有鳄鱼厅、金鸡厅、百兽厅和犀牛厅等，不一而足。天钟洞名缘于洞中有钟乳石，如一口铜钟倒扣于地，钟身遍布细密的石乳，宛似蝌蚪微文。据说此系兽界的法律条文，故钟名为"天钟"，溶洞亦由此得名。

天光启处，陟登石级出天钟洞，沿木质栈道下山，不久到达翠谷瀑布。山峦起伏，一片青黛苍郁，银色瀑水层层叠叠，夺路而泻，汇流淙淙有声。由此向东向下，进入声色宜人的响水河精华段。响水河1千米长，上下落差40多米，形成68级跌水瀑布，动态水景，精彩迭出。水上森林，丛生杂木，蓊蓊郁郁，形成一道天然的翡翠屏障。清流湍急，从砾石林莽中穿涌而下，随处可见"水在石上淌，树在水中长"。拉雅瀑布宽10米，落差30米，瀑水夺空喷泻，由北向南，横向越路跌入东西向峡中，声威如雷。瀑在头顶，人在瀑下，水雾迷蒙可触，天人合一，一洗征尘客心，倍觉亲切和谐。

再往前走，历经一片原始森林。林中，众多古木盘根错节，飞泉激流漱洗其间，缓缓汇成一片涵碧潭。蓦然发现前面不远处横跨一座平平的古桥，这就是名播天下的小七孔桥，数一数正是七孔洞开，天光透露。小七孔桥建于清道光十五年（1835），青石质地，古朴玲珑。是处，风景幽美，响水河至此，静如闲花照水，抱一片历史幽绿。眺望小七孔，如箫似笛，奏一曲绿色的四时天籁。站立桥上，乘兴踏步过桥，流连忘返，遥想曾经的黔南古道，依稀听到历史的蹬蹬足音。

告别小七孔桥，渐趋景区东大门，不久到达铜鼓桥。铜鼓桥横跨樟江河，是古代从贵州到广西的必经之道。现桥重建于1993年，桥长126米，两端采用对称的瑶山铜鼓造型，因名铜鼓桥。据悉瑶山瑶族膜拜铜鼓，将铜鼓视为神赐天物，崇为镇寨之宝，乃权力象征。站立铜鼓桥，放眼樟江河，烟水迷茫处，黔南山野正绿，天边落日正圆。

小七孔景区，峡谷悠长，集山、水、林、洞、湖、瀑为一体，原始奇景，秀丽玲珑，1988年被列为国家级自然保护区，被誉为中国最美丽的地方之一。大七孔景区以原始森林、奇峰溶洞、峡谷伏流为主要景观，可看景点有大七孔桥、梦塘、恐怖峡、天生桥、妖风洞、地莪峡、水神河、二层河、笑天河、龙头山、清水塘等。其中恐怖峡、妖风洞等充满怪诞神奇的传说。市区百子桥、荔波大小七孔桥，均为七孔设计建造，耐人寻味。

黄果树瀑布

黄果树瀑布位于贵州省安顺市镇宁县境内，属珠江水系白水河段。景区范围颇大，包括众多的瀑布，形成一方瀑布群体。

进入景区，旅客大多先游览天星桥景区。天星桥位于黄果树瀑布下游6公里处，包括天然盆景区、天星洞景区和水上石林区。天然盆景区是一大片天然的山水组合。水石相依，石板小道穿行水面，著名景观有"数生步"水上石板路，蜿蜒曲折的石板上依次镌有纪年数字，每位游客可以寻找与自己生辰对应的石板，伫立相应的石板上，喜悦油然而生。天星洞位于天星桥景区中段，洞内形成多处大厅和侧厅，厅堂抱奇，灵石毓秀。水上石林区位于天星景区下段，主要景观有藤条奇观等，最长的藤条转折延伸达百米，享有盛名的是一株"美女榕"，树根幻化宛若美女清沐，游人到此，自然乐意与榕树合影留念。天星湖碧水泱泱，喷泉绽放簇簇水花，水光山色，让人流连忘返。游览天星桥景区，拉开了游览瀑布景区的序幕。

游黄果树瀑布，还有另一种美好的天工铺垫，即先行游览陡坡塘瀑布。陡坡塘瀑布位于黄果树瀑布上游1千米处。整幅瀑布高21米，宽105米，是黄果树瀑布群中幅度最宽的瀑布。远观瀑布，挂在一处滩坝上，瀑幅开阔，水色白亮，瀑体跌宕，吼声深沉，故又称为"吼瀑"。游人至此，尚未见到黄果树瀑布，而已感受到黔岭大瀑布的壮阔声威。

从陡坡塘瀑布前行，一路旖旎，到达黄果树瀑布景区正门。入门是一大片露天盆景展览区，荟萃众多造型别致的盆景。游人穿行其间，汇聚到电梯进出口处，沿着两截长长的电梯鱼贯而下。到达谷底深处，茂林，清流，栈道，黄果树瀑布已遥遥在望。游人缘栈道一路前行，与横空出世的大瀑布渐行渐近。

路边林地一角平台，站立着明代旅行家徐霞客雕像。雕像用条形石英砂砾岩雕就，高约 5 米，呈灰白色，须发衣袂临风，人物形象栩栩如生。1637年，徐霞客游历贵州，经过黄果树瀑布，对瀑布胜景有过精彩的描述。"透陇隙南顾，则路左一溪悬捣，万练飞空，溪上石如莲叶下覆，中剜三门，水由叶上漫顶而下，如鲛绡万幅，横罩门外，直下者不可以丈数计，捣珠崩玉，飞沫反涌，如烟雾腾空，势甚雄厉，所谓'珠帘钩不卷，匹练挂遥峰'，俱不足以拟其状也。盖余所见瀑布，高峻数倍者有之，而从无此阔而大者，但从其上侧身下瞰，不免神悚。"[《徐霞客游记·黔游日记》（之一）] 黄果树瀑布闻名于世正是始于徐霞客的游记述介。"飞雪溅衣黄果树，乱红撩眼刺梨花。"继徐霞客之后，众多文人雅士为黄果树瀑布撰写了许多瑰奇的诗句。

黄果树瀑布是黄果树瀑布群中规模最大的一级瀑布，领誉亚洲，名播世界。瀑布以水势浩大著称。瀑高 77.8 米，宽 101 米。瀑水从悬崖峭壁飞泻而下，虎虎生威，气壮如九天奔雷，动人心魄。瀑流跌入下面的深谷，汇入碧水泱泱的犀牛潭，白瀑清潭，声色兼具，构成一幅天工开物的动态画图。黄果树瀑布属喀斯特地貌中的侵蚀裂典型瀑布。最早因河床出现裂点，河水喷涌而出，后经河水长年累月冲刷和溶蚀，裂隙越来越大，落差越来越高，遂形成声势浩大的中华第一瀑布。据悉因不断冲刷和长期溶蚀，崖壁和峡谷渐次演变，原先形成的瀑布不断向后移位。地质学家考证，瀑布形成今世这种稳定的局面，曾有过三次大的变迁，其后撤距离长达 205 米，现今的三道滩、马蹄滩、油鱼井便是其后撤留下的遗迹。地质学上，这一现象称为"向岩后撤"。沧海桑田，岩撤瀑移，大自然的伟力神功，让人叹为观止。

缘山道拾级而上，按顺时针方向可达掩藏于大瀑布后面的水帘洞。水帘洞位于瀑布 40 至 47 米高度，全长 134 米，内有洞窗、洞厅、洞泉和多条通道。正面读瀑，感受大瀑雄风，已经惊心动魄，而隐身瀑布里面横向穿行，更是激情飞越，动人神府胸臆。穿越水帘洞，游人从洞窗可观赏到琼洁水帘，还可以伸手零距离探瀑。晴阳天气，居高临下，可以望见犀牛潭上动态的双道彩虹，据说只要天晴，从上午9时至下午5时，都能看到凌空变幻的七彩虹霓。天空、悬崖、雪瀑、彩虹，故有人将此景题名为"雪映丹霞"。

黄果树瀑布群由18个大小瀑布组成，其中以黄果树大瀑布最为优美壮观，其他瀑布也风姿各异。例如，滴水滩瀑布总高410米，飞挂在冷黛凝烟的关索岭，疑似银河落九天。连天瀑布、绿湄潭瀑布、蜘蛛岩瀑布、关脚峡瀑布……岁岁年年，日日夜夜，在这方黔山苗岭，演练着声势恢宏的水的赞歌。

2017年10月16日至11月5日，贵州

大美西北[①]游

晚发海陵文峰广场，夜至南京转登动车，历时一昼夜，于子夜抵达太原。街市灯火，仿佛三晋古风，遥念晋文公。

翌日上午，驱车诣平遥古城。古城位于晋中市平遥县，始建于周，明洪武年间扩建，已有2700年历史，1997年被列入世界文化遗产名录。

平遥县衙坐落古城中心，始建于北魏，定型于元明清。衙前东西街左首，雄峙"听雨楼"一座，跨街扼路。衙署呈轴对称布局，衙门联语"门外四时春和风甘雨，案内三尺法烈日严霜""只愿厅中差事少，但求世上好人多"。大堂名"亲民堂"，联语与淮安府署正堂联语相同。二堂联语"与百姓有缘才来到此，期寸心无愧不负斯民"，后堂则为"勤慎堂"，前后堂名及联语尽言为官初心本意，颇具警世醒世教科意义。

平遥古城墙，平面略呈方形，墙体均高10米，城门六道，南北各一，东西各二，环城敌楼和垛口多多。街市亦方正有序，登城后寻访街市遗构名筑。中国镖局博物馆，挂牌"国际宋氏形意拳训练馆"。协同庆票号旧址，辟为中国钱庄博物馆，展示我国古代钱币文化，展柜中金银锭熠熠生辉。"栖蠡处"展室，分明用了越国政治家、军事家、商业理论家范蠡的人物典故，联曰"协力效陶朱桴舸泛湖皆学问，同心继端木连骑结驷即经纶"。日升昌票号，成立于清道光三年（1823），开中国银行业的先河，中厅匾额"紫垣枢极"，明柱抱联"轻重权衡千金日利，中西汇兑一纸风行"。

下午，车诣乔家大院。大院位于山西省祁县乔家堡村，始建于清乾隆二十年（1755），整个院落呈双喜字形，分为6个大院，大门为城门拱洞式，四周青砖高墙封闭。大院内四堂一园。"宁守堂"为始祖乔贵发故居，俗称"老院"。"德兴堂"为乔贵发长子乔全德所建。"在中堂"为第三代乔致庸所

[①] 从泰州看山西，当在西北方位；此行不限于晋，还涉笔甘宁蒙等地，故统称西北。

建,时为乔氏家族鼎盛辉煌期,但乔致庸取中庸之意,名为"在中堂"。"保元堂"为第四代乔超五所立。花园小桥流水,亭台楼阁,集幽藏雅,是踏兴怡情的好去处。

乔家大院集藏丰富,著名的文物遗存有万人球、犀牛望月镜、九龙灯等。院内石雕、砖雕、木雕、彩绘等,精致出彩。乔氏经商发家,但很重视修文,家训、家规、家风俱成文字,"具大神通皆济世,是真法力总回春""对客呈诗如献佛,课儿种橘胜封侯""毋矜清而傲浊,戒勤始而怠终""宽宏坦荡福臻家常裕,温厚和平荣久后必昌"等联语,可见乔氏持家经商理念。刘墉所书"闲观世事如修史,多见通人始信书"对联,孙文所书"天下为公"的横匾,当为稀世翰墨。"秋月当窗云影淡,春风拂槛露华浓""花气欲浮金翡翠,墨香常护玉蟾蜍",则可见主人的风雅情怀和品位。儒商之道值得当今商海从业者潜心感悟和追求。

离开乔家大院,前往清徐水塔醋业集团。此为太原市工业旅游点,厂内设塔牌老陈醋酿造技艺博物馆。展厅门口额匾题"惠和兴",楹联"曲中有味留香久,醋里藏春余韵长"。之后,驱车北向,晚过雁门关,夜十时许抵达大同。

翌日上午游华严寺。华严寺位于大同古城西南隅,始建于辽重熙七年(1038)。寺院坐西向东,寺前场面开阔,大门抱联"人生百年如朝露活在当下,世间万象皆浮云乐住心中",明言喻世,直接地气。

内分南北两条主轴线,布局严整。寺分上下两部分。上华严寺以大雄宝殿为中心。宝殿立于高高的月台,石级层列,居中立牌坊,左右分列六角钟鼓亭。殿内佛像镶珠嵌色,四壁和顶部彩绘,沥粉贴金,色彩炫丽,世所罕见。下华严寺位于上寺东南侧,以薄伽教藏殿为中心,实为藏经殿。

华严宝塔是华严寺的标志性建筑,木塔,方形,三层,四檐,总高43.5米。外观华严塔,匾额高挂,下层为"仰酬洪泽"(东坡书),中层为"凌虚思远",上层为"蔚如昆峰"。登临宝塔,可俯瞰华严寺,眺望大同全城。塔底以100吨纯铜打造,地宫内藻井、塔柱、地板、扶梯、壁画等多用铜材工艺技法,堪称铜造地宫。

下午游云冈石窟。云冈位于大同城西约16千米的武周山麓，南傍武周川。未至石窟先历一段长长的景观带。广场上立灵岩寺昙曜祖师石像，西向大道旁对立两排大型纹饰石柱，均以大象石雕垫底。灵岩寺门柱楹联为"山川随云秀，佛灯共天长"。石塔方形，五层。法物交流处额题"水月常明"。临水过桥，来到云冈石窟所在。

云冈石窟始凿于北魏文成帝和平初年（460），一直延至孝明帝正光五年（524），历时60多年。北魏迁都洛阳后，云冈石窟大规模工程遂止，但仍有小规模修葺开发。云冈呈东西向，一带逶迤，石窟依序排布，共分20窟。洞窟或独体单间，或通连双合，或穿窿关闭，或高处侧向洞开，乃至完全露天。大小佛像，面相丰润，冠饰精细，衣褶流畅，栩栩如生。

窟区西南，山麓辟为大型园林，云冈石窟史料展馆坐落山脚。路边一处石碑，余秋雨书"中国由此迈向大唐"，背面附记镌刻"……先前诸子好则好矣，却缺少马背雄风异域视野，无法建立煌煌大唐；待北魏以小集大，以野尊文，血缘相融，大气新凝，则大唐不远矣。且留句云：'何处赴唐第一步？云冈巨佛笑无语。'"

翌日上午游悬空寺。悬空寺位于大同市浑源县恒山金龙峡西侧翠屏峰峭壁间，建成于北魏太和十五年（491），距今1500多年。寺对面主峰天峰岭，两峰东西对峙。天峰岭崖壁上镌刻"佛""和""禅"三个红色大字，远距离错落。峡间巨石镌刻"北岳恒山""北魏栈道""天下巨观""云边觉岸"等红色大字。寺下岩上镌刻"壮观"二字，传为李白所书。

悬空寺巧借岩石暗托，凿洞插梁为基，梁柱上下一体，廊栏左右相连，极尽木结构建筑机巧。全寺总体三部分，由禅院和北南二楼组成。禅院偏北，设为进出口，北南二楼，均内高三层。北楼缘梯而上，历经五佛殿、观音殿、三教殿。三教殿，供奉释迦牟尼（佛教）、孔子（儒家）和老子（道家），三教合一，体现世界大同的崇高境界。南楼缘梯而上，历经主祀吕洞宾的纯阳宫（一称吕祖庙），泥塑天地水三官的三官殿，供奉佛祖释迦牟尼的雷音殿。北南两楼间栈桥，谓为长线桥，桥上建楼，楼内建殿，叹为观止。

悬空寺"上延霄客，下绝浮尘"，将力学、美学和宗教融为一体，堪称世界建筑奇迹。出寺，下山，右拐至山涧水湄，对面崖上瀑布飞泻，游人在特定位置留影，可形成瀑布跌落入手的错觉，天成接瀑一景，妙绝。

下午，游五台山。五台山位于山西省忻州市。《名山志》载："五台山五峰耸立，山顶无林木，有如垒土之台，故曰五台。"五台山，青庙（汉传佛教）和黄庙（藏传佛教）共处，寺庙86处，多敕建寺院。其中菩萨顶、显通寺、塔院寺最为著名。

菩萨顶峭立灵鹫峰上，传为文殊菩萨住所，又名文殊寺。由后山登临菩萨顶，大乘门墙壁上见二龙铜雕。殿宇覆以黄绿蓝三色琉璃瓦，金碧辉煌。院落紧凑，香烟缭绕，乾隆御碑高矗，碑文分别用汉、蒙、满、藏四种文字镌刻。寺前木牌坊，上书"灵峰圣境"四个大字。坊下108级台阶，寓意人生解脱108种烦恼，入法门而超凡脱俗。

显通寺坐落菩萨顶南麓。寺院体量轶伦，各种建筑有400余间。中轴线上殿堂七重，其中无量殿无梁木，全砖块砌成，建造奇特。

塔院寺居显通寺以下，始建于北魏孝文帝年间，以五台山的标志大白塔而得名。塔高75.3米，外围83米。落日金辉，沐浴梵宇白塔，分外触目。塔内藏印度阿育王所造的舍利塔。寺院内另有一座文殊塔，据说珍藏文殊菩萨的头发。

塔院寺一角辟有毛泽东路居遗址。毛泽东和周恩来1948年3月去河北途中曾在此借宿，毛泽东与方丈一番晤谈，传为佳话。现今门外楹联竟是"劝君莫打三春鸟，子在巢中盼母归"，院内并列毛泽东、周恩来白色大理石坐像。

夜抵大同火车站，列车取道内蒙古前往宁夏。晨过呼和浩特，10时许过包头，下午5时过乌海，过黄河大桥，夜10时抵达银川。市民腰鼓队广场献舞，热烈欢迎江苏来客。

翌日上午游览沙湖。沙湖是距银川市西北56千米平罗县境内的西大滩。景区门口场地开阔，花圃烂漫，标牌书写"沙暖湖清，百鸟争鸣"。入园，乘坐游艇南行一段水路，沿途水色清清，兼葭采采，水鸟翔集，宛若苏浙江南水乡。

舍船登上沙湖南岸。南岸是一片3万多亩的沙漠，沙漠与湖水相傍，金沙碧水，动静结合，天成一片奇观景象。沙地立一尊大型鱼美人塑像，人头，鱼身并尾，跨坐横木船舷，船边依傍跃波的大鲤鱼塑像，动感十足。据悉这鱼美人是沙湖渔女的化身，游人多于此与渔女塑像合影。

伫立沙湖畔，西眺，贺兰山重峦叠嶂。南行，可深入金色而逶迤起伏的沙漠。鱼美人身后不远处，忽现一二尺长的芨芨草丛集，游人惊喜不已。沙湖畔的万亩荷花精品园景区、尼罗河风情景区、大漠丝路奇观景区，众多沙雕艺术作品平添游人兴致。

离开沙湖，驱车前往黄河宫。途经西夏陵。西夏陵位于银川市西夏区贺兰山东麓，是宁夏首个国家考古遗址公园。史载，1038年，党项族首领李元昊建立西夏王国，他将祖父、父亲迁葬于此，至1227年西夏灭亡，西夏陵渐成规模。帝陵共有9座，或依山而建，或坐落于平原，均坐北朝南，呈纵向长方形。高天黄土，封存神秘的千年西夏文化。

黄河宫位于宁夏西部中卫市黄河北岸。主体建筑高36.9米，将黄河之水凝成水滴形态，水滴主体建筑下就是黄河博物馆。主题展区分三部分。其一为"天降黄河，九曲巨龙"，全景式介绍地理概念的黄河；其二为"中华母亲，神州摇篮"，介绍黄河是华夏文明的发源地；其三为"黄河资源，物华天宝"，介绍黄河流域丰富的物质文明。沿步道前行，声光电演绎，增强了展馆的现代艺术效果。

步出黄河宫，由平台沿阶而下，近距离眺望本色黄河。黄水汤汤，自西向东转曲而来，匆匆而去，恰似一条金色的飘带。一处沙渚，在隔水傍岸不远处，渚上绿草萋萋，碧树成荫，与动态黄水相比衬。

午间抵达中卫市沙坡头区，游览高庙保安寺。此系明永乐年间建造，为儒道佛三教合一的庙宇。山门朝南，中轴对称，迎面单檐歇山顶大雄宝殿，大殿后架构因地制宜，台阶拾级而上，殿宇陈陈相因，呈步步升高之势，遂名高庙。庙内设有"鬼城"，利用声光电技术，营造出传说和想象中的阴曹地府。寺外广场毗连市民公园，曲水连桥，岸树倒影，风景优美。

下午游览通湖草原沙漠。通湖草原旅游区位于宁夏与内蒙古交界处的腾格里沙漠腹地，是内蒙古牧民区，距中卫市 26 千米。通湖，意谓湖泊连通，相传古代两个喇嘛在太阳湖取水，铜壶掉落水中，一牧民妇人竟在 30 千米外捡得此壶，证明地下水系相通，遂名"通湖"。茵茵草原，清清湖泊，竟然被方圆百里的大沙漠锁定，蔚为奇观。游客来此，并非在意水草湖泊，而是钟情别样的大漠奇观。

到达景区，租借特制的高筒靴，女红男蓝，乘坐电动观光车进入大漠深处。沙漠深处建有独具特色的"大漠驿站"和蒙古包，甚至可见披红挂绿的长长驼队和几尊锃亮发光的小型钢炮。沙丘，沙岭，沙的天地，沙色赤黄，无边无垠。游人跋涉其间，委身于高天大漠，真正回归了大自然。大漠深处，竟然可见顽强的芨芨草和小不点儿的动态甲壳虫，令人欣喜惊叹。一对游侣离群探远，在金色背景中犹见一点飘红的纱巾，成为大漠深处最养眼的风景。

沙漠探险，最富刺激性的是"沙海冲浪"。多辆经过改造的大功率越野车，迷彩，高挂红色小旗，被称为"沙海猎豹"，载着远方游客在沙海浪谷间穿越，忽左忽右，忽高忽低，惊险与豪气俱生，身心快活直呼癫狂过瘾。

晚宿中卫市君悦大酒店。翌日上午游览沙坡头风景区。沙坡头在中卫城区辖内，是国家 5A 级旅游景区。景区大门造型别致，入内见大型石刻"天下黄河富宁夏，首富中卫"。景观带花圃内，沙土上种植的兰花青勃一片，紫蕾含苞欲放。沙地里一处小水池，镌石"泪泉"。

沙坡头是国际滑沙中心。滑沙场，金黄色沙坡，陡立呈 60° 角以上，高百余米，沙间一线细阶，拾级可上，滑沙者从坡顶居高滑下，分外刺激而让人艳羡不已。车载进入大漠深处，沿途可见当地对沙原的有效保护——方格治沙。沙雕城、烽火台、沙漠驼队、沙漠探险，以及沙漠冲浪等沙漠运动，不一而足。

登高眺望黄河是沙坡头的旅游特色项目。黄河流经沙坡头，逶迤而来，蜿蜒而去，略呈大 S 形。这里名为"九龙湾"，号称"天下黄河第一湾"，纵目上游，天下黄河第一桥遥遥在望。坡头平台，屹立唐代诗人王维全身雕像，旁边立石上镌刻诗句"大漠孤烟直，长河落日圆"。游客纷纷与王维像合影，非诗者争先握住王维手中的大笔作态留影，真正写诗的人却被挤在一旁，无由到位。王维从高处抟须望我，诗心与诗心相视一笑，也是无奈。

坐羊皮筏漂流是沙坡头游览的又一特色项目。羊皮筏子被誉为"黄河文化的活化石"。羊皮筏用15张整体羊皮鼓气组装而成，筏夫可以一肩扛起。一筏可坐四人，连同筏夫共计五人。筏子顺流而下，泛筏黄水之上，零距离亲近母亲河，不安、激动而又欣喜。在筏夫的民歌唱腔里，有幸完成"天下黄河第一漂"。

下午换乘列车，直趋甘肃张掖，晚八时许抵达。出站，倍感天空湛蓝，星斗皎洁。

翌日上午，游览张掖丹霞地貌。张掖丹霞地貌成名不算很久，之前是"养在深闺人不识"。2004年，牧羊人偶然对外地采风的游客说，可到山里看看彩山，遂使丹霞地貌一举扬名于世。张掖丹霞地貌景区分冰沟丹霞和七彩丹霞两大块。冰沟丹霞以砂岩地貌遗迹景观为主，山体彩色而多象形，多有窗棂状宫殿式暖色崖体。七彩丹霞更见规模，亦更见炫彩，红色岩系，"色如渥丹，灿若明霞"。四大观景台，景观不尽相同，灵猴观海、大扇贝、七彩屏、刀山火海等最为出彩。

下午，参观张掖城内的大佛寺。此寺院为西夏永安元年（1098）初建，其体量宏大，集藏甚丰。寺内有巨型卧佛，是佛祖释迦牟尼的涅槃像，为我国现存最大的室内卧佛像。卧佛安睡在1.2米的佛坛之上，佛身长34.5米，肩宽7.5米，耳朵约4米，脚长5.2米，大佛中指可平躺一个人，耳朵上可并排坐8个人。大佛之大，世所罕见，大佛寺因之得名，其又名卧佛寺。

张掖，南枕祁连山，黑河贯穿全境，为河西走廊腹地，古代丝绸之路重镇，以"张国臂掖，以通西域"而得名。张掖古称甘州，词人至此，自然会想起《八声甘州》的词牌。玉门古称肃州。甘肃省名即由此而来。此番探胜甘州，与肃州失之交臂，喟然叹焉。

向晚抵达张掖站，历时两昼夜，车过兰州、天水、宝鸡、咸阳、灵宝、三门峡、洛阳、开封、郑州、徐州，南向滁州、南京，顺利归返。

2018年5月7日至17日

东北三省游记

平明过山海关站,上午10时许过皇姑屯,中午抵达沈阳。阳光灿烂,但风中已分明感到几许凉意。接站住店后,当日下午自由安排,我们便选择去看北陵。

北陵坐落在北陵公园内,因位于古代盛京(今沈阳)北部,故名。北陵原名昭陵,始建于清崇德八年(1643),为清太宗皇太极和孝端文皇后的陵墓。清太宗,清太祖努尔哈赤第八子,清朝开国皇帝。1927年,奉天省政府将清昭陵辟为公园。进入公园,甬道右侧是一大片水域,荷叶田田,杨柳依依,亭台掩现,白色雕塑在水中央。北行,进入北陵地界,广场上耸立爱新觉罗·皇太极(1592—1643)的高大塑像,像周环布鲜艳的秋海棠盆花。一处古松柏荫中,立石镌刻着"世界文化遗产——清昭陵"。

沿中轴线一路向北,从下马碑始,至正红门,参道左右对列华表、石狮、石牌坊等。细观牌楼,青石建筑,四柱三层,浮雕精美,珍品遗世。及至正红门,见门楼高耸,拱门洞开,三座门楼,高者居中,左右各一。越过正红门,渐趋方城,沿途欣赏妙趣横生的石像群,包括石狮、石獬、石麒麟、石马等,碑楼里竖立陵墓主人神功圣德碑。抵达方城,便进入陵墓主体部分。方城正门为隆恩门,城墙关合,四座角楼,作常年卫戍驻守之用。漫步方城,逐一观摩隆恩殿、东西配殿、焚帛亭等,券洞顶端的大明楼壮观华美。方城之后是月牙城和宝城,宝城中心为高高的宝顶,圆隆呈半球状,下为神秘莫测的地宫,即皇太极夫妇陵寝所在。一代雄豪英杰,寂然无语于黄土冢中。

翌日上午,先参观张氏帅府。张氏帅府又称"大帅府""少帅府",是张作霖及其长子张学良的官邸和私宅,始建于民国三年(1914),共分东院、中院、西院和院外建筑四部分。府院门外广场上少帅大型全身塑像,高高站立,基石正面金字镌刻"张学良将军"。穿过前庭序厅,正式步入帅府。三座辕门并排,中轴主体三进四合院,是张作霖的办公官邸,也是家眷居住的私宅,故称为帅府。一进院堂屋居中,二三进侧门回廊连接。前两进为办公官邸,三进作为内宅。角门可通东西两院。西院为红楼建筑群;东院为帅府花园,大小青楼坐落其间。

大青楼是标志性建筑,仿罗马风格,青砖建造,故称大青楼。整体建筑规模宏大,外墙立体浮雕,内饰精致。正门面对假山,南面门上张作霖手书"天理人心",北向为"慎行"。大青楼办公与居住两用,见证了现代多次重大历史事件。老虎厅因摆放过两尊东北虎标本而得名,是张氏父子主政时的会客厅,张学良处决奉军元老将领杨宇霆、常荫槐处。张学良办公室,1928年至1932年,张学良在此主政办公。张学良与于凤至卧室,亦在大青楼内。

小青楼位于帅府东院大青楼南,帅府花园中心。此系张作霖为最宠爱的五夫人寿氏所建。整座楼梯呈凹字形,青砖青瓦,二层砖木结构,外观内饰中西合璧。1928年6月4日,张作霖皇姑屯遇炸重伤,被抬至大帅府,当日即殒命于小青楼内。

赵一荻故居俗称"赵四小姐楼",位于帅府大院东墙外。小楼二层,外观米红色,室内布置法式风格。1927年,张学良邂逅赵一荻于天津舞会。赵从天津诣沈阳,追寻少帅。于凤至约法三章:一孩子不能姓张,二不能进帅府,三不能给名分。赵全部依从,遂于帅府东墙外这幢小楼住下。张在漫长的幽禁生活中,得到赵朝夕相伴照顾。1964年,于凤至放手,解除婚约,成全张赵。同年7月4日,张赵成婚于台北。小姐故楼见证了这段旷世的爱情佳话。

离开少帅府,驱车诣沈阳故宫。沈阳故宫又称盛京皇宫,在沈阳市中心城区,始建于努尔哈赤时期的1625年,建成于皇太极时期的1636年。清朝迁都北京后,沈阳故宫被称作"陪都宫殿""留都宫殿"。

沈阳故宫今被辟为沈阳故宫博物院,郭沫若题写大门匾牌。按东中西三路顺序,先游览东路。努尔哈赤时期建造的大政殿与十王亭,系皇室举行大典和八旗大臣办公处。大政殿,八角重檐攒尖,顶盖黄琉璃瓦,绿色镶边,五彩琉璃脊,飞檐斗拱,龙蟠丹柱,与十大王亭远近交辉。继而游览中

第四辑 驿路写意 161

路，此为清太宗时期续建，是政治活动场所和后妃居所。由南向北，大清门、崇政殿、凤凰楼、清宁宫，序列中轴。最后来至西路，戏台、嘉荫堂、文溯阁、仰熙斋等为清朝皇帝东巡时读书看戏和存放《四库全书》处。沈阳故宫是清朝发祥开业之地。皇太极在此将女真改称为满洲，于1636年将国号改为"清"，并最终驾薨于沈阳故宫。

下午，小逛东北第一街——中街商业街，其后大巴趋吉林，傍晚抵达长春。车行林荫道，一路概观伪满八大部，其中有国防部、交通部、教育部等。晚投宿长春珠丽雅主题酒店。翌日上午，参观伪满皇宫博物院。

伪满皇宫博物院位于长春市光复北路5号，民国时曾为吉黑两省盐务管理下辖官署。缉熙楼、勤民楼、同德殿等均为伪满宫廷原建遗构。民国二十一年（1932），溥仪迁居于此，出任"满洲国执政"，成为日寇的傀儡。1934年3月1日，溥仪在勤民楼举行登基大典，号为皇帝，"执政府"易为"帝宫"。此后相继修建了怀远楼、同德殿、东御花园、嘉乐殿、建国神庙等。同德殿原状陈列，修旧如旧，文献资料翔实，真实完整地反映日伪统治的历史旧观。东北沦陷史陈列馆位于伪满皇宫旧址东部，还原20世纪三四十年代危亡的民族历史。博物院收藏大批伪满宫廷文物、日本近代文物、东北近现代文物。溥仪在此一直被架空，一切得受制听命于日本人，其乘坐的私人专用汽车至今依旧黑而锃亮，游人未免感慨唏嘘。

中午我们在吉林市大瓢把东北土匪菜馆用餐。菜馆大门外楹联为："大柜煮啊瓢把烧，四海兄弟齐来到。"上下楼内景设置，绝对匪窟氛围，二楼更有威虎厅，主座两侧对称陈列东北虎标本。席间，彪壮"匪首"出场咋呼吆喝，并在大门口与游客合影，匪气十足，让远方来者领略到东北曾经的土匪文化。

下午驱车东向，过渤海国朝贡道东清驿站遗址，得知刘建封（1865—1952），字桐阶，雅号天池钓叟，山东安丘人，安图首任知事，光绪三十四年（1908）任勘界委员，历时四个多月，踏遍长白山，查清长白山的江岗全貌和三江之源，为天池十六峰命名，绘制长白山江岗全图。傍晚，抵达长白山大关东文化园，参观关东三宝馆及关东民俗展览。白墙上彩绘写意，行书题字

"长相守到白头"，耐人寻味。夜投宿二道白河。

翌晨，车诣长白山，被告昨日有雨山路受损，天池景区关闭。无奈，只能在山麓景区转悠。长白山地处吉林省东南部，位邻中朝边界，是松花江、图们江、鸭绿江的发源地。山脉呈东北至西南走向，是一座休眠火山，水资源丰富。这不，聚龙温泉群一带，涧水蜿蜒流泻，热泉雾气蒸腾，迷蒙幻变，而成奇观。据说长白山温泉常年水温高达80℃，路边曲池热水可舒心洗手，店铺出售用温泉水自然煮熟的鸡蛋，即煮即卖，游客感到新奇，纷纷购买。

进入瀑布区，青崖，雪瀑，碧水，一幅有声有色的锦绣画图。清人刘建封咏长白瀑布："白河两岸景清幽，碧水悬崖万古流。疑似龙池喷瑞雪，如同天际挂飞流。不须鞭石渡沧海，直可乘槎向斗牛。欲识林泉真乐趣，明朝结伴再来游。"登临胜境，长白雪瀑印证了诗人的生动描写。绿渊潭一带瀑水飞泻，落于巨石而四溅，汇成水色清碧的一汪幽潭，景色如画，美不胜收，恰似人间仙境。

无缘见识山顶的大天池，却于山麓见识了小天池。小天池又名银环湖，水面略呈圆形，湖面不算很大，周长仅260米，面积约5380平方米，水深10余米。它只有进水口，却没有出水口，故而终年盈盈水满。池周围环绕着岳桦林，林色葱茏，倒映水中，漱玉涵碧。小天池成因有两说：一是冰川说，说是第四纪冰川刨蚀的冰斗演化而成的湖盆；二是寄生火山口说，说是与天池主火山口同时喷发的小火山口积水而成。

下午，车诣朝鲜族民俗村红旗村。红旗村位于吉林省安图县，是安图至长白山旅游途中唯一的纯朝鲜族居住村。全村共有100户居民。村子坐落山间开阔地，房屋整齐排列，外观具有朝鲜民族特色，花圃栅栏精致，秋红点缀绿丛之间，不愧为第一批国家级生态村。

游客鱼贯进入一户人家，在通道脱鞋，进入室内坐于地毯上，女主人热情接待。她30多岁，身着朝鲜民族服装，白衣缀花，红色长裙曳地，汉语普通话很纯正。她介绍说，家里人上山采参去了。家里有人参出售，70元1支，买10支送1支。

夜宿敦化长安路鑫诚宾馆。翌日上午，适逢国际马拉松邀请赛在镜泊湖举行，相关道路封闭。10点钟前，游客一行从容逛街，一览敦化闹市街景。10时登车，诣镜泊湖景区，在湖边海韵酒家用中餐，隔窗可以望湖。餐后乘船游览镜泊湖。

镜泊湖位于黑龙江省东南部，是世界上最大的火山熔岩堰塞湖，也是世界上第二大高山堰塞湖。大约一万年前，火山爆发，岩浆拦腰截断牡丹江，形成高山峡谷中的一大片平湖。镜泊湖分为北湖、中湖、南湖和上湖四个湖区，西南至东北走向，蜿蜒曲折呈S状。全湖有著名的八大景观，其中大小孤山是湖中的两个岛屿，毛公山远望似伟人仰卧一方。登岸，至吊水楼瀑布，此为八大景观最胜处。天然一道大坝，上游为镜泊湖，下游为牡丹江，湖水由此出口，形成瀑布。瀑布四周布满黑色火山岩，连日暴雨过后正发大水，瀑布总幅达200余米，浊流滚滚，夺路而下，登高伫立观瀑亭，可以感受瀑布的龙虎声威。

镜泊湖有着美丽的传说。相传牡丹江畔住着红罗女，她有一面宝镜，用之一照，便可帮人们消弭灾难。王母娘娘嫉恨，遂派天神盗走宝镜。红罗女上天索取，争执中宝镜掉落人间，就化为镜泊湖。镜泊湖平时波明如镜，水光潋滟，宛若长卷山水画。邓小平曾题词"镜泊胜景"，叶剑英则留诗句"山上平湖水上山，北国风光胜江南"。连日大雨，各路山洪泻下，汇入镜泊湖，湖面开阔，水色浑黄，一如莽莽黄河，有失日常湖光。

距离吊水楼瀑布不远，就是红罗女文化园。广场上梅花形水池，池中耸立着高高的红罗女塑像，盘发结辫，背篓赤足，长裙曳过脚踝，右手持乐器垂于腰际，左手挑出，手背歇落一只小鸟，天人相谐。一旁草坪上，坐着几位年轻的黑人男女，红罗女、黑非洲，一时定格在美丽的镜泊湖畔。

晚至虎峰岭，观光篝火晚会。翌日上午，就近游览虎峰岭风景区。

虎峰岭地处黑龙江省亚布力林业局虎峰实验林场境内，堪称天然的森林氧吧。步入林区大道，浓荫匝地，远近一片苍翠，空气十分清新。道右有虎啸泉。传说有一年此地大旱，百里枯黄，水流干涸。护佑此地的兽王长啸震天，山石崩裂，清泉涌出。泉水清澈甘甜，四季流淌，滋润这片土地，山川复绿。后世人遂将此泉称为虎啸泉。

八时发车，九时过尚志市，十时许抵达哈尔滨。

午间游松花江畔斯大林公园。此园原名江畔公园，1953年建造。公园位于松花江南岸，景观带南北宽约50米，乔木高大成荫，五色草花坛和"天鹅展翅""三少年""跳水""舞剑"等艺术雕塑点缀其间。公园与沿江大道合一，游人络绎不绝，民间乐团在路边演奏器乐，乐音远播，让游客感受到浓郁的艺术氛围。

伫立江边，东眺遥见造型别致的松花江铁路大桥，桥体黑色通直，上面呈现三道白色圆弧；北望隐约可见树木茂盛驰名遐迩的太阳岛；脚下傍岸则是江上俱乐部等水上建构。船体为主的俱乐部，半卧江堤，色调斑斓，彩旗飘逸，一派现代水上风情。泳者三五，背着彩色气囊和救生圈，正扎进浑黄的江水中，一直游向江面深水区。公园景区中心高高矗立着地标性建筑——抗洪纪念塔。此塔为纪念哈尔滨人民战胜两次特大洪水而建。塔碑白色，圆柱形，塔底与塔顶青色浮雕，凸现抗洪英雄群体人物。电影《徐秋影案件》《黑三角》《夜幕下的哈尔滨》等影视剧均曾在斯大林公园一带取景。

下午游太阳岛。太阳岛位于松花江北岸，邻近松北区，与斯大林公园隔水相望。20世纪80年代初，郑绪岚一曲《太阳岛上》风靡全国，名重天下。太阳岛由多个岛屿组成，主岛相当大，置身岛上，浑然不觉得在水中央。公园大门前广场，草坪上一尊巨石，上面镌刻"太阳岛"三个红色大字，赵朴初题写。太阳石背后不远处，是白色略呈椭圆形的"太阳之门"。

过桥，来到岛上，不久抵达太阳湖。湖畔长堤垂柳，湖山掩映，水光潋滟，栈道曲折。白玉桥、姊妹桥、亭桥等各具体态，卧波倒影。太阳山隔水相望，山上怪石嶙峋，清泉飞瀑，游人穿行山洞，可欣赏林林总总的钟乳石和石笋，聆听壮阔的瀑声，并从内向外透视飞花簌雪的瀑布群。水阁云天是太阳岛上大型精致的建筑群。阁前广场铺设方石路，正门前两侧建有长廊和花池。主体建筑分为长廊、连廊和方阁几部分。二层方阁临于水上，锦鲤游弋碧水之中，黑色贴面大理石柱显得端庄华贵。游览岛上仙鹤群、母子鹿等众多景点，情趣多多。东北抗日联军纪念园、中日友好纪念馆、太阳岛艺术馆、冰雪艺术馆等众多设施，文化氛围浓郁。

向晚，参观俄罗斯风情小镇。一路踏步深入，半是花园半是商铺，路边俄式建筑，室内经商的俄罗斯美女，琳琅满目的俄罗斯工艺品，浓缩了俄罗斯风情文化。

之后游览哈尔滨中央大街。中央大街是哈市著名的商业步行街，北起江畔防洪纪念塔广场，南接新阳广场，长约1400米。大街始建于1900年，由俄国工程师设计并监工，故而建筑多具西洋风格。据悉，各种体式、不同色调的欧式建筑有71座，构成哈尔滨独具特色的"建筑博物馆"。步行街林荫匝地，路面铺以花岗岩长方块，长18厘米，宽10厘米，质地坚固。入夜，华灯交辉，霓虹闪烁，民间乐队街头献艺演出，观者如堵。西餐厅人头攒动，不遑寻座，导游赠送马迭尔冰棍，算是品尝哈市的寻常味道。夜幕下的中央大街像一首流光溢彩的东方史诗。

翌日上午，驱车向五大连池，中午抵达。五大连池位于黑龙江省西北部，黑河市西南，是著名的火山之乡、国家5A级景区、世界地质公园。1719年至1721年，火山喷发，熔岩阻塞白河河道，形成五个相连的堰塞湖，分别是莲花湖、燕山湖、白龙湖、鹤鸣湖和如意湖。湖区地表可见14座火山锥，锥顶有内陷的火山口，数百米不等。老黑山和火烧山是约300年前火山喷发的产物。据悉，连池火山活动周期约为300年，故其已逼近新的喷发活动期。人们戏说，来此观光，莫要弄醒火山。

湖区和火山锥相对僻远，游人一般流连于南北饮泉。

北饮泉，大门口有古典式牌楼，额题"世界名泉"。入内，另一座古典式牌楼，额题"益身园"。北行直达"益身亭"，亭柱抱联"且歌且饮且思本，亦游亦娱亦乐天"。进入石龙观景带，沿木板栈桥绕行，可见石兔洞、象鼻岩、石龙天井、雷劈石、一线天等景点。北望，在水一方的黑龙山，黧黑而陡峻。药泉河水，瀑声在耳，引领游客来到药泉湖畔。药泉山静静地伫立在火山的历史轮回中。泉区有饮水区，游人可洗漱并直接饮用天然矿泉水。

原路折返，进入南饮泉景区。南饮泉系涌泉，进口大门额题"南药泉"。一处黑色立石镌刻"神泉遗址"。相传达斡尔族猎人农历五月初五射伤一只梅花鹿，鹿涉过此泉便伤愈而去。人们称此泉为神泉、药泉，每逢农历五月初五，远近各族人民纷纷前来祭祀神灵，饮泉水以祛病消灾。经科学测试，泉水富含阴离子、阳离子、二氧化碳和少量放射性元素，对人体神经系统独具疗效。眼前两个女人正睡在地上，用天蓝色塑料面盆盛放泉水，一仰面搁颈浸泡头发，一俯身向水浴面。每年农历五月初五，一年一度的饮水节便在此举行。

向晚，投宿石龙西镇。翌日上午，登车诣齐齐哈尔。9时许，抵达扎龙国家级自然保护区。这里是湿地公园，位于齐齐哈尔市东南30千米处。湿地公园动植物物种多样，丹顶鹤是重点保护动物，齐齐哈尔遂有"鹤乡"的美誉。丹顶鹤自古被尊为是文禽，优雅而专情。"低头乍恐丹砂落，晒翅常疑白雪消"（白居易《池鹤》），极写丹顶鹤的色彩美和动态美。导游介绍，这里的丹顶鹤，作为候鸟，每年迁徙于齐齐哈尔与江苏盐城之间。

观看放鹤是保护区独特的景观项目。丹顶鹤每天放飞四次，分别为9：30和11：30，14：00和15：30。观鹤平台宽敞平整，木板临水铺就，游客按时就绪，或坐或立于平台。隔水一带山岭，满目葱茏。放鹤时间到了，只见四个年轻汉子，从山脊背后钻出来，随之飞出四只丹顶鹤，在水天掠羽打旋一圈，与观众打过招呼后，敛翅落向一水之隔的山坡。旋即，从山脊后面飞出一大群白鹤，扑腾腾漫天翔舞，之后，有的散落草坡，有的伫立水中。放鹤人则从鱼篓中不断抓鱼，饲喂作精彩表演的群鹤。群鹤被驯化得如此纯良敬业，令人叹服。

返程观赏景区花海，一片姹紫嫣红。下午进入齐齐哈尔市区，重点参观和平广场。广场为纪念中国人民抗日战争暨世界反法西斯战争胜利60周年而建，主体建筑有广场铭碑、抗战纪念墙、胜利纪念碑、江桥抗战纪念雕塑等。齐齐哈尔曾为黑龙江省府所在，和平广场寄寓鹤城人民的历史思绪和美好愿望。

下午驱车返哈尔滨。途经大庆，见路边旷野里一片荒芜，让人不胜感慨。大庆已入选第一批"中国工业遗产保护名录"。这片旷远高寒的东北土地曾经激奋过一代代石油人，呐喊过永垂不朽的民族魂。晚抵达哈市，翌日上午入关，取道北京返回江苏。

2018年9月5日至13日，东北

鄂中游

动车朝发泰州,下午三时许抵达汉口站,旋即转中巴车北向襄阳。

襄阳古称襄樊,国家历史文化名城,居汉水中游,北邻河南省南阳市,南临湖北省荆门市。周宣王封仲山甫于樊地,从此以樊为姓,为樊姓始祖。襄阳已有 2800 多年历史。襄阳历代为经济军事重地,兵家必争,素有"铁打的襄阳"之谓。三国时期今境属魏,乃曹操治下。杜甫诗云:"即从巴峡穿巫峡,便下襄阳向洛阳。"襄阳古文化遗存主要集中在汉水北岸,故城市以襄阳名之。主城三区为襄城区、樊城区、襄州区。

晚出宾馆,就近观赏襄阳夜景。襄阳是湖北第二大城市,曾有数百年作为省府所在,故城市繁华颇为可观。古城墙甚是厚实,块垒分明,一处城垛开口处有文字介绍说,当年解放军就是从这里攻入襄阳城的。城河宽阔,城河与墙体之间是亭台散布的风光带。远近灯光闪烁,倒影荡漾,北行至汉江边,蓦然见到灯火璀璨的汉江大桥。大桥笔直,灯火通明,且呈红黄蓝紫白多色韵律性变幻,隔水的高层建筑群也是霓虹闪烁,与大桥交相辉映。人间天上,一幅瑰丽的汉中夜景图,炫耀着襄阳古城的现代化气息。

翌日上午,游览襄阳古城。城北古城墙门拱上方,外侧朝北额题"临汉门",内侧朝南额题"北门锁钥"。循阶登临城墙,始识是夫人城。朱序,东晋名将,曾领命镇守襄阳。太元三年(378),前秦皇帝苻坚发兵攻晋,17 万大军进犯襄阳。朱序料定襄阳三面环水,一面依山,秦兵不善水战,难渡汉水攻取襄阳。其母韩夫人,尝随夫征战,通晓兵略。她发现城墙西北角一带溃坏,易被敌军攻破,遂召集全家女眷,并动员城内妇女,在西北旧城墙里加修一道牢固的新城。为纪念韩夫人筑城抗敌之功,后人将这段城中城称为"夫人城"。

登临夫人城,见城砖青灰色,大块砌建,顶面宽 10 余米,垛口曲折有致。城北通衢大道，汉江东西向，傍路与城墙平行，汉水滚滚流逝，小北门码头、长虹大桥、汉江大桥，以及隔水的江城建筑群，历历在目。昨晚夜色中观赏灯光大桥，今于青天碧宇下再见汉江大桥，雄姿别具。回眸南天，本色古城近在脚下，碧水蒹葭与现代都市建筑掩映成趣。城墙拐角处，独亭内伫立韩夫人全身塑像。折返至临汉门城楼，面南额题"历代军事重镇襄樊"。

  下城，沿锁钥北门一路向南，踏入一条商业步行大街。沿街商铺排列，两处石头牌坊凸现襄阳地理人文风化。"丽日行天春催桃李，汉河绕郭浪卷书声"，三十三中附近的牌坊联语甚佳。另一处牌坊额题"楚北津戍""方城汉池"，主联"楚山横地出，汉水接天回"，侧联"俱揽形胜雄天下，更赖英豪壮古州"。南行至昭明台，拱门城墙内辟为襄阳市博物馆。

  10时许，抵达古隆中诸葛亮故居。隆中西距襄阳城约10千米。"隆中，山不高而秀雅，水不深而澄清，地不广而平坦，林不大而茂盛；猿鹤相亲，松篁交翠……"（《三国演义》）襄西北枕汉水之处，一山"隆然中起"，故名隆中。这里是诸葛亮及其叔父隐居躬耕之地，诸葛亮7岁至27岁耕读于此，及至刘备三顾，茅庐对策，三分天下，遂开启三国文化源头。

  景区入口处，集散广场的道右竖着一座石头牌坊。正面额题"古隆中"，侧题"淡泊明志，宁静致远"（诸葛亮《诫子书》），楹联采用杜甫诗句"三顾频烦天下计，两朝开济老臣心"；背面额题"三代下一人"，意谓诸葛亮是夏商周之后近千年唯一的圣贤人物，楹联溢美曰"伯仲之间见伊吕，指挥若定失萧曹"。石坊高约6米，长约10米，四柱三跨，牌楼式，青石开榫组装，纹头砰石支撑，雕饰古朴精美，额题和联句楷书红字。此为隆中景区标志性建筑。

  过坊西行，不久见一座单檐庑殿顶式亭阁，额匾题写"田园淡泊"，亭内立石黑石红字，镌刻"躬耕垄亩"，平畴逾十亩，方方整整，被指认为诸葛躬耕处。

  拐弯缘阡陌北行，到达小虹桥。虹，是谓小桥如虹跨溪。此桥为诸葛亮出入隆中必经之道。当年刘备冒风雪二顾茅庐，即于此遇见诸葛亮岳父黄承彦。刘备见来者气宇非凡，误为孔明先生，忙滚鞍下马，前趋问候。清代王钺的《隆中十咏》句云："有人睹物思玄德，曾向小虹桥上行。"跻身过桥，不由得生发怀古之幽情。1994年版电视连续剧《三国演义》，拍摄三顾茅庐时即在小虹桥一带取景。

过桥，至坡下，有体型硕壮的神兽赑屃驮一尊石碑，正面镌刻"草庐"，背面镌刻"龙卧处"，均榜书红字。此碑系明嘉靖十九年（1540）江汇题字，保存完好。

拾级而上，至抱膝亭。亭三层，六角翘檐，底墙外壁白色，正面额题"抱膝亭"，亭前立石，镌刻红字"抱膝处"。《魏略》载，诸葛亮寓居隆中期间，"每晨夜从容，常抱膝长吟"。相传此处原有一块大石，诸葛亮常坐于石上吟唱山东老家小调《梁父吟》。

武侯祠是隆中古十景之一，始建于唐，现祠建于明末清初。拾级而上，祠门洞开，石质泛黄，大门两侧悬柱及牌楼十六根雕花短柱均渲染成红色，右左两侧额题"掀天""揭地"，楹联"统关西蜀尚留遗像，曾枕南阳依旧田园"。祠内立武侯像，详介诸葛亮生平事迹，抱联多名人题句，如郭沫若的"志见出师表，好为梁父吟"，李铎的"垂功刘氏业，遗范汉家风"。

三顾堂是刘备"三顾茅庐"和诸葛亮"隆中对"的纪念堂。现存三顾堂主体为清康熙五十八年（1719）在原址所重建。楹联"两表酬三顾，一对足千秋"，"两表"是指诸葛亮的前后《出师表》，"一对"是指诸葛亮著名的《隆中对》。"两表一对鞠躬尽瘁临三顾，鼎立六出威德咸孚足千秋""画三分烧博望出祁山大名无私，气周瑜辱司马擒孟获古今流传""能攻心则反侧自消从古知兵非好战，不审势即宽严皆误后来治蜀要深思"，三顾遗迹，联句多多，说史论人，耐人品味，发人深思。

三义殿是与三顾堂组合的西配殿，内塑刘关张像，着意纪实并讴歌刘关张桃园结义、生死与共的高尚事迹。

西行下坡，至六角井。此井乃诸葛亮青少年时期耕读隆中居宅院内的生活用井。六角井作为草庐故址的佐证实物，成为古隆中传统的十大人文景观之一。井旁标牌诗曰："流香来一脉，遗泽永千年。良夜涵明月，光澄六角天。"

缘路登高，过草庐亭，至修葺如旧的诸葛草庐。此为电视连续剧《三国演义》的外景拍摄地。步入草庐，诸葛亮居家场景再现，似闻卧龙先生轻声吟咏："大梦谁先觉，平生我自知。草堂春睡足，窗外日迟迟。"内室见诸葛亮夫人黄月英塑像。传说她长相丑陋，黄头发，黑皮肤，然才能堪配诸葛亮。一说，黄月英并非丑陋，其父黄承彦故意说女儿丑陋，旨在测试诸葛亮的心地人品。

下午，车诣水都丹江口。丹江口市为湖北省辖县级市，由十堰市代管，位于湖北西北部、汉江中上游。丹江口市雨水充沛，水资源丰富，长江最大支流汉江过境。丹江口水库为国家南水北调中线工程调水源头。沧浪海是丹江口得天独厚的旅游港。标语牌广告词说，沧浪海是中国中部的海。

车至沧浪小镇，广场牌楼上书"沧浪海旅游港"。步行陶然街，道旁露天水池，锦鲤唼喋一片天光。循路抵达码头，鱼贯登上游船，每人着橘红色安全救生衣。出港犁风，远近山水浮沉荡漾，船后曳一大片雪白的浪花。右边一线遥见丹江口水库大坝。船过一处山坡，石壁上镌刻毛体巨字"丹江口"。

船抵达百喜岛。舍船登岛，岛上孔雀成群，与游人相戏乐。放眼阔水茫茫，隔水一处长形岛礁，上立巨大的标语牌，蓝底白字"湖北人民欢迎您"。原来这里已达湖北边界，不远处与河南隔水相望。

离开百喜岛，向晚抵达丹江口大坝景区。按要求戴好安全帽，先参观坝下发电站。一坝横亘眼前，坝体高峻，水面开阔，水色清碧，江水下泄翻起白色的水花。露天广场上展示大型水轮机转轮实物标品。进入坝体下面的机房，一排大型水力发电机转轮机组正在工作。专家介绍说，有几台还是早年苏联人帮助设计建造的。

离开机房，登车通过安检，绕道登上大坝顶部。大坝很高，暮色中汉江在望，江水茫茫，远山化作一抹青黛。大坝两侧，一边水位高，一边水位低，唯其落差显著才成就丹江口水电站的骄人业绩。江水从大坝经发电机房下泄，一路浩荡，杳然不知所之。

暮霭四合，灯火闪烁。驱车下坝，取道抵达武当山镇，投宿太和南路国宾大酒店。

翌日上午，登临武当山。武当山为中国道教圣地，湖北西北部十堰市丹江口市辖内，东接襄阳，西近十堰，南望神农架，北邻丹江口水库。"武当"之名，最早见于《汉书》。汉高祖五年（公元前202年），置武当县。明代，武当山被尊为皇室家庙，誉称"太岳"，建制格式及金赤色彩，均显皇家气派。

天柱峰是武当山最高峰，峰巅海拔1612米。太岳太和宫建于天柱峰绝顶。明永乐十年（1412），明成祖朱棣敕建太和宫，武当山一举跃为五岳之首。太和宫因山制宜，随山就势，据险而居。古人赞曰"千层楼阁空中起，万叠云山足下环"，有"天上故宫，云外天都"之誉。由武当金街乘缆车至南天门，于"一柱擎天"平台仰望天柱峰，上干青云碧宇，金殿朱墙，气相庄严。

拾级而上，转折再三，终于抵达太和宫。太和宫古谓"紫禁城"，其大门联语云"四大名山皆拱极，五方仙岳共朝宗""紫气映瑞群仙殿，祥光氤气太和宫"。因上方有金殿，故太和宫正殿降格为"朝圣殿"。明代百官朝拜玄武大帝，只能止于朝圣殿，峰顶金殿可望而不可即。太和宫小莲峰有一座殿房，内置元代铸造的一座铜殿，原先置于峰顶，为让位峰顶金殿被转至小莲峰，人称"转运殿"，游人入内，在暗色中转一圈，希冀"时来运转"。

主峰金顶是武当山的地标极点。金顶不大，四方高台，方丈之地，建两层翘角金殿，内祀真武大帝神像，金童玉女侍立左右，上悬康熙御笔"金光妙相"金匾。殿前白玉石栏杆，底座以神农架亿万年前的化石造就，价值无限；正面伫立一对铜铸仙鹤，颈胫修长，仰天对望。金殿整体由铜铸鎏金构件组合，仿木结构，卯榫拼焊，重檐庑顶，浑然一体。檐脊之上立68座铜兽，栩栩如生。金顶佛像重达10吨，不知古人如何请奉上山的。金殿内明火烛光，摇曳600多年，长明不灭，虽大风而无碍，令人费解。金殿耗金360千克，其左侧有一块纯金砖，据说为竣工后所剩。金殿后设父母殿，供奉真武大帝双亲——净乐国国王和善胜皇后，与金殿关合成一个开放式小院。金殿前后，游人如织。一位粉红对襟着装的中年太极女，在金殿后院一隅从容献技，游走演绎，旁若无人。

下天柱峰，前往太子坡。太子坡又名复真观，背依狮子山，面对千丈幽壑，明永乐十年（1412）敕建，清代三度重修。现主要建筑均为清代遗构。"九曲黄河墙""一柱十二梁""一里四道门""十里桂花香"是太子坡的四大特色景观。山门朱红，高大敦实，拱门上书"太子坡"，楷书大字。入内一带红墙，绿色琉璃瓦封顶，墙体夹道，右向如曲波流转，此为九曲黄河墙。二道山门外，红墙上镌"福禄寿"三个大字。

进入二道山门，一处宽阔的院落，豁然开朗。复真观大殿又名祖师殿，是复真观的主体建筑。大殿内供奉真武神像和侍从金童玉女。此为武当山最大的彩绘木雕像，历时600年，灿美光鲜如新。五云楼，高处"一柱十二梁"最为出名，一根主体立柱上面穿凿交叠十二根梁枋，其架构的建筑学科技运用，令人叹为观止。过五云楼，历皇经堂、藏经阁，至太子殿。太子殿初为净乐国太子修炼处，因真武大帝在此读书求道而得名。历代多有求学者慕名到此拜师。例如，宋代张士逊，幼入太子坡求学，后官至宰相。

紫霄宫是明代宫观建筑，坐落在天柱峰东北展旗峰。紫霄宫背依展旗峰，面对照壁、三公、五老、蜡烛诸峰，周围山峦坐拥紫霄宫，明永乐帝敕封为"紫霄福地"。紫霄宫坐西北朝向东南，建筑对称布局，中轴线上辟五级阶地，高阶层层叠叠。紫霄殿为紫霄宫正殿，是武当山最有代表性的木构建筑。大殿为重檐歇山顶式，额题"云外清都"，由三层崇台衬托，金柱斗拱，神龛供奉玉皇大帝。龙虎殿供奉护法神王灵官，左右分列青龙白虎泥塑雕像。父母殿又名"三清阁"，额题"父母天长"，供奉净乐国王明真大帝和善胜皇后琼真上仙，类金顶父母殿。碑亭坐落崇台石台上，赑屃驮御碑，整块青石雕就。相传赑屃是龙的九子之一，善于负重。

南岩宫一名万寿宫，位于南岩之下，"南岩"两个大字镌刻于大石上，笔力遒劲苍秀。万寿宫贴崖排布，成为名副其实的悬空道观。南岩宫最负盛名的是龙头香。龙头香又名"龙首石"，是石殿外绝壁处的一座雕龙石梁。石梁挑出，侧看，凡三层，底层最短，中层稍长，上层最长，上层悬空伸出2.9米，宽约30厘米，上雕盘龙，龙头雕一香炉，号称"天下第一香——龙头香"。近观，龙头香是合并为一体的两条龙，雕镂精细，二龙争相跃出，腾空而起，共同吞吐一炷香火。传说二龙是玄武大帝的御骑。龙首石建造于元朝延祐元年（1314）。古来香客冒险烧香坠崖殒命者不计其数。清康熙十二年（1673），官府行文布告，禁烧此处的龙头香。

下山，半途邂逅太极祖师张三丰塑像，沿街步行至武当山牌坊。牌坊石质，六架五开，额题"武当山"三个大字，此坊当为武当山大门的标志性建筑。

晚返回武当山镇太和南路国宾馆。翌日上午，车诣神农架。神农架林区坐落在湖北省西部，被联合国确认为"世界地质公园"。史载华夏始祖炎帝神农氏在此架木为梯，采尝百草，著就《神农百草经》，并教民以稼穑农事。神农架多见金丝猴。野人传说更使神农架蒙上神秘瑰奇的原始色彩。

车过房县野人谷镇，山道迂回曲折，有"登山十回首"之说。过十道弯客栈，至红坪镇红叶酒家就餐，气温降低许多，必须加衣。楼外山道，路边隔涧林色转黄，秋冬之色既深。午后抵达板壁岩，微雨，山形影幻，或神龟望月，或美女照镜，拍摄影像不佳。2时许过神农谷，立石镌字，繁简两体兼具。3时许抵达神农顶，此处为鄂豫渝三省市交界，若晴好天气，立神农顶可一览鄂豫渝，惜乎烟雨茫茫，数丈之外浑然不见天地。

下神农顶，驱车诣金猴岭。这里是一大片原始森林。沿栈道下行，盘盘曲曲，高高低低，飞瀑挂岩，声势雄壮，金猴溪一路唱吟。古木森森，青萝郁郁，绿苔嫩茸，遍布树身石罅，满眼老绿时光。偕溪水同行，抵达下游小龙潭。彼处有野生动物救助中心，落败的猴王被收养，黑熊（黑瞎子）、金雕、金丝猴，各得其所，安居乐处。

晚入住木鱼镇凯旋大酒店。翌日上午，游览神农架官门山生态科普景区。大门叠石排列，别具一格，左侧入口上方有野人母爱雕塑，体型硕大的一个母性野人，跨空对吻一个小野人，情态感人，场面温馨。景点沿石槽河分布，全程约 8 千米。沿线林木茂盛，可见古老的叠层石，那是神农架独特的地质剖面，还可窥见奇特的地下暗河。自然生态博物馆展出神农架众多野生生物，如大鲵、鲟鱼、梅花鹿、白麂、金丝猴、熊猫、凤蝶等，珍稀罕见。

野人洞是野人文化的科展馆。据悉，1976 年 5 月 14 日凌晨 1 时许，郧阳地区五位干部和一名司机开车路遇红毛野人。所见红毛野人的特征为：毛细软，鲜红色，前肢臂毛约有四寸长，后背一条深枣色毛，脸毛麻色，脚毛发黑；腿长，大腿有饭碗粗，小腿细，前肢短，脚有软掌，屁股肥大；眼睛像人，无夜光，面部上宽下窄，长形，嘴巴突出，耳朵硕大，额头有毛垂下；无尾，身长约四尺。灯光聚焦下的男女野人模拟图片真实可见。展馆出口处，有大型野人裸体塑像，造型生动，姿态优美。

神农架地区多见冷杉林。小当阳的一株铁坚杉逾千岁，号称"杉王"。此树高大挺拔，葱茏劲秀，主干坚似青铜，叩之铮铮有声，诚如杜甫诗云"霜皮溜雨四十围，黛色参天二千尺"。林间名木众多，多有善心的捐资领养者，爱心及木，也是神农架林莽的一道风景。

附近高坡，上有炎帝陵。坡面陡峭，中间为纵条形花圃，下方巨石镌刻"华夏始祖"，两侧石阶，层层叠叠，当有数百级之多。从坡下广场取右道拾级而上，一口气不能登顶，须走走停停。坡顶方场正中雕塑超大型炎帝石像，长有两角，状如牛头，传说炎帝乃牛神所化。盘桓有顷，取左道次第而下，可至广场周边参观始祖文化展览。

登车，告别神农架，缘香溪一路前行。上午 10 时许，抵达昭君故里宝坪村。此地属香溪上游兴山县，原名烟墩坪，又名王家湾。昭君王姓，名嫱，字昭君。汉元帝时被选入宫。竟宁元年（公元前 33 年），南匈奴首领呼韩邪入京朝觐并自请为婿，元帝遂赐宫女王嫱。传说，画师毛延寿挟私忌恨，画像时故意丑化王嫱，致嫱虽有国色而不能面见皇帝，毛延寿因之被杀。

昭君村面临香溪，背靠纱帽山，山清水秀，恍如人间仙境。村口立有一座汉代建筑风格的牌楼，额题"昭君村"三字。入口处须乘室内电梯。登高后前行一段路，右拐见一带仿古城墙，三个拱门，额题"福德昭君"四字。

入城门，踏上平台，迎面一组精致的壁画浮雕。壁画《梦回故里》引人注目。《昭君村》壁雕，笔力遒劲，郭沫若题字。石屏，由两块立石组合，左为山水画，石面蛋青色；右为人物画，主体昭君，石面米红色，很是养眼。两屏之间，竖长方石镌刻清陶澍诗《昭君村》："薄雨匀山黛，村容上晓妆。昭君浣纱处，溪水至今香。波镜秋磨月，岩花晚破霜。紫台应有梦，归佩绕郎当。"另有石屏小品，镌刻诗句："兰草已成行，山中意味长。坚贞还自抱，何事斗群芳？"附近壁上镌字还有"千年古村""娘娘泉——天下名泉"等。

　　登阶向上，又见一方平台，道左，王家酒坊、古村油坊、五谷坊、古音堂、和美堂等仿古建筑群次第排开。几副楹联可以玩味："酿成春夏秋冬酒，醉倒东西南北人。"（王家酒坊）"榨响如雷惊动满天星斗，油光似月照亮万里乾坤。"（古村油坊）"酒香留客住，诗好带风吟。"（客栈过道）"兰言竹趣寄所乐，春风流水畅其怀。"（五谷坊）露天平台上有大型花展，花卉组成的昭君造型栩栩如生。

　　上行，道左见昭君碑，书镌"汉昭君王嫱故里——大清光绪十二年正月吉日立"。平台正面有一处集会礼台，后壁"王昭君纪念馆"，郭沫若题字。

　　进入昭君纪念馆，沿花间甬道前行。花圃中心伫立汉白玉昭君雕像，像高 2.8 米，洁白无瑕，衣袂飘逸，尽显人物丰仪美貌。昭君纪念馆，设计典雅，镂雕古朴，颇有古典艺术品位。紫竹苑，昭君弹琴石塑，清雅流风。长廊碑林，集镌古人咏昭君的相关诗作。昭君宅再现逼真的汉代宅院，从正厅到厨房，雕栏画牖，方角井天。王家老宅门联："山环兼水绕，琴韵和书声。"内联则有"百里香溪九州宾客入画卷，千年绝唱四海游子恋乡音"等。

　　离开昭君故里，驱车继续前行。途经宜昌兴山县落步河，路边停车，下河捡取天然鹅卵石，后拐道参观中国最美水上公路。"最美"二字，并非浪得虚名。青山，绿水，立柱，水上公路曲折盘绕，仿佛一道人工制作的水上彩色飘带。

　　下午 1 时许，乘游轮过香溪向长江。溪口虹桥飞跨，香溪水色清碧如玉，山水画卷次第展开。出溪口入长江，过兵书宝剑峡，进入三峡之西陵峡。昔年江流湍急，水色浑黄，今时高峡出平湖，江水平静澄碧。

夜宿宜昌。翌日上午，游览三峡大坝景区。坛子岭是三峡工程区域的制高点，是饱览水利枢纽工程的最佳观景台。观景台呈坛子状，四周环绕以人和水为主题的浮雕，饱含巴楚文化元素。景区展示大坝基石，取自大坝扎根的河床，可见江底优越的地质条件。伫立观景台，凭栏俯瞰岭上花园，中央水池喷泉劲射，晴雨洗濯大坝基石展品。放目远眺，大坝在望，横亘大江，坝长2309.47米，巍峨壮观。离开坛子岭，诣185平台和距离大坝800米处的风景带，换一个角度，近距离观看大坝，正面感受坝体的伟岸雄浑。

下午2时许，车诣屈原故里。屈原故里位于湖北秭归县乐平里（今屈原村）。入口处辟有游客集散广场，迎面山崖镌刻"屈原故里"醒目大字。向左，一座高高的仿古门楼，拱门洞开，额题"景贤门"。门楼及广场外沿的栅栏设置，楚帜向风，傩舞腾图，具有鲜明的楚文化特色。

进入景区，抱凤凰山取逆时针方向环行，来至临江的屈子祠。祠门立于高坡，面向东南，与三峡大坝正面相对，须拾级而上。门头共分五档，总体白色调，赭红色纵条分隔，翘角飞檐。中间纵书"屈子祠"，左右分列"孤忠""流芳"，门额题写"光争日月"。

入祠，山门内台阶层叠，主建筑有前殿、正殿、享堂、乐舞楼等。主殿额题"中华诗祖"，内置屈原全身立像，古铜色，形容消瘦清癯。殿内介绍屈子生平和著作，壁画精工，色彩炫丽。立体甬道两侧，碑廊交通，配房是古色古香的建筑群体，辟为展厅，系列展出与屈原相关的楚文化。高处一隅花圃，立石小品，郭沫若题句："中国有史以来的第一个伟大的诗人要数屈原。"字迹粉蓝色，颇可鉴赏。伫立高处平台，可俯瞰山门以上内景，眺望不远处隐隐在现的山川景色。

出祠，环行登高，至滨水景观带。一处观景平台，面对三峡大坝，直线距离约600米。平台上架设两台望远镜，可拉近距离管窥大坝。过桥，前行，参观几处古民居建筑，过古归州县衙遗构，逶迤抵达屈原故里牌楼。牌楼红柱，郭沫若题写"屈原故里"。牌楼右后侧立一对碑石，蓝底白字"楚大夫屈原故里""汉昭君王嫱故里"，均为"大清光绪十二年正月吉日立"。

出景区登车，瞥见"秭归博物馆""屈原故里端午习俗馆"，惜匆匆未得参观。传闻秭归一带耕牛不穿鼻绳，说是屈原从楚国归返，临近家门时，侍从挑书简的绳子断了，老农解下牛鼻绳给他，从此这里的牛不再系鼻绳。又闻秭归鸟即子规鸟，系屈原妹妹屈么姑所化。农历五月，子规鸟叫声"我哥回呦——"，似报告人们诗魂归来。

向晚，驱车长途奔驰，夜宿恩施野人关镇。

翌日上午，游览清江大峡谷。清江古称夷水，全长八百里，自西向东横贯恩施土家族苗族自治州，被称为土家人的母亲河。清江精华段，从景阳码头至蝴蝶岩，被称为野三峡。由景阳码头登游船，穿越飞虹卧波的景阳大桥，一路东向，两岸奇峰峭立，绝壁林泉，碧水青山，处处画屏，恍若漓江风景。九叠瀑，遥望呈一线天之势，近观一瀑九叠，瀑声喧处，飞琼泻雪，珠帘高挂。"中国最清江，土家最美河"，是游客对恩施清江的交口称誉。船上邂逅台湾高雄的高如松老师，彼戴一顶巴拿马帽，同胞之情油然而生，彼此一见如故，倍感亲切，遂于船上合影留念。

至蝴蝶岩景区，水上远观岩体，左右成轴对称，状如蝶翅开张。舍船登岸，进入景区大门，缘山溯流而上。山麓有双龙漂，系山上龙泉水汇聚而成。盘曲登高，渐入蝴蝶岩下，岩洞呈天穿式样，覆盖头顶，令人怦然魄动。仰拍洞天，杳然深远，呈倒U形，蓝天白云剪裁其中。洞深处挂龙泉瀑，碧水泱泱，雪泉吐白，水车缓缓转动，壁上镌刻"龙泉""龙洞"字样。蝴蝶岩洞穴系喀斯特地貌，洞之高大深邃，覆压的逼人气势非亲历者难以感同身受。此洞被誉为"天下第一洞"。

下午游黄鹤桥峰林景区。峰林，喻群峰峭立如林。黄鹤桥峰林景区位于恩施建始县。主峰黄鹤峰，峭壁如削，乘缆车至峰下，犹须奋勇攀登。黄鹤峰之巅，辟有几方丈的平台，南沿及西南拐角建有短廊。伫立峰巅，可以雄观足下诸峰，一览恩施大峡谷，清江支流野三河化为蜿蜒一线。过"独步天下"石刻，下黄鹤谷，起伏登高，穿越"一线天"崖缝，历险绝壁栈道，读《黄鹤桥赋》摩崖石刻，抵达黄鹤桥。黄鹤桥是一座风格独特的廊桥。相传古代黄鹤飞越玉玺山深谷，巴人原始部落首领廪君得到启示，遂设法在此架桥，后人称为黄鹤桥。

　　向晚，抵达土家女儿城。女儿城位于恩施市区七里坪，被誉为"相亲之都""恋爱之城"。女儿街地处古城核心，是恩施市区最为繁华的商业街区。从女儿城东北角进入，到达著名的吊脚楼广场。东西街道中心，面南是一处吊脚楼舞台，台面和台阶覆盖大红地毯，舞台介于两座独具特色的吊脚楼之间，吊脚楼广场因之得名。女儿城总体布局为南北朝向，吊脚楼正对主大街，呈丁字形结构。

　　在吊脚楼西街土家寨就餐。土家族时兴摔碗酒。据悉，摔碗酒是古代土家征战的壮行酒。又闻，古代土家两个族长或兄弟之间曾有恩怨，从民族大计出发，两者一起饮酒摔碗，以泯恩仇，尽释前嫌，摔碗酒之风由此行世。当下向酒家购买两扎小碗，碗高4厘米，口径11厘米，涂以酱色彩釉，每只碗1元钱。同桌者喝酒摔碗，佯狂不可自持，不亦乐乎。

　　出土家寨，已是华灯初上时分。漫步女儿街，步入巴人堂民俗风情园，这里是恩施摔碗酒文化集中体现之处。大厅里座无虚席，就餐者一边观赏台上的民俗风情表演，一边开怀畅饮。四位盛装的土家族姑娘，银饰璀璨，笑意盈盈，逐桌巡行劝酒，边唱土家歌谣，边举杯嫣然邀饮，男子若不应邀，岂不有失颜面？一地碎碗，连连听到"啪啪"的摔碗声，摔响的是脆脆的酒香恩施。

　　出风情园，结伴漫游大街。灯光如水，霓虹结彩，巴人客栈、女儿楼客栈，虹彩妍丽一方夜空。土家名人堂、土家民俗博物馆，虽然夜晚不开放，但已向游人传达土家族丰富的人文资讯。"南曲巴曲土家曲曲尽妙理，灯戏傩戏地方戏戏如人生""土家掉碗酒好，巴山儿女情醉"等联语，颇可玩味。街头舞狮子、婚嫁迎娶，乐声满街流淌，观者如堵。女儿会是恩施最负盛名的土家族民俗相亲活动。每年农历七月初七至十二是传统的女儿会吉日，女儿街、女儿城见证了土家族的"东方情人节"。

翌日上午，参观恩施地质公园博物馆。恩施地质矿产丰富，最为著名的是含硒元素的矿物质。恩施把地质公园博物馆搬上了硒博会。

其后，游览云龙河地缝景观。云龙地缝，国家5A级景区，被誉为"地球最美丽的伤痕""喀斯特地形地貌天然博物馆"。地缝平均深70多米，平均宽不足10米，全长7.5千米，曲折蜿蜒，不见首尾。最奇特的是绝壁如削，地缝宛如鬼斧神工砍削的深槽，又像一条游走腾挪的绿色巨龙，隐身而行。游人沿栈道鱼贯前进，时有水滴溅于身进于伞，伫立绝壁栏杆边俯瞰，或深不可测，或可幽然见底，石质或呈紫金色，几处飞瀑夺空而下，轰然跌宕，在林隙日光中幻变美丽的彩虹，缝底流淌幽秘暗河，水色清碧，如琼可心。

下午，车诣七星寨景区。从廊桥起行，一路穿行于崇山峻岭之间。石芽迷宫又名土司城堡，一片天然石头芽群，石芽均高约2米，组合如土司城堡，故名。悬棺高升，悬挂一片远古诡秘，可望而不可即。一线天和绝壁长廊（栈道）让游客感到山路迢迢。越过中楼门，至一炷香景观。一炷香是喀斯特蚀余石柱，海拔1647米，是恩施大峡谷的镇谷之宝。柱高约150米，底部直径6米，柱体最小直径只有4米，一柱擎天，岌岌乎殆哉，堪称世界级地质奇观遗迹。母子石一名母子情深，象形山石，与石芽迷宫、一炷香同为三叠纪（2.5亿至2.3亿年前）灰岩风化雨蚀而成。

离开七星寨，车返硒都神韵大酒店。翌日上午，参观中国硒港，听养生保健讲座。10时抵达土司城。

土司城又称墨卫楼，坐落于恩施市西北。土司制度是封建社会少数民族地区实行权力自治的政治管理体制。土家人是远古巴人后裔，战败退居湘鄂川黔毗连的武陵地区。土家族地区的土司制度起于元代止于清雍正年间，历经元明清三朝。

恩施土司城依山而建。门楼五层，翘角飞檐，雕梁画栋，大红灯笼高挂，正面额题"恩施土司城"，费孝通题写，背面额题"墨卫楼"。居中正门，石柱楹联为"天下无双景，华中第一城"。入门小溪傍路，溪上跨风雨桥，圆拱倒影。隔水建怡情水榭和紫芝亭，亭挂楹联"山山堪作画兀坐琴三弄，岸岸可垂纶闲吟酒一巡"。道左廪君祠，立碑镌《祭廪君文》，祠内德济殿联语为"德及山川此日庙堂追远，情连桑梓何时环佩归来"。廪君，巴人先祖，土家族五姓部落首领。传说廪君死后魂魄化为白虎，故巴人崇拜白虎，以白虎为部族图腾。

土司城的主建筑为土司王宫——九进堂。九进堂的建筑规模宏伟，雕饰精美。殿宇因高就势，层层排布，步步高升。井天，鹤池，盘龙柱，王者气相，肃穆庄严。司政殿堂与闺阁住所前后隔断，内外有别。崇银堂展示土家族精湛的银饰工艺品。壁画介绍土家族姑娘哭嫁的民俗风情。据悉，土家族女儿出嫁，一定要会哭，哭得动听感人，不会哭的姑娘不准出嫁。哭嫁有专门的"哭嫁歌"，内容有哭祖先、哭爹妈、哭兄嫂、哭姐妹、哭媒人、哭自己等。九进堂右侧，有山道通向城墙，越过园圃，可登上城墙观光。

下午，车返宜昌，顺道参观猇亭古战场。猇，虎吼之声。亭，古代行政区域，十里为一亭。猇亭始名于汉，历来为兵家必争之地。著名战役有白起烧夷陵、公孙述架浮桥、三国猇亭之战、唐军夜袭萧铣、吴三桂兵败夷陵等。其中三国猇亭之战是永垂史册的战事，刘备兵败于此，定局三国版图。

猇亭古战场风景区，仿古城门建筑，楹联为"五千年历史今人后人皆可鉴，八万里风光仁者智者各有收"。入园，广场，立柱，盘龙图腾，傅彤救主跃马持刀塑像。南行，崖下标示"怨恨的剑柄"，言清康熙年间，吴三桂兵败于此，抛断剑柄。"九战地"廊亭见证发生在这里的九大战事，其中三国战事最有影响力。蛙泉又名神蛙古井或玄德古井。相传蜀汉章武二年（222），吴蜀鏖兵猇亭，陆逊火烧连营，刘备火中突围，有神蛙吐水救火。兵家茶楼，楹联曰"九曲虎牙采雀舌，一溪蛙泉沏毛尖"。

古战场栈道全长1000余米，蜿蜒于江边悬崖峭壁，抱拥虎牙山。栈道始凿于三国，再修于清康熙年间，三修于清同治年间。栈道入口处拱门楹联为："栈道平江悬日月，清波如练漾春秋。"一路过观景台、望夫崖、前后《出师表》吟咏，栈道旁立诗碑，镌刻古人相关诗篇。"渡远荆门外，来从楚国游。

山随平野尽，江入大荒流。"（李白《渡荆门送别》）"醉里人归青草渡，梦中船下虎牙滩。"（欧阳修句）继续南行，过半门坊、烽火台、神鹰洞、遗恨洞、屯兵洞、张飞擂鼓台等景点。传说唐代诗人胡皓过虎牙滩，即兴吟诗："巴东三峡尽，旷望九江开。楚塞云中出，荆门水上来。"一渔人闻之未全，只记得其中两句，后见工匠筑坊，转述其中二句，因名半门坊。望仙牌坊楹联即"楚塞云中出，荆门水上来"。伫立栈道，眺望江天及对岸的荆门山，感叹人世沧桑，犹见兵家遗迹留痕。

转折，北行至楚塞楼，此为景区最高建筑，亦为猇亭的地标性建筑，楼阁五层，翘檐飞角，上干云天。继续北行，过三友园、天后宫、关公庙等，匆匆返回北大门，暮色渐起。

翌日上午，参观宜昌博物馆和规划馆。博物馆浓缩宜昌历史，规划馆展望宜昌未来。博物馆和规划馆是一个城市的典藏名片。宜昌对两馆建设甚为重视，投资巨大，设计高档，让人耳目一新。

午后，至滨江大道新外滩公园游玩。通衢，大道，丛林，高塔，江滩，块垒。下至水湄，屈蹲石上，探手触摸一脉长江，将垂纶钓者和宜昌大桥一并收入镜头。

2018年10月22日至31日，湖北

画里浙西

驱车由黄山地域进入浙西境界，站牌上赫然大字："画里浙江欢迎你。"时值春天，青山碧水，菜花堆金，红芳写意，山村人家，白墙黑瓦，俨然住在美艳的图画里。

廿八都

廿八都为镇名，位于浙江西南部边陲，在浙赣闽三省交界处，自古有"鸡鸣三省"之说。

附近有仙霞关和枫岭关，古为军事要冲，兼为商旅通道。"东南锁钥，八闽咽喉"，概言廿八都的战略险要。由钱塘江溯流而上的商船，载来江浙布匹和日用百货，经此转运至赣闽。赣闽的土特产也经此转运至沪杭一带。日行肩夫，夜宿商贾，这里遂成为三省边境繁华的商埠。

镇东珠坡桥，路边立石，竖镌"廿八都"红色大字。廊桥高跨于南北向枫溪之上，人字形廊顶结构，开面分立四柱，横梁悬挂大红灯笼。桥两头抱联分别为"桥廊风爽堪留客，坡底星光可醒龙""四面云开山色秀，八方影动浪花明"。

过桥，路边临河是一处农耕博物馆，馆内陈列着当地传统农耕器具和农家生活用品。建馆因地制宜，台阶起落，溪水入室，潺湲有声，幽暗中见石板苔痕，积淀经久老绿的岁月。贴近临河东窗，珠坡桥侧面尽收眼底。透过南窗栅栏，可见一角村舍，垄上油菜花一片金黄。

过北堡门，转入古镇老街。老街大体东西走向，宽约5米，很长一段有渐次下坡跌落之势。街道一旁涧水流淌，人家檐下清波汤汤，洗漱方便，且平添灵动之感。各家石板跨涧，一步可过行人，水湄巧用边角，多设置花台，摆放盆栽作物，怡红快绿。一溜儿店面多挂大红灯笼和统一制作的商号旗幡，旗子竖条，白色蓝花垂缨，形成鲜明的商业老街风景。

鹅卵石铺就老街，两旁有许多保存完好的明清古建筑。随处可见高挑的马头墙，黑白色调。深宅大院，门楼飞檐翘角，彩绘浮雕，装饰精致。印象深刻的有隆兴钱庄。门楼额镌"紫气东来"四字，楹联为"东西南北八方客流万里，春夏秋冬四季财汇咸通"。德春堂是一家著名的药店。门楼古朴大方，店名匾额高悬，檐角翼然翘起，左右各悬挂一盏旧式吊灯。浙闽枫岭营总府，大堂高悬"精忠报国"匾额。关帝庙、观音殿、文昌宫、文昌广场，荟萃地方文化。自古以来，廿八都虽是驿达偏远之地，但住家于商贸氛围中依然重视读书进士、诗礼传家。街西首一座石坊，额题"束衿霞仙"，联语曰"奇文异事载在六合八荒外，山经泽谱镌于烟霞云岫间"。

小巷深处为姜姓旧宅，曾设为戴笠属下女特工训练班。二战期间中国远征军在此训练一批女学员，其中七名译电员临危跳崖殉国，被称为"七姐妹花"。胡蝶是戴笠的红颜知己。一副抱联悼念其人其事："杜鹃花里杜鹃啼有声有色，蝴蝶梦中蝴蝶舞无影无踪。"

廿八都是一座移民城镇，独具一方移民的小社会。全镇共有100多个姓氏，可谓"百姓镇"。语言有10多种，堪称"方言王国"。建筑有徽式、浙式、赣式、闽式乃至西式，交相辉映，实属罕见。清初至民国，廿八都曾经繁华了数百年。抗战期间，许多单位避乱迁入坐落深山的廿八都。驴友街头私拍一张我的照片，放大了看，身后墙上一个不起眼的牌子，竟然写有"东南日报社旧址"的字样。现当代时局平定，交通发生革命性变化，公路、铁路、航空发达，廿八都渐次失去区位交通优势。现代廿八都已成为时代的"文化飞地"，历史"遗落在大山里的梦"。

仙霞关

仙霞关位于浙江省江山市南仙霞岭。此关地处浙赣闽三省交界处，与剑门关、函谷关、雁门关并称中国四大古关口。

仙霞关的历史可追溯到汉唐。唐代，黄巢起义军转略至此，开道七百余里，当是仙霞古驿道的始拓者。南宋，保宁军节度使史浩赴福州时，"募夫以石铺之"，又"据巅为关"，历时四年，规模初具，成为传世的仙霞关驿。其后，明清农民起义，包括太平天国名将石达开，都曾在这一带活动过。

仙霞古道蜿蜒曲折，蛇行于崇山峻岭之中。路宽约二米，高高低低，曲曲折折，坑坑洼洼。大部分路段均用麻石铺就，坚实耐久。麻石和杂乱的小石块被行人踩踏得光溜溜的。这是岁月遗存的作品，也是历史人工的见证。南国关山，寒暑易节，仙霞驿道，走过风尘仆仆的宋元明清，也走过有声有色的近现代和当代，石板上洒过肩夫脚夫的汗水，路边丛莽犹记历史苍老移动的影子。

古道穿越仙霞岭，南北绵延一百多里，是联结浙闽的交通纽带。历史上的仙霞古道被誉为军事要道、商旅之驿、人文之路。

古道首先是军事要道。古代由中原征伐福建，这里是必经之地，故历来为兵家必争之地。黄巢进兵于此，是一种历史的必然选择。明末，将领郑芝龙撤除仙霞守军，遂致清军越关南进，直抵福州。抗战期间，中国军队据关设伏，狙击敌寇，激战三昼夜，杀敌逾千，迫使日寇放弃取道过关的作战预案。岭下一座小石桥，名为"落马桥"。1942年秋，日军纵队长指挥部队企图从此处入侵福建，被击中落马，滚下石桥。

太平时期，古道是商旅之途。仙霞驿路，北起浙江江山，南至福建浦城，岭分南北，一道贯穿。江浙丝绸等物产，舟载陆运，肩夫人力转送，出仙霞关至岭南闽粤。南州闽粤的物资特产，也由仙霞岭通关取道，转运至内地。赤日炎炎，抑或寒风凛冽，深山古道，峻岭关隘，这里曾过往多少苦力行者。

古道还是一条人文之路。迢迢古道、巍巍雄关，曾吸引多少骚人墨客来此观光览胜。陆游、朱熹、刘基、徐渭、徐霞客等均曾留下行旅踪迹。现代文学家郁达夫、摄影家郎静山亦慕名来游。岭上天雨庵中，清代诗人查慎行题诗《度仙霞关题天雨庵壁》，诗曰："虎啸猿啼万壑哀，北风吹雨过山来。

人从井底盘旋上，天向关门豁达开。地险昔曾当剧贼，时平谁敢说雄才？煎茶好领闲僧意，知是芒鞋到几回！"

仙霞关扼守古道，越岭历四重关门。一关规模最大，石城雄伟，历千百年风雨，岿然不动。关隘依山跨峡而建，毛石和条石砌筑，石块方整，厚实坚固，石体赭色中透着苔绿。关前立巨石，上书"仙霞关"三个大字。城体与对峙的山体连接。关门设计新颖，拱形半圆门顶，正上方设井栏通天，可从上向下截杀，实施攻击。冷兵器时代，来犯者陷入前后重门之间，通透井栏之下，真的如同瓮中之鳖。拱门上方，叠石垒块七层，墙头排列石头掩体，掩体中留有小方孔，可司射击。穿越关门，从背面拾级登城，流连既久，向下仿佛望见天外锦绣吴越，向上可以想象椰风荔月岭南。

一关附近，松风亭依驿道而建，游人小憩于此，可感受清凉，聆听松风天籁之声。行色匆匆，未及登高赶赴其他关城，盘桓有顷，沿原路返回。

仙霞关驿站曾经是浙闽锁钥节点。现当代，浙江江山与福建浦城之间，逢山开道，遇水架桥，已有省际公路相通。仙霞古道和仙霞关已失去关隘作用，只留给游人一页烟绿的南州历史。

清漾毛氏故居

清漾是浙江省江山市石门镇一个村名。村口山上清泉高悬，称为"剑瀑"，附近有一座天然石门，高20米，镇因名之。初听清漾之名，未免几分疑惑，如此诗意名称，绝对阳春白雪，咋会用于浙西南一个村庄呢？原来，毛氏祖居地八世先祖字公远，号清漾，地因人名。

中华毛姓，始于周朝，为周文王之后。文王第十子毛伯，本随父姓姬，后以封地为姓，遂易为毛氏。毛氏原居长江以北，称为"北毛"。北毛繁衍五十二世后，为避战乱，徙居江南，被称为"南毛"。"南毛"始祖毛宝，东晋州陵侯，其孙毛璩因战功受封为"归乡公"，后代在今衢州一带繁衍生息，称为"三衢毛氏"。毛宝八世孙毛元琼，由衢州迁居清漾。清漾毛氏被认为是江南毛氏之祖，迄今已有1400多年。

走进清漾村，遥见牌楼上写着"江南毛氏发祥地 毛泽东祖居地"。祖祠门拱上方，镌刻"百世旌闾"四个大字。进院，场地轩敞，门楼双层，飞檐翘角，横匾书写"毛氏祖祠"，抱联"门对通衢愿多士率由大道，堂开沃野望后人勤服先畴"。

祠内主建筑是合敬堂，牌楼结构，横匾"西河望族"。大堂居中，挂《白龟渡江图》，画中戎装伟者站立龟背，再现世祖过江得龟相助的场景。合敬堂综合展示毛氏宗族骄人族史。堂内一侧墙上，布展清漾毛氏衍脉图。图起始于一世祖毛宝，长子一脉以传，连绵不断。引人瞩目的是，五十六世，上列泽东，释之为咏芝，行三，中国共产党创始人；下列蒋介石原配夫人、蒋经国生母福梅。后檐廊间，置1:1仿制的毛公鼎，当为镇祠之宝。

后院主建筑为追远堂。堂内供奉清漾毛氏列祖列宗牌位，居中对应，由上至下，序列分明。经考证，清漾人毛让于公元962年迁居江西吉水龙城，成为江西吉水毛氏始祖。元朝末年，吉水人毛太华赴云南从军，明初因军功由滇至湘定居，成为韶山毛氏始祖。韶山毛氏家谱记载，"毛氏祖居三衢"，三衢，即清漾所在地浙江衢州。可见，韶山毛氏与清漾毛氏确有渊源传承的宗亲关系。2009年毛泽东嫡孙毛新宇曾率家人至清漾呈谱认祖归宗。

清漾是一个历史文化村，自古有"进士村""状元村"美誉。清漾毛氏后裔，人才辈出，先后出过8个尚书，80多个进士。知名人物有宋代尚书、音韵学家毛晃毛居正父子，著名词人毛滂，南宋状元毛自知，明代尚书毛恺等。宋代毛和叔家族，有"四代十登科，六子七进士"之誉。近代台湾国学大师毛子水，民国人物毛人凤、毛森等，也都是清漾毛氏后裔。清漾村"清漾祖宅"牌匾，乃胡适亲笔题写。

江郎山

江郎山位于浙江省衢州市辖内的江山市。江郎是说江姓三兄弟登此山，化作山顶三爿石，因得名。

江郎山景区是国家 5A 级景区，被列入《世界自然遗产名录》。主要景点三爿石，即三块冲天崛起的巨石。巨石拔地冲天，绝对高度 360 余米，加之立石下的山体，海拔 800 多米。三爿石是地标性地质遗存，远眺便可一睹风采。

　　从景点门口进山，须乘坐 10 多分钟的中巴车。山盘，路绕，号称"十八盘"，亦称"十八曲"。抵达山腰停车坪，下车徒步登山。路边拐角处，一汪清池，游动锦鲤，池边立石，石上镌刻"虎跑泉"三字。不久，抵达开明禅寺。寺门外奶黄色粉壁，观音殿建于一侧平台。

　　寺后右侧，有山路取登。路边指示牌介绍："此处为三爿石底座下的山坡，海拔高度 450～500 米，坡上残留了数米厚的棕黄色黏土层，黏土层之下砾岩半风化反球状风化。这种覆盖在新鲜岩石表面的风化层称为风化壳。这个风化壳很大程度上表明了一个上新世的夷平面，而三爿石则是这个夷平面上残留的孤峰。江郎山这种夷平面与孤峰的组合是老年期丹霞地貌的典型代表。"地质用语，或难为一般人理解，然有心人会悟出江郎山的前世今生。

　　渐次登高，抵达会仙岩。如盖覆置的巨大岩石，悬沿平削，岩下中空，空间高度约可容纳一人。岩上镌刻繁体"会仙岩"三字。成年男子立于岩下，可即兴高高擎臂，作托举巨岩之态，逞匹夫之勇。

　　缘会仙岩西行，大体呈逆时针方向，兜一个大圈子，逶迤到达著名的"一线天"。江郎山三峰并峙，形如笔立，状似天柱，三峰自北向南，呈"川"字形排列。三爿石分别名为郎峰、亚峰、灵峰。郎峰形体最大，状如酒瓮；亚峰居中，形体次之，下部略粗，泰然稳坐；灵峰在另一侧，上粗下细，造型独特，如天外仙剑倒插。一线天处于亚峰与灵峰之间，深仄陡峭峡谷，长约 300 米，两壁平行稍斜，间距仅 3 米许，浑如刀削，堪称鬼斧神工。一线天亦称小弄。游人汗流浃背，置身小弄，阴凉幽绿，涤暑洗心，惬意流连，不忍离去。手机摄像，从一线天一头，扫描到另一头，天光如剪，窈然秀出其中。天下多有一线天，江郎山一线天则更见体量，更见气概，专家勘定此山一线天为"中国一线天之最"。

　　小弄山路，层层叠叠，渐次抬升。出一线天，至登天坪。驻足，就近看郎峰，磴道缦回，抱峰而上。郎峰平均坡度88度，原本无人可上，现今抱崖凿壁，积3500余级台阶，循阶攀缘1千米许，可以登临绝顶问天亭，以观天下。白居易诗云："安得此身生羽翼，与君往来醉烟霞？"诗人乐天梦笔，于今梦想成真。惜乎郎峰盘道正在检修，好游者纵然体力再好，也不能遂愿天游，徒然抱憾而下。

下山选择亚峰与郎峰之间的山路，当地人俗称大弄。大弄，顾名思义，山路较小弄为宽。大弄行经坎坷岭，共有365级台阶，与公历一年的天数巧合，而坡势陡峭，险而不危，让人下阶历险，感受一年的生计历练，从中得到人生启迪。踏级而下，一路可瞻仰巍然郎峰。郎峰峭壁上，明代理学家湛若水摩崖题刻"壁立万仞"四字。坎坷岭以下，百步峡在望，郎亚两峰几近收拢，对面山上危崖壁立，绝处草木丛生，蓊蓊郁郁，尽收眼底。附近有翼装飞行降落点，系美国翼装侠杰布·克里斯飞越一线天降落之处。山道转折，不久至烟霞亭。亭子飞檐翘角，抱联曰："一亭占崔巍胜地，三石撑浩瀚长天。"三石句极写江郎峰胜形妙姿。

从烟霞亭取道下山，陡坡疾下，不久返回会仙岩。在此可以远眺对面山头，山巅稍下处，长方形的岩石切面上镌刻"江山如此多娇"毛体手书，据悉为全国最大的摩崖题刻。回到山麓停车场，乘坐小中巴车返回景区大门口。

回望江郎山，妙高在三爿石，集奇险陡峻于一山，林木青葱，烟霞缥缈。历代文人诗客寄诸翰墨，多有美赋佳篇。江郎山被白居易誉为"雄奇冠天下，秀丽甲东南"。陆游诗曰："奇峰迎马骇衰翁，蜀岭吴山一洗空。拔地青苍五千仞，劳渠蟠屈小诗中。"杨万里诗曰："走遍名山脚不停，见渠令我眼偏明。郎峰好处端何似，笋剥三竿紫水精。"辛弃疾诗曰："三峰一一青如削，卓立千仞不可干。正直相扶无依傍，撑持天地与人看。"柴随亨诗曰："世事无情几变迁，郎峰万古只依然。移来渤海三山石，界断银河一字天。云卷前川龙挂雨，风生明洞虎跑泉。群仙缥缈来笙鹤，石顶天香坠玉莲。"明人徐霞客三游江郎山，评曰："遍访名山，独尊江郎奇幻。"清人尤侗诗曰："石者白为云，云者青为石。云石不可知，一片空蒙色。三峰豁复开，面面芙蓉出。

天半卓奇文，千古江郎笔。"

　　向晚下山，须女湖等胜景未及涉足过目，唯余清漪黛影，漾动在日久的冥思遐想之中。

2019年3月18日至21日，浙江

俄罗斯两京游记

初游莫斯科

国际航班下半夜从南京起飞,载 300 余人,历 9 个多小时,飞抵莫斯科。接机导游夏娃,昵称夏夏,俄罗斯人民友谊大学学生。午餐过后,即往红场游览。

红场地处莫斯科市中心,汇聚了美轮美奂的建筑群。作为举世闻名的首都广场,其地位相当于北京的天安门广场。不过,红场的面积大约只有天安门广场的五分之一。红场内标志性建筑林立,古姆百货大楼、国立历史博物馆、克里姆林宫、圣瓦西里大教堂,环布周边。红场,俄译为"托尔格","集市"之意,原为莫斯科商贸之地,1662 年改为"红场"。目之所及,几乎都是红色调的精致建筑,加之这里一度是无产阶级世界革命圣地,红场便有了政治象征意义。

国立历史博物馆位于红场北面,体量宏大,典藏甚丰,惜乎行色匆匆,只能外观其精致的红色建构。馆前站立朱可夫元帅(1896—1974)雕像,他是世界著名军事家,曾任苏联国防部部长。朱可夫在二战中屡建战功。

克里姆林宫坐落在红场西侧,红色宫墙上方,凸现高大的红色塔尖。沿墙甬道旁边,翠柏间排列斯大林等人的石头雕像。列宁陵墓居中,用红色花岗岩和黑色大理石建成。列宁遗体安放于水晶棺中,身上覆盖苏联国旗,脸和手被灯光照着,清晰而安详。据悉,列宁身高 1.62 米,遗体实质部分仅余下十分之一(头部)。游人沿多级台阶进入幽暗的地下室,脱帽,肃静,绕灵大半周退出,历时不超过一分钟。列宁墓上层的检阅台及其两侧的观礼台,见证了载入史册的 1941 年红场大阅兵。

红场南端是圣瓦西里大教堂。瓦西里是伊凡大帝信赖的一位修道士的名字。他曾修炼并最终仙逝于此。教堂为纪念伊凡四世战胜喀山汗国而建，为东正教堂，显示了16世纪沙俄建筑艺术风格。整个教堂由九座塔楼组合为一体，外围八个塔楼朝向中央主塔楼，外观可见九个大小不等的金色洋葱头状的教堂顶，引人注目。据说教堂竣工后，为防止出现相同式样的教堂，伊凡大帝下令刺瞎了所有建筑师的双眼，遂背负"恐怖沙皇"的恶名。据导游介绍，红场及相关街衢系用长约40厘米的石头"钉砖"铺成，故阅兵时可以承受大型重武器碾压。

红场东侧为大体东西向的阿尔巴特商业文化步行大街。这是一条具有500多年历史的老街，建筑立面奢华精致、现代时尚而不失古典风格。托尔斯泰等曾落户于此，普希金故居坐落在阿尔巴特街53号。民间画家和音乐家是街头活动的文化风景。街道用砖石铺就，坦荡如砥，花台座椅随处可见，是游人休憩的好去处，街心珠帘灯饰垂空，夜晚流光溢彩，别样璀璨。

离开红场，驱车去了新圣女名人墓园。墓园位于莫斯科城西南部，邻近莫斯科河。斯园始建于16世纪，起初为社会上层人士安葬之地。据悉，彼得大帝的姐姐索菲娅公主曾被囚禁并葬身于此。因此，这里有"俄罗斯的公主坟"之谓，有点类似于中国的八宝山。19世纪至当代，俄罗斯多位社会名流归宿其间，7.5公顷的墓园埋葬着2.6万名俄罗斯各个时期的名人，这里成为欧洲三大公墓之一。用雕刻语言向世人介绍人物生平业绩，是这所陵园的文化特色。

作家、艺术家是这里的重要群体，如果戈理、契诃夫、马雅可夫斯基、奥斯特洛夫斯基、法捷耶夫等。人文学者伫立文化伟人墓前，油然想起墓主人传世的不朽作品。果戈理遗骨中没有头，其头颅被崇拜者偷取珍藏，被迫交出后再度丢失。乌兰诺娃是著名芭蕾舞蹈家，20世纪中叶曾访问中国，本人至今收藏着她访华演出的彩色剧照。其墓碑是一块洁白的大理石，雕刻着她生前主演的芭蕾舞《天鹅湖》艺术场景。戏剧理论家斯坦尼斯拉夫斯基，画家列维坦，他们曾用声音和色彩分别诠释不同的艺术世界。

老一辈的中国游客大多熟谙卓娅和舒拉的故事。卓娅是20世纪40年代苏联卫国战争时期的女游击队员,被追授为苏联英雄。18岁的她落入德国法西斯魔手,敌人强暴并绞杀了她,还残忍地割去她的一乳。苏军通报杀死卓娅的德军步兵团番号,命令对此兵团的德军官兵一律处死,不接受他们投降。卓娅的青铜塑像裸胸耸立,诉说着二战血腥的历史。卓娅的弟弟舒拉是坦克部队指挥员,战死在东普鲁士。舒拉和母亲的墓碑与卓娅的墓碑隔路相对,朝夕相望。

政治要人是墓园的另一群体。赫鲁晓夫、勃列日涅夫、米高扬、安德烈·葛罗米柯、叶利钦等苏俄不同时期的国家领导人均安葬于此。赫鲁晓夫与现代派雕塑家涅伊兹韦斯内严重对立,但弥留时嘱咐家人,希望由涅伊兹韦斯内为其设计墓碑。其墓碑由黑白对半的大理石构成,寓意他备受争议的一生。叶利钦的墓碑由白蓝红三色大理石组成,贴地飘然作俄罗斯国旗状。王明(原名陈绍禹,安徽六安人)墓面南,其夫人孟庆树和女儿的墓则面北,隔路相对,与卓娅、舒拉及其母亲的墓碑布局殆同。

晚投宿莫斯科王子大酒店。翌日,驱车去了谢尔盖耶夫镇。

谢尔盖耶夫镇简称谢镇,被誉为莫斯科的金环三镇(另二镇为苏兹达尔、弗拉基米尔)之一,位于莫斯科东北约70千米外,车程历一个半小时。

谢镇最值得看的是圣三一大修道院,由著名的宗教活动家谢尔吉·拉多涅什斯基于14世纪中叶创建。其人在世时悉心宣扬东正教,同时联合俄罗斯各大公抵御蒙古军队入侵。据说因为他的祈祷,俄军第一次战胜了蒙古军队,故而他被视为东正教圣者、俄罗斯的守护之神。修道院中央是圣母安息的大教堂,金色大圆顶,4个洋葱头形状的蓝色圆顶拱卫,在阳光下熠熠生辉。此教堂仿照克里姆林宫的圣母大教堂而建。谢尔吉·拉多涅什斯基的棺木就安置在教堂里。院内建有钟楼、宫殿等,设有莫斯科宗教大学和神学院,随处可见身着黑袍的年轻修士和修女。著名画家安德烈·卢布廖夫的大型壁画作品赫然在目。男士进入教堂,须除冠卸冕。修道院正门前的广场上,鸽群翔集,与游人亲密接触,和谐而安详。

下午，由谢镇回莫斯科，参观中央武装力量博物馆。这是一座被誉为"大国印象秀"的军事博物馆。展馆分室外与室内两部分。室外，展出大量陆海空军事装备实物，有T34功勋坦克、喀秋莎火箭炮、鱼雷和水雷、米格战机、系列导弹等，其中一款大型的白杨战略核导弹可以直击美国本土。一座大型展架上悬挂着数不清的钢盔，具有极强的视觉冲击力。室内，中央展厅台阶上方是列宁的头部巨大雕像。展出大体按照年代列序，二战是展出的重点部分。二战展厅的顶部挂满红色战旗，再现莫斯科保卫战的惨烈场景，该展厅展出苏军各种兵器物件，斯大林、朱可夫等的军服、各类军功章，苏军缴获的各类战利品，其中有德国战斗机的螺旋桨残骸、德国议会大厦金属老鹰、近六万枚德军铁十字勋章。据说这些勋章原本作为攻克莫斯科的庆功之物，未料全部成为苏军的战利品。室内游览前，可观赏亚历山大红旗歌舞团的红色剧目演出。超大银屏按年序，再现苏联不同时期的经典歌曲。专业演员演出歌舞并与游客互动，演出结束，游客可与列宁、斯大林特型演员合影留念。

向晚，参观莫斯科大学。莫斯科大学位于莫斯科西南麻雀山。麻雀山与蓬间麻雀无涉，而是得名于一个村庄，一个以含有麻雀意思的牧师名字命名的村庄。十月革命之后，人们习惯称之为列宁山。这里是莫斯科最高处。正对莫斯科大学正门的是居高临下的观景台，站在这里可以眺望莫斯科中心城区。莫斯科河从山脚流过。对面是卢日尼基体育场，该体育场曾作为1980年夏季奥运会和2018年俄罗斯世界杯主会场。克里姆林宫一带的修道院塔楼遥遥在望。回望夕照中的莫斯科大学，主楼高高矗立，副楼左右成轴对称，气势轩昂。正门前的巨型花圃，长四五百米，宽五六十米，花色鲜明，图案精致，蔚为壮观。

圣彼得堡写古

翌日上午，坐飞机诣圣彼得堡。座位靠近右舷窗，正好可以俯瞰机翼和云天下俄罗斯郁郁苍苍的大地。10时许抵达圣彼得堡。

圣彼得堡是俄第二大城市，位于版图西北部，波罗的海沿岸，涅瓦河口。涅瓦河是圣彼得堡的母亲河，大河入海，圣彼得堡便成为水城和港口城市，享誉"北方威尼斯"。圣彼得堡是俄旧都，始建于1703年，距今有300多年历史，市名缘于耶稣弟子圣徒彼得。1712年，彼得一世迁都至此，历时200多年，圣彼得堡成为俄"北方首都"。1924年更名为列宁格勒，"格勒"在俄语中有城市之意，1991年恢复原名圣彼得堡。二战中列宁格勒被德军围城872天，城内共有64万多人死于饥寒，2万多人死于空袭。

10时许，抵达涅瓦河畔狮身人面像所在。水湄一对石雕，狮身，头像为阿门霍特布三世法老。据悉，这对石像雕刻于公元前1455年至公元前1419年，前后历时36年，至今已有3000多年。1832年，埃及国王将其作为礼物送给俄罗斯帝国，由军士从非洲尼罗河运送至圣彼得堡。留心观察，狮身人面像没有胡须。胡须在埃及是权力的象征，不能留给俄罗斯人，军士就用枪托敲去法老头像的胡须。这给后人留下想象空间，一如维纳斯塑像的断臂。狮身人面像邻近沿岸街，街道对面是圣彼得堡大学美术学院，大楼沿街可见典雅的大型人像石雕。

距离狮身人面像不远处，是瓦西里岛古港口灯塔。灯塔一侧是俄罗斯海军博物馆。博物馆广场上矗立两根粗壮的圆柱，柱色朱红，十分耀眼，柱子上饰以船头标志，分四层，交错相背，凡4对8个，基座有大型水手和航海女神雕像，顶部是四方小平台和漏斗形油灯，夜幕点燃油灯，升腾起数米高的火焰。人们将其称为罗斯特拉灯塔柱，俗称海神柱。每年5月27日是圣彼得堡的城市纪念日，这里会举行古港口灯塔点火的集会庆贺仪式。伫立海神柱广场水湄，可以尽情观赏涅瓦河风光——宽阔的河面，清湛的水色，破浪而行的大船，跨水的涅瓦大桥和隔岸的教堂金色塔楼遥遥在望。

在御园吃过中餐，餐后参观彼得堡罗要塞。彼得堡罗要塞坐落在涅瓦河河道中央，是圣彼得堡著名的古建筑。俄国和瑞典交战时，这里是前哨阵地。1703年，彼得大帝在兔子岛奠基，建立军事要塞，以监控涅瓦河上的船只，故此要塞与圣彼得堡同龄。该要塞位于岛上，几经扩建，成为六角形古堡，六棱体城堡建有6个相似的大门，向河一面塞墙长700余米，用坚实的花岗岩建造。岛上罗大教堂始建于1703年，外观金光熠熠，肃穆庄严，尖顶高122.5米，至今仍为圣彼得堡最高建筑。教堂内部装饰富丽堂皇，从彼得大帝到后世历代沙皇均安葬于此。要塞于军事意义之外，还长期作为一座政治监狱，关押政治要犯。众多十二月党人、车尔尼雪夫斯基、高尔基等均曾被关押在要塞监狱。彼得堡罗要塞内有造币局，俄罗斯金币、纪念币在此制作，据悉，中华人民共和国早期的钱币也是在这里制造的。彼得大帝露天铜像，头小，与身体不成比例，被人们戏谑为"无脑"的彼得大帝，其双手和膝盖被游客摸得锃亮。

离开彼得保罗要塞，车诣圣彼得堡市区。在一处市民公园里，远眺雄伟壮观的圣伊萨基辅大教堂。此教堂又名圣埃萨大教堂，与梵蒂冈圣彼得大教堂、伦敦圣保罗大教堂、佛罗伦萨花之圣母大教堂并称为世界四大教堂。公园草坪上，几对情侣裸体享受日光浴。公园一隅是十二月党人广场，青铜骑士像位于广场中央高高的花岗岩基座上，彼得大帝骑马腾空，目视远天，马蹄下是一条被踩死的大蛇。青铜骑士像寓意彼得大帝冲破阻力，锐意改革维新，建都于此，引领并振兴了俄罗斯。基座花岗岩上刻着"献给彼得大帝一世叶卡捷琳娜二世于1782年8月"。武力夺权篡位的叶卡捷琳娜，为证明她是彼得大帝合法正统的继承人，修建了这座彼得青铜骑士像。

从青铜骑士像广场向北，很快到达涅瓦河南岸，转折向东，可达冬宫。冬宫是圣彼得堡的标志性建筑。外观体量庞大，墙体水绿色与白色相间，立体色块明艳雅洁，令人悦目赏心。据悉，冬宫内有350多个展厅，展出艺术珍品达3万多件。精美大气的长廊和楼梯，立体镀金的浮雕墙面，连天花板和地面都有精美的花色图案。彼得厅被称为小金銮殿，是皇帝会客场所，御座上方的吊棚镂花镀金呈天穹状。御座大厅陈设的木质镀金御座，是沙皇尼古拉一世的宝座，御座背后墙上是超大的金色双头鹰国徽。地板图文用贵重的木材拼合而成，天花板金饰图案则与地板图文一致。西欧艺术馆共有100

多个展厅,展出文艺复兴时期的绘画和雕塑作品。达·芬奇、拉斐尔、米开朗基罗等大师的作品,跨越世纪,弥足珍贵。金孔雀自鸣钟由英国人设计制造,安装就花了10多年时间,是冬宫的镇宫之宝。冬宫始建于1721年,最初是叶卡捷琳娜二世的私人博物馆。它与伦敦大英博物馆、巴黎卢浮宫、纽约大都会艺术博物馆合称为世界四大博物馆。站在三楼展厅北窗,可从帘隙眺望一路之隔的涅瓦河。

冬宫南侧是一片宽广的冬宫广场。广场中央立着亚历山大纪念柱,柱高47.8米,大理石柱体净重600吨,擎天而起,乃亚历山大一世为纪念1812年俄法战争胜利而建。广场南侧,一座弧形的奶黄色大型建筑是海军总司令部大楼。大楼中央矗立着一座巨大的凯旋门,上方为驱驾战车凯旋的胜利女神雕像。

翌日上午,参观喀山大教堂。教堂建筑平面图呈十字形,中间上方是一座圆筒形的顶楼,楼上覆盖着一个端正的圆顶。教堂正门面北,右侧紧靠涅瓦大街,故在东面临街设计建造了由94根圆柱组成的半圆形柱廊,柱廊前矗立俄军库图佐夫统帅和俄国陆军统帅纪念碑。

下午,游览夏宫。夏宫又名彼得宫,位于圣彼得堡西南,距离市区约30千米,是彼得大帝亲自参与设计的海边别墅。夏宫分上下两个花园,落差约有18米,宫殿在两个花园之间,居于上花园边沿。上花园场景开阔,教堂建筑、林荫大道、草坪、喷水池、水中央裸体雕像等让游人流连忘返。下花园则更为动态,精彩绝伦,夺人眼目。斜坡上凸现高低不等的喷泉群和雕塑群,喷泉飞花溅玉,水柱怒潄劲射晴空,金色的雕塑群散布其间,尽沐晴空细雨。喷泉群位于半圆形水池中央,屹立大力士参孙和狮子搏斗的雕像,高3米,重5吨。这是一幅声色兼备、动静结合的诗意画图。值得称道的是,喷泉没用水泵动力,而是在上花园山体筑坝蓄水,利用自然水压形成喷泉。中轴线向下,喷泉汇聚的水流通过一道笔直的河道注入波罗的海。沿着水道前行数百米,便到达芬兰湾。晴灏、森林、海洋、水鸟、水湄巨石倚坐的情侣背影,组合成一幅旷远寂寥的异域风情画面。

回归下花园坡顶,列队进入夏宫参观。夏宫主体建筑是一座双层楼宫殿,外观白色墙体缀以黄色块。彼得大帝生前每年必来此消夏度假，其时他独住一楼，第二任妻子叶卡捷琳娜则居二楼。楼上装饰极其奢华，尽显皇家宫廷气派，廊体转合，楼阶曲折，立柱浮雕金饰，烛光凝白摇红，舞厅的圆柱之间都饰以威尼斯的明镜，当年许多大型舞会、宫廷庆典均在此举行。惜乎宫殿内部不允许拍摄照片，摄影爱好者空余遗憾。

离开夏宫，旋即诣叶卡捷琳娜宫殿。叶卡捷琳娜宫简称叶宫，最早是1717年彼得大帝为叶卡捷琳娜修建的消夏避暑山庄，后被命名为皇村。叶卡捷琳娜一世是俄罗斯帝国第二位皇帝、第一位女皇，其女儿伊丽莎白肤白貌美，终身未嫁，却情人众多。伊丽莎白接任女皇后，追求时尚，看戏跳舞，极尽奢靡，且授权对庄园进行扩建。叶卡捷琳娜二世——伊丽莎白女皇的侄媳妇、彼得大帝的外孙媳妇，成为皇村的第三任主人。为此，叶宫见证了俄罗斯帝国的女皇极权时代。

夕照中的叶宫呈现天空蓝，白柱和金色浮雕点缀其间，教堂金顶熠熠生辉。殿内装潢精致，金碧辉煌，金色走廊、金色大厅、骑士宴会厅、红柱厅、绿柱厅、油画厅，无不让人流连其间，惝恍迷离。墙面、壁炉、瓷器包含众多的中国元素，足见女主人对中国文化的喜爱。琥珀宫墙上镶嵌着50多万块来自波罗的海的琥珀，这些琥珀与其他贵重宝石组成精美的图案，奢华至极。亚历山大一世是叶卡捷琳娜二世培养的帝王，未有大帝头衔，却打败不可一世的拿破仑。叶宫专辟了亚历山大一世的办公室。

步出叶宫，天色向晚。邻近叶宫，适逢路边花圃中一尊普希金塑像。原来，皇村亦为普希金城。据说，俄国诗人普希金曾就读皇村贵族子弟学校，后不幸英年辞世，为纪念他，此处便易名普希金城。暮色，花圃，晚秋，繁菊，花圃中坐着诗人的塑像，隔世的一代诗心未免寂寞，络绎不绝的游客也未必知晓普希金，远道而来的中国诗心邂逅俄罗斯一代诗魂，有幸与之完成跨越时空的诗的合影。

翌日吃过早餐后，自由活动，驴友一行就近去涅瓦河畔，零距离游览涅瓦河。涅瓦河两岸均用花岗岩石头驳岸，低处铺设了整齐的石头步道，既可供游人行走，亦可骑车作越野健身之行。水湄步道栏杆边，几位钓者正沐浴朝阳，专注垂纶。漫步涅瓦大桥，穿越烟波浩渺的涅瓦河，眺望隔水的教堂金色塔楼，看机动大船和快艇游弋宽阔的水面，感受着涅瓦河粗犷的节律魄动。沿邻近桥头的涅瓦大街，向南走了二三百米，观光圣彼得堡古典式的一段街道。过斑马线，过往司机耐心等待，礼让行人分明是自觉的行为。

上午10时许，驱车至涅瓦河畔参观"阿芙乐尔"号巡洋舰。该舰是俄罗斯建成于1903年的一艘巡洋舰，历经三次革命和四场战争，多尝败绩，但因参加俄国十月社会主义革命而闻名于世。"阿芙乐尔"，俄语意为"黎明"或"曙光"。在罗马神话里，阿芙乐尔是司晨女神。1917年11月7日，俄历10月25日，当晚9时45分，"阿芙乐尔"号巡洋舰奉命炮击冬宫，揭开十月革命的序幕。二战期间，"阿芙乐尔"号巡洋舰为规避德军轰炸，不得已自沉于港湾，卫国战争胜利后被打捞出水。现在，该舰永久性停泊在涅瓦河畔，并成为海军博物馆，常年向游客开放。

下午，参观斯莫尔尼宫。斯莫尔尼来自俄语"沥青"，初建时这里是沥青厂。教堂建于1806年至1808年，原为贵族女子学院。远观教堂，是一组蓝白两色相间的建筑群，整体色彩类似于皇村的叶宫，明洁清朗。教堂正面长200余米，侧翼突出，组成开阔的庭院。正门前圆柱壮丽，拱形门廊并立，露天悬置大铜钟。彼得大帝之女罗曼诺娃被取消王位继承权后，曾一度于此出家修道。十月革命期间，列宁在此指挥作战，号令"阿芙乐尔"号巡洋舰向冬宫开炮，并发表《告俄国公民书》。直至次年迁都至莫斯科，这里一直是苏维埃政权的中枢。

之后，参观滴血大教堂。该教堂又称基督教复活教堂，位于格里博耶多沃运河旁。1881年3月1日，亚历山大二世在此遇刺被炸，不治而亡。几年后其子沙皇亚历山大三世就地修建教堂，以纪念父皇。教堂仿照莫斯科红场的圣瓦西里大教堂建造，外观轮廓美丽，色彩娇艳，高约81米，顶部立着耀眼的洋葱头顶，是俄国16世纪和17世纪典型的东正教教堂建筑风格。教堂一侧，运河河道笔直，河里有快艇载游客观光，沿河大街商业气息浓郁。

返游莫斯科

当晚，由圣彼得堡乘火车返莫斯科。翌晨抵达，旋即参观莫斯科两处皇家园林。

查理津诺庄园亦称女皇村庄园，位于莫斯科东南部。18世纪，俄罗斯首都还在圣彼得堡，叶卡捷琳娜二世来莫斯科时，择地建筑行宫别苑。耗费多年建成，女皇仍不满意，下令拆除，后由建筑师马特维·卡扎科夫设计重建。大门及园内建筑群，均显哥特式风格，圆拱尖顶，赭红色调，缀以白色条纹。草坪宽大，略呈坡度，草坪之上泼洒晨旭金辉。密林深处，见毛茸茸的松鼠越路爬树，与游人照面远近周旋。下坡出林，濒临一带宽阔的水面，过桥，见一大片音乐喷泉，喷珠溅玉，劲射晴空。

卡洛明斯科娅庄园简称卡园，位于克里姆林宫南面，坐落在莫斯科河右岸。卡园是沙皇时期的皇家别苑。彼得大帝的童年就在这里度过，至今还保留着当年的一些老建筑。彼得小屋传为彼得少时亲手所建，此外，他还在近旁的莫斯科河上动手造过一艘小船。小屋前立有彼得大帝青铜塑像和船锚。据说彼得一世身高两米多，曾带领童子军，即后来的禁卫军，打败姐姐索菲娅，夺回原本属于他的权力。他建设沙俄海军，为俄罗斯帝国的创立壮大立下不朽功勋。他在圣彼得堡海边救助落水士兵，感染风寒不治，享年52岁。卡园中17世纪中叶修建的木结构宫殿，被誉为"世界第八大奇迹"。耶稣升天大教堂，白色，石质，尖顶，宏伟之至，在艳阳下分外撩人眼目。

下午列队进入克里姆林宫（简称克宫）。"克里姆林"，俄语意为"内城"，克宫，顾名思义，即为"内城宫殿"之意。克宫位于莫斯科中心，大体呈不规则的三角形，南临莫斯科河，从林隙可望见波光潋滟的河面，西北接亚历山大罗夫斯基花园，东北则与红场毗邻。三面宫墙错落分布18座塔楼，那缀有红宝石五角星、鸣钟声声的救世主塔楼最为显要。克宫内有"二王"，一为"炮王"，一为"钟王"。中央教堂广场周边建有圣母升天教堂、大天使大教堂、报喜教堂、伊凡大帝钟楼和多棱宫等。俄罗斯国家政府大楼在望，据说普京总统即在大楼内办公。二战期间,为避免德机轰炸,克宫被巧妙伪装,建筑蒙布,塔顶涂色,致使德国空军驾驶员飞临莫斯科时无法锁定克宫具体位置。

  离开克宫,驱车诣莫斯科地铁观光。莫斯科地铁被公认为世界上最漂亮的地铁,有地下博物馆美誉。地铁深50米左右,进入地铁须乘很长一段电梯。地铁站地下空间很大,立柱、雕塑、壁画、天花板,石材高档,装饰精美。据说,地铁站设计装潢各不相同,有的通过建筑工艺承载历史,构建俄罗斯的地铁文化。过往列车风驰电掣,停站时下车上车人头攒动,但秩序良好,鱼贯有序。

  出地铁站,到达二战胜利广场。该广场于1995年5月为纪念反法西斯战争胜利50周年而建。广场北面是一组大型喷泉,一长排喷泉持续喷吐雪白的水花。广场南面是圣格奥尔基大教堂,金色圆顶,洁白墙面,与蓝天相映衬。广场西面,矗立高大的胜利女神纪念碑,高141.8米,象征卫国战争1481个战斗的日日夜夜。碑身呈三棱形,像一把利剑直指长空。高约三分之二处,可见古希腊胜利女神塑像,旁边两个男女小天使吹着胜利的号角。碑下面是勇士格奥尔基手持长矛刺杀毒蛇的坐骑雕像。广场东北方向,不远处是跨街的凯旋门,为纪念俄国1812年的卫国战争而建。

  这是俄罗斯之旅的最后一个景点。当晚,归宿王子大酒店。翌日上午去机场候机,中午起飞,半夜抵达南京,住宿南京港际大酒店。

2019年8月28日至9月3日,俄罗斯